◆潘鍾瑞《香禪日記・光緒十年》《香禪日記・光緒十一年》《香禪日記・光緒十二年》

蘇州博物館 編

文物出版社

卷貳

蘇州博物館藏
晚清名人日記稿本叢刊

香禪日記·光緒十年

（清）潘鍾瑞 撰

光緒十年

六十二歲

香禪日記

光緒十年甲申日記

正月初一日丁丑晨雨一陣已而雲開日現瑞景曈曨旋復隱矣會齊諸兄弟姪孫媳輩展拜神祇祖先并至各房賀禧不出門早睡

初二日戊寅夜枕聞北窗風急向曉遂雪去臘無雪至是猶未交春而占佳兆欲出賀歲因是不果辛芝弟來見之設移時与尋常賀歲者匆匆一揖即行者過殊異知穀簡叔有歲朝詩用文恭公歲朝黃菊韵七律一首又徵歸和詩迴傍晚雪消盡夜見星寫寄偉如兄江西信

初三日己卯未晴仍有雨意仍不出門賀歲客來一概不陪午刻內姪孫子儀來余薦伊吳倉石少尉處教讀一席因其要言桐未留子儀

飯適內弟陳益齋亦至邀與同坐席散撥就近處出門賀禧不
果晚又雨入夜大雪拋珠碎玉之聲亂敲窗紙已而簷溜浪浪隨積隨釋
初四日庚辰雪積二寸餘雪止而天晴晴曉日杲杲矣乘轎出賀親友本家
新喜三十餘家在敏德堂與吳升之妹丈同飯傍晚歸一路雪消簷溜
兩邊如排簷街衢泥濘衝去潦水瀦焉出入轎中衣都濺溼避初二日
之雪而得此日之晴乃轉不如前年除夜祀神
初五日辛巳卯刻大房立生大嫂鄭氏病故患氣虛中滿久而不治
於是集議置辦後事余為之至敏德俤如兄於本支寡婦向有月貼
益鳳叔助喪葬之費與元吉姪孫商之遂取以歸又得松鑅義莊費給殮

黄如例遂有春樹仰蓮姬等出去置備立生兒以正途二伯子英桃伊申大伯為嗣今為立承重孫更名侯安嗣子志行生有長子嗣為子默姬志和之後名曰承申蓋承伊申公而繼息漁公大宗也飯後無事中刻至吳殿直巷口渭園聽王秋泉王子和說書上場頗晚歸時暮矣

初六日壬午天色沉沉常有雨意至清嘉坊尋畫師汪月泉之子慕禹惡甚飛雪衝東北風先至石君秀家候君秀起問之君秀云有月泉高足弟子魏子山者與慕禹同接月泉之手時雪下甚密遂與君秀至貝對門汪處見子山與談定畫潤始之同行大雪如壓街路已積至家鞋襪盡濕矣子山為鄭氏傳摹寫遺容而去雪至未申間方止鄭盦弟以沈西雍濤所著

說文古本攷新刻樣本並板片兩箱送來屬余倩工購料刷印也去臘
原約送至平陽館中今誤送余家乃另遣役舁往汪家
初七日癸未前雪未消後雪又來晨見瓦楞已沒平處積有四五寸而絡繹
揚揚未已也亭生大嫂鄭氏大殮余為袒免夫弟素服送之未正事畢雪
下不停向晚積七八寸許氣候嚴寒實過去年
初八日甲申申刻交甲申年立春節晨起餘雪猶霏積者凝合如玉皚然
不釋承鈞姪孫十歲筱涯兄嗣孫 桐生弟孫備有春酒兩三席來者有至親徐粹伯諸人
友則近隣尤戢孚三昆仲余陪爲觴晚而畢夜霽雪月交光
初九日乙酉天陰加冷地凍成冰踏雪至王洗馬巷臨慶禪院拜平陽四姑母百

齡冥誕出坐即歸街中羊腸一路兩旁雪堆如山人家簷柱長者尺許晚而復出至前後近游及研經敬叔本家兩宅樸臧路已泥濘不可行矣歸不復出

初十日丙戌開霽平陽開館遣輿來迓即往隨後又接首之姪至今年英首姪同館平陽也余坐向年書室為觀書上禮記孔子閒居篇生書一首為鋤書上毛詩崧高維嶽章生書一首午間鋤士設席相延有陸梟山宋緝甫兩君同座五人入席良久乃散又坐半時許英首姪先後歸

十一日丁亥踏凍到館晨旭甚明而雪不擇凍不開晌午始閱簷溜者課理數書晚著屐歸入夜月皎甚

十二日戊子著屐到館街上猶凍轉難行矣鄭盦弟以說文古本攷序稿

來爲繕清之又爲寫封面紙適謝濟雍來即付上版余另撰後跋數行歸蒙送鄭盦閱屬亦刻之解館時遂交去詒麦

十三日己丑踏凍至祥符寺巷亢翁鐵卿家開歲初次相見也服古臘呈政之噩夢廬展西記蒙錢翁遜至觀前茶敘移時乃散至當行坊敏德堂一坐即到館連日嚴寒昨更滴水成冰至是始漸回和雪消頗暢午後擔閣壁唐少棠甥來面談（唐式如妹丈之嗣子）寫寄鏡如弟上海信得倪耘劬（鴻）山東來信附到新刻所著夜陰寫夢詞一卷晚歸泥塗夜　先容前上燈

十四日庚寅晨到館旋出至西美巷程氏祝梧棠丈祖母八十壽是女中族長也未見旋至幽蘭巷秦膚雨（雲）家略談即返晌午頗茶郵（潞）來

談次留飯飯後同至西貫橋塊鶴鳴樓啜茗敘年尾年頭之話良久乃散街路泥濘雜以雪塊冰條舉步艱難返寓館中

十五日辛卯館僕持衣冠隨余出過敏德堂入見元吉略談出詣松隱莊祠朔望拜　祖位例也余薦少棠於莊中為程芸圃之佐是日引進少棠已到丙掌莊西圃妹丈不來余亦新年未見暫拜遂至花橋敦慎堂福於上房中問起居出示藥方於并言自今冬卸莊務令辛芝弟為莊正春時弟為莊副因出所石印屬鎸莊正莊副鈐記須之出辛春弟弟送余余徑歸家街路又難行矣到家接　雷君好　先容已是午刻飯後赴君秀約至清嘉坊閒話片時同至渭園聽書散場分手仍到

館中是日始見季玉祺歲朝賞菊詩元唱欲和之適銅士先成二首
元為刪潤藉以引真遂有四首
十六日壬辰氣候稍和雪消大暢首之姪芥到館來即書人樂德林借一
人回來即書分方向鄭盦處再取書板兩箱一齊開看各種甚雜二
人檢點竟日迄無全者又函向之往來三四函焉譜琴弟以星齋拌所
箸墨緣小錄新刻樣本及原稿本送來屬校背誤之脫即披覽焉
燈下錄新歲所作詩稿
十七日癸巳晨微雨即止惟聞雪水聲簷溜汩汩之歲除為膚雨題題壺
百絕作三絕句令添綴跋語於前如序如跋即錄畢之校墨緣小錄

跋於予山丈辛芝弟先校出誤字之外別有箋注也
十八日甲午晨寫小屏四方之一作跋併兒江西第二號信晌午歸館以
莽姝命剃頭即篆好倩張誠甫捉刀遂至君秀家交付當伴便歸
家家甲設供收　先容並出　先考忌辰先後展拜飯後赴君秀約至
觀前萬祥春茶館聽錢玉卿說書君秀後至同坐聽畢同返未刻來
明寺前有控逸馬踐老嫗跌斃人馬當時被衆拿住而核屍中衛君
秀繞道而歸余至館中宿題遂命後生孟元珍蕙作感秋圖以詞兩闋
十九日乙未錄出和四絕歲朝賞菊詩即遣人送呈天雨將釀雪沖老
矣傍晚金心蘭彰來久不見長談而去

二十日丙申晨至虞兩家偕出至潤園茶話返飯督課飯後至全太史場東
鄭盦弟寓談良久濟之弟泉孫姪同在座留喫晚點鄭弟即以為晚
飯矣三人同出分路返又至篆莊正莊剛大鈐花樣始方亦尋拜訪命
廿一日丁酉晨至吳倉石寓談次出其近作篆刻畫幅又至其東西海徐翁
子晉家不值兩人同在大太平巷也返飯傍晚仰蓮姪來談頃倉石來招
至巷口儀鳳茶室到彼並遇汪蓺庭斐庭昆仲爲皆今年初見茶話久
之散出遇李笙魚於途略談余至雷翁甘杞家談至向暮返兩人亦新
歲所未見也爲汪辛生代作挽其嫂錫生夫人王氏聯語
廿二日戊戌清早雨即止乘轎至獅林寺拜紱庭三妹週忌少坐即歸至君

秀家欲與有話適往余館中去余已舍與步行西南街路甚滑尋君秀於儀鳳見之併邀茶鄰廣甫亦來四人聚談散時已晌午督珊生課到晚不得片刻暇矣附郵輪寄殘上海來信

廿三日己亥雨連日鄭盦弟寄舁來書板十條箱屬樂德林一一檢點得全套板十條種爲俞蔭甫新刻東瀛詩記

廿四日庚子嫩晴街路泥濘約諸同人於文樂園小酌前日已訂定今復作札邀之巳刻躡屣前往先到在玉壽仙茶寮取齊諸人以次皆來偕至文樂園合尊促坐爲亢鏡翁吳倉石汪荼磨秦膚雨郁荼邨金心蘭石君秀及余八人座間談笑頗洽適時而起至園中觀散

步少時後在如意閣茶寮叙坐八人中衖有散去者撫暮逐蝦以上
海囊遣局饒如弟復信
廿五日辛丑君秀來邀余同至鄭盦弟處面謝為刻其祖父兩世遺稿印
費余為經理之聽雨樓葵青居詩既竣少時同至張誠甫處取板刀兩印
賬以潤筆錢四百伍拾文君秀有石屬其鐫之倩余篆携歸課暇書祝穀
生大嫂蔣氏七十壽聯集易林語云東方孟春溫仁有禮坤厚地德堅
固不傾傍晚仰連姪來
廿六日壬寅天晴地燥既朗且淨為新年第一日佳景約仰姪至圓妙觀拈
香余出由敦德堂曷邊遊去少坐至萬祥春候得仰連承之兩姪承銘承悌

兩姪孫同來乃詣各殿並登彌羅閣最上層各處拈香叩拜畢遇繩卿兄元吉姪孫於閣中再遇茶卿並邀君秀相與遊覧于觀中漸次散去只與君秀同途返過申昌館所購姚鳳生書軌塔銘一本携之返館背課至暮倉石過去作畫昨得其一幅因題二絶句於上飯後徐翁子雲來

廿七日癸卯晴寒晨至君秀家略談即返課事鮮暇以閒作致錢弟上海信晚歸家見菽兄有話告之薄暮乃回館

廿八日甲辰晴有風晌午心蘭倉石偕凌塵遺來凌湖州人今自江陰至此四人敘談欲出閒步同行在護龍街一路古玩舊貨鋪上觀玩塵遺嘗古着癖隨在停玩至關帝廟前喫麵代飯時已申刻矣遂至圓妙觀中茗飲又

復暢談散，將及暮返。飯罷（得仲兄江西來信，十八日所發）有無錫潘畫堂來訪，不值。
廿九日乙巳。晨，茶仰來，談攜到許珊林雙鉤摹刻宋拓夏承碑一本，此碑
拓本爲顧湘舟所藏舊物，今茶仰作介，由湘舟孫康如以歸于鄭盦弟，
價一千五百金，爲希世之寶。此雙鉤本許印向顧借得摹刻者，余以唐蕉
庵丈所摹本比較之，唐丈蓋從臨川李宗伯家藏本鉤摹，即華氏真
賞齋舊藏，翁覃谿亦謂爲上妙品，較此小有異處，余因留玩焉。傍晚
鄭弟送來古塼拓本冊一，凡塼銘十一紙，已有都中諸名家攷據題跋十
餘通矣。屬交淩塵遺、吳倉石加題。余知塵遺將去滬，即攜出送致倉石
寓，不值，留字而出。還過喬司空巷口，答潘畫堂，方畫錢進士一幅，感讀次

並見其居停謝梅石庸善篆刻款識即諧兩君皆初相識也
三十日丙午晨庸甫來略談為儀鳳之約而去余為兩生各上生書乃至
儀鳳茶敘片晌先行至吳學中一看今日演習發儀人皆未集遂歸家具衣
冠祝穎大嫂七十壽留陪客至午共坐三席席散即出再至吳學則觀聽
者寥寥集而雜事陳君庠君秀來到余有語面談遂至其家不值留字而出
返館在升陽樓飯敘雅廷談書與鋼士同歸至館僕云有客在儀鳳候敘
反身復出尋見則程彀臣吳英庭妹有事見託談頃返得無錫范梅孝
來信言帝將一屬錄試定朔初十日金匱倪澍賦大令延余為襄校
二月初一日丁未晨作札致君秀乃出至敏德宅至松鶴莊祠至敏慎宅

見西圃并談移時返館得君秀口復云午後三點鐘時約於觀東玉樓春適祇課弱孫一人滅去理孫之課矣於三點鐘赴其約君秀已先在同坐者有汪介石董庭談定往無錫之坐船行期及商請伊弟季思到平陽權館之說良久乃行余又歸家一走而之返館天暮矣知子靜姪自江西歸

初二日戊申微晴氣頗暖鄭弟受連日送來書板數十種逐箱點檢各種分排令為纂成一書目於其中為有未全之版作復梅壽信告以其君秀約定同行之言驗閱徐斌秋病故於正誼書院中

初三日己酉陰清早錢翁來約在儀鳳欲借其調翁手鈔賞奇集兩帙往付之計五本談次茶邨來同談移時散歸遇盧雨又邀錢翁去余至鄭弟受

先令伙僕持物前往，亞即敘談，又移時至清嘉坊青畢廟中文昌閣拈香少坐，返館已晌午。督課之間寫送倪澍畦摺扇，又君秀屬書誠盦款摺扇，作芳江西仲兄第三號信即發。

初四日庚戌，晨陰。心蘭來，攜到吳秋農為余作畫兩幅，為是壬午春間伊在怡園時所求，一《清吟靜坐圖》，一《惠麓品泉圖》，余遂又將游惠山矣。陶仲平來，攜其尊翁子春先生海鄉詩集十二本，屬為評校，談頃而去。飯後為題錢琯雲所得漢建昭雁足鐙拓本漢宮春詞一闋，本陳小魯手拓，上海徐氏藏物也。

初五日辛亥，昨晚雨，入夜達旦猶颯颯不休。膺雨來亞談，時徐倬雲來話其兄賦秋之病及故後情形，而憐於出而靜姬之來未曾明叙，此由仲平

與約又蓀鄰蒼石蓀卿三公至訂蘭譜設飲於文樂園招敘亦不能不去
理邑課畢坐轎而出至敏德宅則子靜亦因有人招飲不及候而出彼處
具已午飯遂飯飯畢至文樂則諸人方專候余甚歉然矣同坐者蓮庭心
蘭君秀守梅及訂盟之三人余不飲而飽敘談大快席散又至萬祥春茶
敘蓀卿與余雜談仰姪尋至同坐談渠起程赴滬送出舟至敏德
子靜已歸談至抵暮返館燈下收拾行裝頗碎之至
初六日壬子雨被大風吹斷晨起即發行李著轎至倉橋西觀音閣下與君秀
會齊登舟出閶門向無錫進發風自西北來恰頂頭大逆舟子少而舟大勢力
舉櫓由虎阜出滸墅關阻風而停舟乃煮飯飽餐接力良久舉縴舟發見過我之船

張帆且捷愈形其遲幸吉君秀与又敘談足破岑懷燭燼寸許始抵南望亭而泊

望亭去金昌去與錫山適居其中蓋及半程耳

初七日癸丑未曙即發風勢猶緩睡起已過新安巳刻抵無錫進南城水關自蘇

至此名為九十里實不過七十餘里過城中撐舟又延良久泊定吉君秀先登岸往署稍

時署中遣輿及挑夫至舍進署謁倪澍畦公祖並見李劍泉啟鏓即在賬房午飯范梅嘉鴻章

自其扇中至飯畢與敘談少許至自己宿處在君秀之西偏一間內鋪設一切安排停妥遂

徧拜合署同寅諸先生得見譚家玉覺圃及吳同文吳文鑄士彝誠菴喬桂森月波俞[illegible]之[illegible]

又於君秀房中見高複卿刑錢之副席也此外未見而得其名片者孫溥泉喈

徽狀爾勛賡之翟衡山紹堂傍晚又見從贻文幕中來客曰趙春華晚飯與同

望日晴天氣和夜見月

初八日甲寅晴晨起旭日滿窗自樓而下余意已暑而署中更暑爲早静坐良久與君秀同至賬房吸烟心少傳與之出步於北頭尋搨碑于壕佛匾旋出北門茗飲於匯欢樓遇潘少鄂余初識而爲君秀之表甥現在此地電報處司事伊岀去余等後出訪於電報局少鄂未歸也循城墙而西至鹽局訪潘子餘（壽陶）余與君秀均初識談次辭出進西門返署午飯飯後作家信內寫與松兄分書與鋼士盖一幾兩用也再與君秀出訪潘畫堂君秀初識余則再晤矣談次贈余重作香禄精舍圖一幅謝之偕畫堂出游崇安寺茗飲於寺之茶棚中良久敘文在倉橋堍尋廖娃搨碑人携搨好之蔡孝子祠文衡山書春艸軒記

歸據佛匠來論價未定是日所見三潘皆非余本家燈後得西圃林來信
附午橋弟嶽信一函則知本家也
初九日乙卯陽夜月甚皎雷晨忽雨天意真不可測也作復西圃林信並致辛芝弟
一牋附寄松生兄一緘廖姓攜惠山碑拓十餘種來檢取七種二十四紙論價洋蚨一餅
錢四百文梅壽〻姪久也見來署相見樹恒傢閣春同事午間澍翁設飲兒招閣
卷同事史有西席屬月波禮庭首座而澍翁以余與久也為客竟占焉君秀
劍泉鑒主人六人同坐殷設良久散為久也悵沿寄字三分之一君秀先作八分
於後方中閒是畫余作篆其亦卅〻而已收拾行李先發至東林書院晚飯
後乘轎往久也自其寓中先到相對閒談一室兩榻雨下竟日追敘益大

北風猶厲子初謝翁來接見即散余等遂就睡
初十日丙辰夜風雨聲攪覺人睡夢約將五更聞謝翁出巷點名有三百
八十人點畢天曙其時雨猶浪〻也晨起猶雨霰雪俄而日晛〻而開霽謝
翁睡起過來敘談知已冠題襍負其子也誦詩三百未冠題不得中行
而與之必也通場次題鄉田同井出入相友詩題城柳含煙淋氣濃得濃字
因錫金兩邑奉飭保甲並議修城垣故命此題見余方讀清閟閣集
余曰此是公祖先代高賢而已往鄉民也少時同飯〻後惟靜坐覺寒冷特
甚夜月光皎潔而有圓暈
十一日丁巳晴晨起知夜半五更共放四排而人數猶不及半內外諸人皆靜候

之亦已正將畫閱未完者無幾人因其久也同至東間壁過南祠瞻仰
啟重門之扁而入祠底兩層其前有祠門一重後層之座為祠中龕設榻
龜山先生神位東西相對兩龕龕為自宋及　國朝諸賢神位凡數十座排祠
斥時知今日祠中舉行春祭猶未陳設也後過三公祠亦將行春祭先設几
筵又移時謝畦公祖以三百卷分屬我兩人閱披蓋其餘數十本也攜著
中倩為先生閱也謝翁既發道過南祠即回去三公祠惟教官來祭時已
午正午後始埋頭閱卷入夜燒燭兩條而睡
十二日戊午晴晨起即閱卷午刻札陵君秀又陵梅劍二公適君秀遣人送
來狀屢之小照一幅屬題並帶到松兒十一日所發家信余札即倩帶去飯後久

也遣僕赴署同時鈔得無錫試題已冠何如斯可以從政矣子曰尊五美未冠其有所試矣次題以其所有易其所無者詩題錫茲祉福得文字皆通場閱童生有四百餘人是夜燒燭兩條有半閱卷竣

十三日己未晴晨將各卷重加校閱於擬前列者加以評語略為排次凡分作五列曰上列十七卷中列二十七卷次列三十六卷備三十卷聽四十卷共一百五十卷也晌午君秀遣人送來莘芝弟九改信知佛息裝奩之事為有傳說飯後偕久也與谷散步至其康孜登墨擔謁少堂同至署中略談甚近久也至伊伯樵壽疊余與君秀憂方飯坐頃吳誠盦出以小照索題略談三人偕出在撫秀書局坊購東林書院志一部價洋一元在翔芝佛店招其人隨出北門就水閣茶遊罷得

小舟往黄埠墩觀辛弟所畫朱裝金之佛乃王母壽星福壽與塑匠論價因在樓頭啜茗良久即移兩像於舟以歸城南風頗大搖櫓稍勞抵城下令舟人送像到該店余等登近水樓茗飲與餅餅美而過油膩移時進城返署已近上燈在署晚飯乘轎回書院携誠庵照東林志於物中甚久也獨一箇吃晚飯已了亦出與小照横幅曰五湖扁舟圖索題

十四日庚申夜來發風林木如換鬱陶晨起不雨不寒而風轉西北觀東林志少時吃朝點與久也同往署中署中人多未起先與劚(劍)泉談繼與君希談同出至牙釐總局尋(吳)調笙不值遂出北門又在近水樓吃茶余雖頗移時方起同城返署謝翁亦同鄉同寅陳晉(謹)甫者現任長洲縣縣丞設席招之飲余

與久也又同入席良久散復偕君秀散步街頭風太緊可畏乃至書業堂讀
畫論話移時出寄路返書院久也後余返同喫晚飯二鼓後澍翁來宿繞閱試
卷親為排次余等先睡
十五日辛酉程向閣禮房進來寫案道與久也先起余約侯世寶案將發乃起
天晴無風與久也有偕遊惠山之訂案發共覆三百五十名汰去僅三十餘名耳
已刻澍翁殷設席時回署余與久也亦往署中見已札致君秀託其僱舟晚晤
并約幕中閔季惟狄廣之有與四人同出北門時已向午僱得小舟移棹就宋源
興酒館喚取酒菜索辦便飯廣之竟定正席於是君秀又遣舟子向城中喚徐
三先生者約以惠山相敘余等舟中先喫便飯開行直抵山浜游船連艤甚多皆

趁風和日暖也登山一路查尋游踪徑登雲起樓品泉啜茗廣之二十年不來此地一切新構均所未見坐久下山至漢山第一樓又至對岸新建李公祠李公者少荃爵相之弟官仲因等李爵相之故規築地步甚寬（黃鐵錄金）內有花園亭榭池石廳事及戲臺臥室庖湢咸備一律斬新而餘地猶多方有立址廓宇之工得毋客乎移時返舟鶴樵接三先生於他舟余前日於黃埠墩識其面此所謂城北徐公美麗者也返又一登黃埠之閣向暮棹近城處泊定鋪席水窗月色甚佳圍坐歡飲余雖不能飲亦知酒意良久歡闌筵散登岸踏月進城回至署中與久也命轎返書院是日寄復莘芝弟信

十六日壬戌日沒風多久也先出余將前昨兩日所作題廣之久也小照詩錄上

柳陰釣趣五湖扁舟兩圖又題誠庵行吟圖敬依所屬作詞一闋撥調踏莎行未
成丙午飯君秀字東云今日有事出門恐到署相左余出過不進署已久也屬
偕之散步又到近水樓吃茶久也雜班候之忽見城牆內有持丈竿量城者
監量為金署中術哇之角倪介臣（錫慶）及李劍泉邀呼而指之二公先後來同吃
茶劍泉亦雜頭圍久坐乃起返近城將進署探知官方坐堂不便闖入君秀
者東歸後在久也處少坐同返書院携有西泠五布衣遺著一集五布衣在
丁敬身□□敬觀林詩集金壽門農冬心先生集吴西林穎芳臨江鄉人
詩魏玉橫之璐柳洲遺稾奚鐵生岡冬花庵燼餘稾也燈下繙閱之是日
近水樓遇淮安潘漢泉者修髯略斑貌頗偉岸問知在無錫裴浩亭邑

苦變閱卷有四百八十卷，僅覆三百八十人。陳敍同宗，因詢其年，自稱六十。劍泉私告余，渠因其嫌多而為是言，其實未及六十也。

十七日癸亥。風微日麗，春氣甚佳。錄踏莎行詞于誠庵行吟圖頓首。久之，先出，余袖此幅至署君秀處，起敍談。誠庵亦來，整屋揖總局中吳竹生來談，良久去。午飯在賬房中，與梅壽、劍泉閒談。少時，同君秀至北門外臨水樓吃茶，君秀離坐聽隔座有談考試事者。余等與竹生、久香皆有約，俟之許久，香猶不至，方將起而行，忽見久香大汗滿頭，如飛而來，云偕友步行遊惠山，歸自西門，因有約不敢不來，乃就城外至北門相赴。余嘉其健步，屬其少息停喘息，乃同進城，尋笙歌巷小弄訪徐三先生，不值。與久香至其寓，過梅壽，亦歸寓相敍，並見其西席施惠濟，返署中，天色

薄暮在誠庵房中臨水山樓看晚景對河斜對門即無錫縣署儀門上燈掛窗
閒話誠庵出茶果嚴品英吹叉月波澄卿皆來燭炮一條又在賬房晚飯頃與久也約同
回書院候吳東署同坐轎行時已二鼓又半時許謝翁來宿場
十八日甲子黎明點名初覆進場因與無錫縣會辦日地猶緩也謝翁出題先之
勞之請益經題思樂泮水薄采其芹詩題清如玉壺冰得清字禮房鈔進無錫
十名學額祖懋榮守廉胡猶龍楊壽棫蔡文瀛孫應春蔣士松錢蔭孫沈
鳳笙蔡文川午飯至謝翁房中閒談知補考題首善人教民七年次予秘淑
諸人思詩杏花時節在江南得時字天氣驟暖如三月杪光景了華墨債
寫介臣對一付小琴條一方又占先横幅一小琴條一方又誠庵久也扇各四方之

一硯有餘瀋增益之以入墨盒中

十九日乙丑晨有雨午已正淨場急雨驟來諸人若早些完卷不致冒雨歸也謝翁遣人分送卷子各九十五本余另有補考卷七本屬伹加墨不及兩夜謝翁回署去後甚久也手不停披逐一校閱雨連陣接續午後風又大作刻字店謝濟雍自蘇尋來由君秀飭人引至余非特無錢付與并無賬與之說話彼之來尋甚無謂也償以趁航船之錢而去禮房鈔來無錫初發題目見王之敬子也經題桃始華倉庚鳴諸題處處喜晴過甲子得雪字補考題居是邦也三句次樂歲梁惠王終身飽句詩圓場

二十日丙寅霽風稍平氣候轉寒閱卷至午刻畢飯後逐加排次及評語答

條擬上列十四卷中列十六卷次列二十四卷備二十八卷聽十二卷凡九十四卷
補考卷在外申正久也出去余孤坐看書至晚久也返亥刻湘翁來宿
廿日丁卯無將禮房送來雪案覆二百二十人次去只十幾人耳紫洸若
湘翁略談回署去余與久也將雪案比對其名次并說之要稍時出伊返寓余進
署看君秀談頃同出至北門外綢布公所馬頭催定吳姓之船為明日再來進惠出返
城回署吃午飯飯後久也至又三人同出訪徐三先生稍談坐片時再出北門在
迎水樓吃茶久也洗澡漱之偶晚返久也買對一副携回署屬君秀書在署
同吃晚飯同坐講回書院是日午後吉錫出案以其前十名者子唐錫福榮
守庵楊壽棫胡猶龍朱寶治顧祖懋吕光浩蔡文川蔣壬松陸壬奎

廿二日戊辰　晴，回暖。作寄蘇信，携至署中託交局。與君孝坐談片刻，久也亦至。邀齋范梅翁、吳誠翁、狄慶翁、君孝四人，余與久也作東，遊惠山。六人先後出北門，合吳船移至水關橋航船馬頭，還吳竹生、蔣瑞甫同在近水樓茗飲。先二公出，登舟，一路風日晴和。山中遊船麇集，張中丞廟今日演戲，故沿路遊人亦畢萃於此。泊定，船中午飯。飯畢登山，謁王武愍公祠。武愍為湖北縣令，殉武昌省城髮逆之難。樂山先生諱愚德長子也，諱燮堂，二僕隨殉（丁貴、吳福壽），並祔祀祠中。匾聯甚多，一一觀之。又入李榮祿祠，令守祠人開瞻。正殿規模與王祠相仿（蘄），而聯匾更多，五色輝煌。雖亦一一觀之，皆不及記。傍宇園亭則前日已到過。遂出，向山路。慶翁欲往戲場一觀，於是誠翁、久也與余四人復兜轉來路，至張睢陽廟，各處擁擠不得入，由東面東嶽廟

中抄進六等後寓目但閱其類而氣急汗流乃入山寺之門亞泉上久也尋聞梅（寬冥閒變）
翁君秀知已登山共上雲起樓會齊梅君二公亦尋余等多時矣茗飲歇息四下
遠眺綠女紅男如雲動盪不可計數稍時下山識翁康翁先返舟餘四人入華（樓下梅花零落玉蘭開矣）
孝子祠看壁間諸名刻剌若日所睹拓本猶未全也出尋陳修庵訪叔香女冠
遺蹟乃至所觀日暮氣寒返乎舟中須臾間眾泊之舟漸次散去我舟亦歸棹
水窗燈上摩黃燈墩往買遺皆不及一登還泊網布公所馬頭艙中設席促坐
飲餕六人中識翁康翁久也三人能飲餘三人均不勝杯勺時過二鼓相與登
岸余與久也由署中備轎坐之徑返書院子剡謝翁來宿
廿三日己巳舟致進場仍在黎明時謝翁出題邁一德一朝廷莫如爵補考

題必也使無訟乎務時文出題造五鳳樓手賦以助爾添修五鳳樓為菊花為春
寒開較遲活用字補考次題禹聞善言則拜詩題士先器識得先字共取
一百七十三人靜坐無事甚久也閒談偶及世傳阮文達彭文勤兩公所屬對有
余訪未閱者云某公好談道學僕要時借人作賀聯有調之者曰易經太 所云
極兩儀生四象實具名理甚以此事吻合但無成語作對文勤曰對以千家詩
春宵一刻值千金如何文文達偶出見一條街有兩當鋪戲為出語曰東
當鋪西當鋪東西當鋪當東西一時未對後至通州遂對云南通州北通
州南北通州通南北
廿四日庚午淨場較前次略早謝公為分來卷子各七十二本屬余共

久也閱餘三十本常所署屬喬先生閱是日天氣晴暖加意披校竟
日及秉燭燒兩條而畢
廿五日辛未夜間大風天曙急雨一陣起看雨雖止風猶浩浩從西北來將卷
覆加圈評詳爲排次凡擬上列八卷中列十二卷次列二十七卷備十四卷
聽十卷補考一卷飯時君秀來札屬余進署當打轎來余應之移時與
久也立轎而行伊回寓去余至署與君秀梅壽兩兩叙談知無錫再覆
題嘉善而黔不張九經齋雷乃發聲賦以雷出則萬物出爲韻勸耕曾
入杏花耕以耕字行保甲論勸保節啟補考題首學如不及次故逹余
飲君秀受菊難頭君秀亦菊難頭少時梅壽劍森誠庵復卿均集於君秀

處既散又至誠庵處見慶之月波設時久也來已而張房請吃夜飯余與君秀久也劍泉四人同坐飯畢仍乘轎返書院亥刻謝翁來總閱試卷

廿六日壬申四鼓傳禮房寫案五鼓即貼出因逢 國忌故不及晨仍用鼓吹升礮也事畢謝翁就睡天曙矣余稍延片時乃起見禮房鈔案底共覆一百五十名已刻謝翁起身回署久也旋出余獨坐無聊亦出至署本共蘅日遊信有仍用吳船前往惠山之約因昨日之雨來與船娘約定今有晴意而備菜不及矣久也來欲趨約知未果留署共飯飯後偕君秀三人出閒步至城北公處款坐小樓閒談移晷旋出北門至吳船泊處重與約定期明日但以不雨為準設時忽又霏雨遂返城中沾衣欲溼久也於過談人家借得雨傘應以回署

久也回寓去余就署中乘轎先返書院閒窗寂靜迨晚久也乃來雨止而行也得悉無錫案前十名為蔡守廉胡猶龍楊壽棫蔣士松徐紹達顧祖戀華文瀛陸士奎胡之三捷薛聰彝吳正揚案之頭蔭孫在十三沈鳳笙在十一華文川在十四初發案之朱寶治在十六而唐錫祺亮已二十名外入夜又雨霰繼有雪珠聲

廿七日癸酉晨醒聞鳥鳴聲約略晴矣起則晴日滿窗余枕上成題孫溥泉小影用雲林對春樹款即以端坐對春樹為起句得五古二首錄稿出懷之與久也同行伊回寓余詣署促君孝起隨便敘談移時久也亦隨梅壽入署來會梅壽今年六旬正壽前日詢知擬為公祝而壽翁必不肯乃

改為瑑飲仍合廿二日之六人先後出北門登吳姓之船皆為熟客將維向惠
山時巳午刻抵山麓燒香浜泊則巳未刻訪張氏竹林及君秀與余登岸入寄
暢園廢池喬木一派荒涼究鴨鵝斷失長腰淺盤閣瓶存空架惟賸
宸翰之綠碑搭介如之片石凍苔凝碧春草未青惆悵而出返舟午飯
飯畢後與君秀久也三人循行山麓過睢陽忠烈廟經雲林高士祠前途空
曠平衍實為昔年南巡輦路再前行訪馬貞烈女墓背倚山岡面臨
阡陌窆石雖封崇坊未建限於地址耶抑無人為之集資也再前折而左
由田岸行轉即出李公祠前為燒香浜底返舟少歇後登紫陽書院之漆
山第一樓臨眺移時知秋吳二公亦已登憩餘四人同尋至漪瀾堂畔約共茗

飲而二公不見乃就泉上茶寮坐下眼遊人出入亦不見也余偕久也以碑拓比對刻石拾級而升循牆而視之拓紙不少但石有原闕無從舊觀追溯南巡幾及百年矣時暮色蒼然返乎舟次少時誠庵廣之二公乃返問之云在漪瀾堂右臨高茶寮相候同此泉上竟成勞燕亦奇矣此時預約之孫二先生亦到船中促坐即命解棹過黃埠墩上燈行良久仍泊馬頭鋪席圍坐歡飲久之席散鶴來余與久也仍先同人登岸徑返書院時已亥刻將盡遊歷之時野風吹面既定倦思漸來蘇澍翁來見過乃睡

廿八日甲戌童生三覆題來早已封門出題如點名進場散手未知已而一亭亦來寫昨詩於博泉小影之上幅又為久也寫摺扇全面餘惟抄書

消遣天氣晴和命題賞春日之遲遲謝翁出題所求乎弟訪題舊學商
量加邃密字得量性理題養心莫善於誠論共得一百三十八人
廿九日乙亥晴八點鐘時淨場分來卷子各五十九卷余比久也分為求覆
試弱卷尚六十一卷謝翁既去即披而評閱閱之禮房鈔呈無錫三元題陳良之
徒陳相師狸紅帶露海棠逕字得棠師道立則善人多論資於事父以事君
論范梅翁贈余糠山肺草一札糠山離城數十里梅翁託其西席施惠齋借
鄉間人覓之此草能治一切肺疾故以為名傍晚閱卷已編君秀來坐談片刻偕
出遊玉泉庵距書院甚近境極幽僻背城依水幽僻可憩少時出北門至
近水樓喫茶遇吳竹生共談返城買對一副與君秀分路歸書院燃燭覆

閱卷予將前列排次加圈加評十一點鐘就睡上七卷 備十卷 中十卷 聽六卷 次十九卷

三月初一日丙子晨寫小對並署長款擬與久也同出至貝寓前日施惠寓借書並到署見訪余請步並談竟歸草坐頃與梅翁談旋與久也同至署偕君秀三人至聚豐局訪竹生不值出北門至調布馬頭吳船泊往回至近水樓茗飲移時返署午飯久也留席吃飯又來又同出至徐寓樓頭小坐見二三兩先生移時同至書業家請前日步談頃同至對門三陽茶室茗敘天晚氣寒北風甚疾遂返丟院晚飯後禮房抄呈無錫三月覆案前十名胡猶龍榮守鑒楊壽棫顧祖慈蔣士松沈鳳笙華文灝顧蓉階孫蕃聰龔隆士奎前案第五是徐紹達在十一想正案居首是是榮守鑒矣予刻謝翁來宿閱卷

初二日丁丑天曙寓集俄頃即出共費一百十二名俄頃澍翁回署余等方朝点
作短札致段君秀而伊宦適送札來承孫溥翁贈余湖穎八枝佳茗兩瓶
加發札遣回即出久也同行經出北門遇程屋局入訪吳竹翁已他出至近水樓
則先到矣同坐久也難設候君秀至同到吳船泊没又他往悵然返近城根催
十三日所坐之小船先詣黃埠墩瞻謁壟好裝金玉女（完工）壽星兩像具香燭一拜
而行於路遇見吳船付以前日催資徑至惠山直抵泉上轉出在飯店吃飯以
為未必佳而脩饌頗得味三人吃（費）錢四百文耳至至泉上遇吳梅案自蘇城
偕其胞妹子遠於江陰學署歸棹過此因來一遊去出不意遊於泉亭稍席（談康甫名家驊在廣東候補鹽大使）
同坐吃茶快談良久起至溪山第一樓及聽一回梅案邀余等至其船中返城

講可再談，於是趨之。過江米上轎，泊買紅款。君秀引至迥談之鄒復茂店內，店主號植卿，數年前以業酋入金匱學，余曾由君秀轉屬爲植卿寫對聯，故与敘談甚洽。邀余等丹桂園茶敘。邀余梅宋軾植卿攜渡至丹桂敘坐片時後，植卿進城到署，始略傳翁爲談，至曆暮返去。晚樹翁來，余等睡矣。

初三日戊寅，四覆。進場，上巳令節，天朗氣清，惟早起頗寒。樹翁出題，文四教字，詩雅言字，作起講兩個，壽雲歸添春風香字得香。未刻淨場，諸輩以次吃飯而去，余等亦吃飯後分到卷子，各四十五本。樹翁因署与久也。披校半時許即發落，列十來卷，仍有評語久也。因寓中有家親戚眷來，匆匆移返寓，与同出前路。余徑出北門至近水樓尋君秀，不值。返而進署，則未回也。姑往劍泉房中坐談。君秀返，乃又

送僧家人茶儀洋一元
又門房及挑夫 [illegible]
轎值瑞家人茶儀洋一元
又廚房 洋一元
又茶房及打雜人 [illegible]
給君秀盤 [illegible]

舟價 [illegible]
粥飯 [illegible]
點心酒 [illegible]
煤炭 [illegible]

其房中敘談至晚飯後乘轎返書院久也亦來仍同宿

初四日己卯久也早起即收拾鋪陳一切好々返寓余徐起徐々收拾巳刻乘轎進署辭行預託署中代僱歸舟候其泊到署東苍口馬頭即將行李安放舟中澍翁復於午間設飲作餞久也邀來並有趙春華同坐席間澍翁屬於前列各卷再加潤色更換評語余擬飯後起身因澍翁與言須暫留而東南風大作舟不能行只得且住乃偕君秀城中閒步移時返署適在堂上問案未便直入遂出至書室宴辭行遂至對門三陽茶室若談良久分手晚進署始偕師爺子如澍翁袁錫侯劉幕中諸公餞而晚飯久也自惠山歸將來送行余登舟時君秀久也送至河干

初五日庚辰。水宿一宵，黎明解維，風轉東北，較昨稍平。舟中卧聽大雨

至晨亦息。起來推窗窺之，雨尚濛濛未已。始過新安，巳刻至南望亭

暫泊，買午餐。餐之，看雨止，堅晴。閱坐客卿繙谿翁所贈新修錫金

縣志。午刻過滸關，未刻沿湖，岸塘而進。申刻抵閶門水關，移棹入直至廟

堂巷西，乘騮橋繞，乃泊。返平陽館中，時方酉刻。君季梁為余權館相見

道謝，並與鈍士首之敘話。夜檢攜出及帶歸物件。

初六日辛巳。晨，倉石來，同至儀鳳若談，移時返。謝濟蘅、樂德林皆未晤，

討錢也。既還，又遊出，過詹雨家訪之，不值。至敬德，當不過一人，遂至敬慎

堂，謁祭拜侍語，復與辛芝、春暉、瑞卿敘談。時已晌午，至錢翁家略談

即至五雲閣茶居館中適不在館即茶肆已飯時遂留同飯並與繆春畦表弟談片刻偕茶肆至玉樓春茶室與錢翁有約也錢翁先到同坐快談良久乃起又至啟德路見繩九略談出余以時為早遂返家一走松友在家並與筱見桐弟永姪暨姪相見各有談話為暮回館

初七日壬午晨膚雨來約在儀鳳敘談移時散返館坐定寄課如常作寄佛見江西第四號信又復鏡弟滬上信並絲贈墨又復滌卿宜興信分別發遞飯後錢翁來談時刻字之馮黼堂來刻成張子上王拙孫兩家詩始送樣本送錢翁出陳晴生來訪有心蘭畫錢翁之扇余因適[言]繼去來即錢翁也蓋晴生不識錢翁之面遂共追之不及晴生亦不復來

初八日癸未理裝課至晌午出至清嘉坊訪陸權伯菲敦於季梁旋歸家過清明節祀 先至家午飯旋返餞少時復出訪心蘭不值至敏德宅坐頃與蕭卿至太監弄義和茶室晤姚士章談去晚返燈下作書寄錫梅壽君書信各一緘併封發去

初九日甲申節日散塾晨至錢翁家託貸以周雲峰峻所畫蘭花條屏送潤資易之伊即往閱要約余於茶寮少時即來快談久之散余至金史巷陳受因內姪女將嫁預送匳分與子儀內姪談頃返飯飯後復出再訪心蘭仍不值訪眉石於新遷居西美巷亦不值遂至鄭盦弟受閒談良久又至太監弄聽書晚自蔣碗碗時成賦秋輓詩七律兩首是日樹上

時遇賽會因憲諭不准除府縣城隍外往屬壇故但走境耳

初十日乙酉晴暖兩先皆詣虎阜掃墓遂散塾出恐亞蘭見過特再往止之得晤同出至鳳池園喫茶近午乃散回館寫賦秋韻詩於素屏錢翁以雲峯畫成紈扇交還特來而不入相見午飯後亞蘭來須有約也偕至倉石寓不值至茶磨館中得晤並見茶卿敍談間有茶卿友人吴江姚君福楚詩藁一本屬茶磨與余為之批校余遂懷之偕茶磨至圓妙觀中雅聚茗談遇徐竅翁談移時出觀亞蘭仍同途行將近館乃分手各返是日午間暖甚傍晚忽起風陡然為寒就枕聞風聲益緊

十一日丙戌晨寤聞雨聲起來頗增寒習課如常雨不止倉石藻卿合邀至

文樂園集飲阻雨不往抵暮倉石來云只四人就席而已

十二日丁亥門人說昨晚曾下微雪余未曾見今日頗寒雨止途濕錫侯弟來將往陳處去幫忙午後又雨傷晚余亦至陳處請媒人席猶未散嫁粧一切齊備有益齋甥男兒李玉內姪等帳房料理桐弟暨姪亦在

十三日戊子晴霽晨即往金史巷粧已發矣與諸客酬應至午刻媒人李譜梅之子及來齊舅兄來自乾宅云將迎娶來又乾宅住齊門外木瀆沈姓業木行用綠呢官轎來迎稍時娶去余遂出至徐府翁家閒談後至鶴鳴樓喫茶良久散歸家問視松兄昨夜因受寒發出疹氣疲嗽亦較甚

十四日己丑晨又歸家看松兄患稍平至吳星濤家即請其來診脈定方去後

余乃到彼，昨金匱寄到東林書院甄別卷九百五十本，並花梅翁、石君翁兩信，今為鄭盦弟襄議修葺錫山馬貞烈女墓，首先倡捐，因即致書君秀房與署中諸人商辦，一函裁去，乃撥卷閱之，茶帥來，談昨潘子餘自無錫來，借倉石見顧，余未值，擬往答之，茶村云潘翁寓虎阜山塘也。

十五日庚寅，早東風雨又作，晨起陰溼，不詣莊祠，為鄭弟擬致楊藝芳信一稿，送去，致楊之件為馬貞女事也。陳五舅姪女周門年殁，備衣冠，欲往，柳貫卿來觀，年不見，長談而去，出至倉石處，問潘子餘處，云在吳衙場鹽公堂，不躭擱，至金吏巷，則已雙歸正，見禮矣，余遂見之，晴穫叔和留坐，至晚，堂中設正席，東齋代禮齋主席，入座時及上燈，余以茹素不便，遂歸，燈下作寄無錫信十六日辛卯黎明起乘轎至松鱗義莊天大霧幾於對面不見人聯至族中到者已濟濟少時派執事寫明水牌即舉行祭祀自内檻刺史公祠旁檻 節孝祠而中檻 主政公祠而正檻 光祿公祠以次行禮元和學師來主祭 鄉賢公祠事畢未午出閣族共到七十四人在義莊享堂中合食飯餘席散漸去余亦出至五聖閣顧氏蓉庭館中並見茶鄉票設片刻出至鹽公堂巷諸子館但出不值略坐頃刻亦到余先起徑返館仍督課半日

十七日壬辰晨膳雨未設半晌去寫四尺粉紅硃箋對一副款林和父現成寫好紈扇一柄倩茶鄉加畫而署款佐以朝珠一掛書籍四種遣人送至齊門外沈家作為見面禮午後雷甘翁來談吹及柳質卿因與偕至洗心局茶

之余贈以書錢種敍竣良久与甘翁分路返得君秀復信又梅壽信附到施
惠翁贈我扇面一頁書畫俱全又肺艸一把繞內據山採得者又金匱長桑
一通遂日仍閒閱書院卷作輟時多艱於見效
十八日癸巳晨歸家以肺艸呈松兄其痰嗽之疾或可試服也見金署家人
於月值場張姓者來蘇耳來汪氏返館即作一緘託其面署呈倪公祖另函
致梅壽君秀各一箋張姓晚去又得君秀昨日信晌午作書傳見江西第五號
信午後即赴墅晚課事畢至廣雨家不值至馥德宅略坐
十九日甲午清早倉石來約在儀鳳茶敍赴之廣雨亦到稍時散課暇
赴紫閬春茶暮心蘭來又約在儀鳳茶敍又赴之有笙魚倉石同坐散

心蘭心園冊十二頁，有以筆寄售女三君，各售之。移時散，上燈矣。

二十日乙未。倉石來，余適薙髮，不能出見，以精舍填詞兩圖卷屬其轉求子餘先生題。逮傍晚，倉石又來，以子餘發札示余，而不入見。閱卷竟日。

廿一日丙申。閱東林生卷三百本，畢加批語，兩排次之者一百五六十本，不取三雷同違式及指出數等瑕，亦各加批語四十餘本，札起另置。乃披閱董生卷。錢翁來，略談即去。

廿二日丁酉。耕蔭義莊春祭，鶴書、駒壺二生皆往與祭，獨坐閱卷。晌午鶴書歸，課之。倉石偕來，子餘題就兩圖送來，云即往觀劇，余復字約於觀劇散場茶敘。迨晚乃出，至玉壽仙來，到至錢翁家，不值，再至茶室獨坐啜茗，錢翁來同話，薪子修倉石不至，天暝乃散。返路過倉石寓，入見，云未接復字，已往戲場矣。

廿三日戊戌，晨隨家丁至返，飯時復課，得間即閱卷。浦鏡庭書客來。錢翁東還，蘇詢翁所選賞奇集五本。落卿來，不見將兩月矣，談頃去。

廿四日己亥，晴暖。閱卷竟日，不出，亦無人來，所閱較多。

廿五日庚子，閱卷正忙，倉石札來云子餘在安樂居中，約往相晤，余訂以午後。是日鶴壽小憩來入塾，子翁去。晨課畢，即出赴約，見子餘，道歉道謝，竺魚亦在座，互出漢玉相賞。未幾竺魚去，遂偕遊怡園，三人爲政，見碧色桃花滿園盛放，而牡丹苞綻紅妍，悶昨猶含蕊迎余等。觀花遂過石亭啜茶小坐，遂與後人而步良久，出園，晴生亦至，同散，以次分路返。燈下趕閱東林卷，猶有一百七十本，稿託銅士加墨。

廿六日辛丑天甫曙小雨偕省之姪出胥门舟次候家中諸人出為筱涯兄桐生弟庚侯永之姪承銘承悌姪孫并錫侯弟而九天霽放棹往先福祭掃過木瀆暫泊永之乘轎往上沙展汪祖姑夫墓余至芝巷衕徐氏老友賦秋適以是日開喪詣靈前一拜少坐出舟稍端圖門分尊像永姪往置遇閱一時許相与登舟首之眼鈍足滯误落於水舟子随即扯起已内外上下皆湿借衣通身脱换幸無他患酉刻抵山中先展黄家河頭　曾祖墓定泊澗上文偕桐弟至貫香雪海尋藏返已向暝合族到者濟濟矣共宿墓廬中

廿七日壬寅黎明即起随班詣河西橋　六世祖墓展祭共到五十三人自西圃叔及家達曾姪孫凡五代為二十餘年未有之盛既散各宅船皆開去惟留

我近支三船少停詣司徒廟美　五世祖墓真如隖　高祖墓子姓凡二十三人已而各散徧展　祖考暨　伯父榛山公紫屋公墓　先考墓旁及　穎生浚生兄墓又　大嫂先室並冢　三嫂丙舍一一祭畢返至舟中時纔晌午少憩午飯後至别墅中澧如弟婦沈爲辦澧弟窆穴均如兄嫂張爲覓均兄墓地故皆在山中入見有話商議並見沈啟安澧如妻兄亦爲葬親來宿别墅話畢徧歷别墅有紫藤繡球紫荆薔薇及深淺桃花開諸不一憩坐其間方歸墓時過大畝頭觀澧如葬穴方事圍壙既而又偕悅巖兄至卧龍山大坟頭看均如坟地適均嫂亦至相與相度移時返墓廬傍晚並無一事愈覺日長惟永姪於午後踰嶺上鎮又入圩里訪友抵暮而回隔夜雷雨大作是日晴暖

廿八日癸卯。仍早起，合蓉居登舟解維返城，風轉而東，舟行不利。過木瀆登陸，而步經支遁，過顧田鶴，候張壽履，還居，亦得兩度。過汪惺之，知為石心先生之子，現與松生兄因事回返，入於舟。申刻抵胥江，即返館中。復將東林卷排次加批，良久方瞑。接君秀金匱來信。

廿九日甲辰。晨起即料理卷子，埋頭竟日，始將童卷六百四十餘本分別排次，其取列四等者共一百七十本，皆有批語，其歷卷亦有批者又一百餘本，一齊了結，弄得頭昏眼暗。孫溥泉自錫山來見過。

四月初一日乙巳。晴。早晨出，過敦德，少坐，遂過謁莊祠。辛芝弟以沒極西夫宮瀟掃置甚及，案為修譜，坐地額曰四思堂，談頃，同至茶磨俊顧氏，并見茶村，又談移時，因至祁成當自後門穿前門而出，與辛弟分路，再至敏德，因聽如弟葬後作安靈並道場一樣，均如西嫂，有語見高房作覆。呼延雨生娘婿及娘女來信，為山西有便人在此，將去也。語畢已飯時，遂留午飯。返館，驟暖，有雨意。作致梅壽信、君秀信，寄還東林課卷也。晚雨，入夜有雷電，雨聲入寐。

初二日丙午，晨陰旋霽。唐層雨來談，少時去。修補叢調翁輯選感逝集版，重為排次卷數。手民挖改，跋工竣（楚之），可觀矣。傍晚歸家，並答溥泉於西安，義巷不值。

初三日丁未，晴。早出至唐層雨家，招之出胥門，會齊錢卿荃部，放舟至橫塘泊。亭子橋下登陸，入嚴家灣，展張硯孫詩人之墓。前故時姓，仍亡人，今歸嚴金生所料。墓上野花黃如散金，今年未發較晚，春草長矣。回至舟中，以饅餜供午飯，已泛棹

入石湖泊范氏別墅遺址岸邊有假山一座石多頹圮坎左即文穆祠堂余等
履華補陟磴級登海潮庵老僧湛然方假寐遽然起身延坐年今七十七矣固舊
識也獨一個在別室道人為瀹茗更覓清涼稍暑起下而後上登治平寺入門問
舊識之老僧大愚答云進城赴靈鷲寺傳戒壇場矣餘僧相見不相識亦不為設
茗任余等隨喜少時出返乎舟中張布帆順風而湖胥江抵岸進城天色甚早
同步入道前街鳳池茶園有為暢談良久乃散回館得鄭盦弟札以楊藝芳復
信見示筱兄來不至余館年餘矣燈下作致偉如弟山左覆信前日得其信也
初四日戊申樂甚容修刻字那人以後來議印書事寫新刻書封面字三頁補
作王春初吟碧山館詞重刻序迫晚出至葉師家不值見其郎君森卿至馮蕭堂

刻字店亦不值，亦僅見女子，返。俄而蕭堂來過。

初五日己酉。蕭堂又來，乃逢我，詒謝濟榮亦遣兩人來，即去。作致君秀信，即發。又托子上、振孫、子繡三人詩詞，俾各綴跋數語，以志余刊版緣由。落暮課事既畢，擬稿至世翁處，要星垣設晚，返。是日午後茶邨來，因余往未見也。

初六日庚戌。晨出，過敦德，少坐，至觀音萬福春茶室，繩卿兄在內，同坐。已而又兩客來，同坐四人，凡二百七十六歲。余具衣冠至查小硯家，探伊夫人之喪。略坐後，至茶室覓茶邨，偕至飛霞閣買扇搖之。返，俄得梅壽信。午後寫對兩副，一七言，一九言；寫條屏一。讀錢翁盡意詩百絕句，用自題款題三絕句，又作跋一首，二百字。

初七日辛亥。前月茶邨出示其友虞山姚某詩稿，屬為磨其，余評閱。昨燈下讀一過。

為題五律一首即寄出又寄題錢翁之跋与詩兩箋又録題鄭第古墳拓本詩入其冊內飯後遣人送去晚雨少蘭來約儀鳳茶叙因雨未赴

初八日壬子晨出街路已乾至錢德少坐至鐵翁家談移時至茶磨館又談移時各有徽置之件乃至松鱗義莊莊正年芝莊副春疇兩弟邀客公議事設酒兩席到者為衡翁芙庭玉友三姪松見及雲客濟川兩弟與余而立並莊友程紫圃唐少棠兩君幸春和弟相陪所議為申明莊規劃一章程並將有事於修譜也席散雨作遂行与雲弟同途偕還飯後送雨兵至易之返飯歸過倉石處進見談少時知吳秋農東蘇兩潘燕池已去即子飯　是日府試五邑正場

初九日癸丑雨竟夜且猶未已氣轉寒菊月徐蘊翁示余第宜樂所藏元明銅權

十五枚，摹本册後并錄題跋觀款十餘家，余一一鈔出之作。後梅壽信附寄去弱扇

送潘畫堂，送施遠齋，又以舊寫對一副加款並新刻六種一部送吳秋農，作題辭

菉卿小照柳陰垂釣圖，成七古一首

初十日甲寅，晨出地著遷至沈藻卿（新搬者）處換衣冠，至對門浙紹會館祝硤棣園八十壽，少

坐，有戲班，開場尚早，遂出，復至沈處，脫去衣冠，與藻卿從同路，又至心蘭處小坐，為秋

農近作畫，出，又至樂橋南市劉子申之表處少坐，返館正飯時，飯後寫元明十五權冊

上引首，隨題跋語，又錄丙子年所作延祐銅權歌於後，冊中亦有延祐四年所造權，

故及余舊作。又寫昨詩于菉卿小照上。晚桐甫來

十一日乙卯，是立夏節，晨寫小橫幅二，紀存姪屬便面一，汪少甫屬，午後解饞半日

攜古權冊至徐鞠翁家，徵還余敘，旋移步至怡園，與茶磨、夢蓮、冷香、缶廬皆有約過。
夢蓮借其姬筠山、姬孫呼梅、艾生壽，缶廬引其子小石，茶磨率其子姪婿孫輩，園中
所過晴生、琴庵、懷之、韞甫、敬慎，宅中西照廊暨孫重珍、弟卿春諸姪，又湖北新來之姪婿
陳駿生初次相見。是日遊人滿截，塑孩子出場，童生以及老嫗小女先後來者，通計不
下千人。余則芍藥初放，薔薇半開，半謁盤旋，良久出，余返家，因節日薦新　祖先，齋
展拜回，餞入夜，銅士設酒，嘆時物知，鶴書鴻老亦先後甫領，令至怡園一遊。
十二日丙辰，聞三松堂婆羅花盛放，特往看之，至見尋姊侍設，知今日有七老聚會賞
花之舉。七老者，碩良庵、壽且園、彭純昉、吳遜齋（引之）、吳穀餘（雨植）、五家西圃、殺蔚孫迺、良金，
過敏德，濤返，俍寓，濟喜齋叢書第四函封面一張，總目一通，傍晚，視攜至文翰齋付

刻返,汲仲連信,知得鏡弟差委,將有解餉子往金陵之役。

十三日丁巳。晴。早家中女僕來言五姪孫女病,遂歸視之,少停出至洗心局訪質卿,人云現在不寓於此,遂返。館錢翁來,不值。飯後錄孟郊歌二篇於摺本。郊腹傷,晚寄信,汲仲連告以其五子郎之病不及學。

十四日戊午。夜雨,晨膚雨來,踏溼至巷口茶敘,移時返,作查小硯夫人挽聯云:備賦茗畫荻之徽儀,學富璇閨,資兼翼勸;哦松種菊,為清績宣勤,銘閣稱鸞封,益欽夫人陸氏鳳工詩賦,並善持家,昔日為桐弟作一聯云:卌年力瘁持家,並惟詠絮人似多才,鷗波長比影;百日心殷作室,已是遷喬卜吉,朝聞雞動,遽傷春。蓋將移居未果也。傍晚查蕉塢來長談,有所屬,須書小八分,辭不獲,已得

梅壽復信倉石贈余篆書橫幅與正月中所得畫幅可以屬對

十五日己未晨往莊祠先公祭德昨沈登安知來其將行謝步即送之未晤至祠

少坐出至茶磨飯中略談出至養竹居探新搨舊石刻數種同至翰芳齋

以倉石書畫兩幅付裝返館檢府志寺觀金石兩門查瞭所見各搨來由傍

晚倉石來攜有延光殘碑拓本已裱作立軸余因以所取各搨廿一紙同觀

十六日庚申晨歸家爲五姪孫病延吳星舫早來診脈陪之送出乃返館午後得

君秀信傍晚以杭州許邁孫增信並得精刻山中白雲詞四本後附詞源校史書

勘審據刻版刷印裝訂工料色色講究爲近年所見新刻書本之上品殊可愛玩迨

暮江子佩又以其師管谷香遺稿來是前年曾爲選校者

十七日辛酉。夜來雨，旦起未止。前日蕉窗以張秋水所著墨妙亭碑目攷稿本來，此書現在書局刊板中，有漢碑寫樣須作隸體，屬余寫之。余謂宜倣漢碑原樣為是，然閱墨妙亭諸石久佚，舊拓世間所罕，何處借觀？昨函介倉石以問楊見山、吳廣庵兩家，皆云無有，只得以意作為隸書，惟略據隸釋為藍本，字形須合書格，拘束甚小，竭我目力為之，遂以竟日。

十八日壬戌。仍摹漢隸小字樣，飯後至般總務預備書事一切，耽擱半時許，出至定慧寺巷試院前。今日五縣初覆在場，重門深閉，外面寂靜，惟西首有肆考浮店書坊、碑帖、古玩之類，遂一觀覽，無所遇，返。自晚至夜，將養竹居取來之石刻審攷錄其文字，皆南宋時物也。是日發寄江西第七號信，恰接初八日來信

十九日癸亥。又摹嶧山碑小字刻版，携一通過叙德，請嫪人邀去作陪，爲豹生理
晨課。乃出至倉石寓，他出，以石刻文紙留下託加審以釋之。至錢翁家，仍見還，其話
稿本。談少時，乃到叙德，嫪出，孝來。後乃是一蘇一葉，談吾輩話，並見子宜姪，於今
日到家，同入席。叙談，未正席散。申正余出，至山輝碩氏，不見，又回行赴錢翁約
於玉樓春茶室，伊已先到，閒話良久。廬甫來，又同叙，迨晚乃散。
二十日甲子，晴。晨乘轎出，至盤祿寺拜林祖文恭公三十週忌，穀間炸出示賞姿
羅花詩，西園姝首唱，七老和之。未余過至叙，慎賀玉笥弟明日嫁女之喜。少坐，回
至叙德，一切皆備。坐頃返，飯。飯後倉石來，携示古瓶拓本冊，屬隨便加題。仲英來
稱壺園之屋云文小坡文焯欲覓屋移寓。小坡漢軍人，本鄭姓，酖風雅，多材能

余以錢之貴公子峯孝廉而不愛官者追暮歸家一走看五姪孫愈矣

廿二日乙丑蚤至敏德街應沿間出後門至大井巷居書士廣賀姓郎友梅完姻喜即五前女之乾宅也少坐即返午刻僕程氏新郎來入贅未刻乃到矣申刻於堂交拜行合巹禮天氣鬱熱大家寬衣歇息酉正行覲見禮即於堂中鋪席上宴余張羅坐席畢往賬房中晚飯乃返程郎名德銘號景顏

廿三日丙寅晨至吳仲英家因文小坡昨已來屬過房子往詢其家不值遂返午刻小坡有札來發之約以明日到彼家面談傍晚微雨

廿四日丁卯寫贈許友石摺扇全面作半篆半隸仲英之子平格來為小坡畫午刻歸家　先妣蔣太恭人忌辰設祭飯後驟雨俟一陣過後出至喬司空

巷潘家丈家以小坡跋雨又作辭出為連纖未已返至敲德少歇知喜事餘波一切俱了雨轉密遂出街上滑矣返館汗流浹背雨大來入夜更猛

廿四日戊辰雨向中夜益以狂風騰沸之聲驚人夢寐竟日雨止而風益甚氣寒而天霽矣為倉石書金石拓本跋有隨筆數句少只數字者惟太初四年駘蕩宮鐙建武廿八年山陽邸鐙兩跋稍長適蒼石來出以示之飯後錄竟已倦傍晚繳還適茶磨來偕出茗談因并邀倉石來敘移時散返館知小坡與平格又來不值遂至平格處暢談抵暮返

廿五日己巳晨至茶邨家知其生瘤於臂問候之談少時返寫張仲簠銘拓本跋於裱幅上因審係偽刻摹本故并摹宋拓本銘文焉

廿六日庚午 晨至養育巷大街拜汪錫生夫人開弔並季安出殯少坐至心蘭家知

其叔端孝舊疾問候之不出見即返飯時李芝弟來余方徇其意為擬松鶴義

莊申明畫一規條去歲撥款十四條皆援引歷次已定規條兩申言之傍晚蒼坨札

來借去宋詩紀事一本前日已借去蘇詩補注一部

廿七日辛未 作復許益孫書寄杭城金洞橋附以去年所刻香禪詞鈔行日記各一本又

作致君蒂無錫信因李弟言擬義莊申明畫一規條石非平雨中來

廿八日壬申 規條十四則錄出即送敏慎寄濤去齊叢書簽條字現在合成四函書五十

四種裝二十二本傍晚得江西佛見信惠余英蛺捨陸涵詩潛雅堂刻本價寄贈不

已即以付之並所欠為多

廿九日癸酉晨至黃仙翁家跋岐陽王謝刻字店一遭返館照膺甫邀入跋片刻去傍晚課事畢至蔣卿家還遇伊海甯許氏餽鈎宋拓夏承碑贈以去年所刻六種一部伊答贈我以碟石將氏重刻別下齋叢書中輯補隅錄方本刻手亦精得君秀復信

三十日甲戌因君秀信出招樂德林來再印石氏二世詩集傍晚至徐霖翁家知其喬梓俱赴虞山不值悵然返知平格來過得朱蓀卿信

五月初一日乙亥早出在敬德堂坐同元吉詣莊祠亦少坐首姪為考課（李家）學徒之事留舍至茶磨館中始設歸由觀前還飛霞閣扇賬文樂園菜賬文湾清嘉坊石氏託代還姚鳳生碑帖賬乃到館督課得梅孝書附常郡試錫金兩縣前三十名鈔案來傍晚歸家一走是日文小坡來租定高園

初二日丙子晨至霞客弟家在祁道街曹家弄為躬厚堂老宅旁落之後屋叩門入問已他出入其客座留字而出返館補課之間寫摺扇三柄皆金面迫暮至蒼石寓晤談又攜彝器款識冊以歸是日小坡又來

初三日丁丑天氣驟熱昨作跋偉兄壺全文加一短箋裝之是為第八號為倉石審訂金石文字涉獵諸書飯後寫橫幅一向暮雷雨陣熱稍散

初四日戊寅晴晨頗爽家訪人有潘閬璣道邊潘與翩璣清逸居士余取其私璣合併之以為吾家典故飯後解節館出過廣兩家招之同行至錢翁家不值至懋楨將拜擬飯未熟先見辛弟談頃乃詣三松堂見將拜余備素紙呈求書道邊清逸之閒六字後乞綴跋侍談良久出與辛弟偕出至觀中茶室

別錢翁庸雨咸在同坐茶話辛第先去三人久之乃起分路余至敏德又坐片
時返館知燕庭蕙蘭曾來約在儀鳳此時想已散矣得梅壽信寄到闈卷脩
羊兩謝濟榮之饋字樂德林之即付兩遣去債交迫而來
初五日己卯晨出至茶鄉家坐臂卿已愈而邵君森卿臂疽大發談少時
返館中減衣歇息片時再出至倉石家得晤談觀新得金石數種乃至察
院場尋樂德林見於馬醫科巷家裡付以錢余歸家候祀　先過節吃飯
天文緣熱餓延良久出至范莊前張叔鵬家得晤談其錫台甄議木匠定做書
廚兩櫃因談刻書伊亦有意於刻叢書也出由護龍街過灣敏德適子樂
四姬有疾發痧挾疫殊厥逆余至內室視之因坐至傍晚雨行返館倉石來過

頃所屬刻之消搖清逸之間一印已刻成見贈諸瑞榮來算賬付以錢去

初六日庚辰晨倉石來余以有真意齋文集陔蘭書屋詩集兩種貽之伊又索徐元歎殘稿劉辰翁遺著兩種去去後茶村來少坐後少時新印湯書函叢書及石民高梓集皆裝訂成石民集五十部即送惲婣來李文昆仲處而叢書中有誤訂之頁竟須拆改未能裝出也飯後爲倉石彝器款識拓本上加設跋語

初七日辛巳德林託人來拆改訂成之書得夢徵杭州信附寄到漢陽鄖梅仙銓傳紅篙翠宦刻稿飯後甘翁來即以一本轉贈之迫暮課事畢至諸刻字店回至倉石寓繳還彝器款識拓本未暇坐談匆匆返上燈矣是日桐弟來

初八日壬午余未起而錫侯弟已來且有陳雨談次及大阜本家步韓

拜送艾　为鄰情倒坍壓死性極諳厚年七十七罹此慘禍天道難知余
兩次赴歙原與晉接藹然可親聞耗易悲感喟課脈作答夢薇信并答
梅壽君秀信徐寂翁送余手書楹聯余謂其虞山歸也傍晚往訪之知尚未歸
往蔡局尋蓮塘亦不值返路至心蘭家晚談片刻返館伯柳質卿信即復之
初九日癸未晨茶坊來約至巷口茶寮敘談觀楷招諸書畫冊頁所未見稍時始出而
倉石來久坐談久之乃散返館封清吉甫叢書四函作致偉臣信發行并書送至陳
嘯梧處伊將起程往江西也午後寫橫幅一
初十日甲申晨將出錢翁來談去後至巷西拜通唐氏妹週年即出至敏德元吉
以嘯梧將行思送食物余云不如合請以餞行因并子樂嫚三人合局為至觀前我茶

郡不值踪至山輝樾風之邀兹庭守梅師徒四人同出至温家岸下船舉揚出城樾探橋頭登岸入絲捐局看藻卿現辦此局捐務少坐就橋頭飯館喚菜數色五人同坐啜之飯畢招藻卿下船同從虎阜過值上草山塘橋失慎烟猶冒起啟水來踵接于水千五文至失散已而復集乃放行樾怡賢寺河過入訪兹庭認謖之琴僧雲間者琴挂壁間而僧方他出盤桓丈室茶艸吃頃間飲多啖吐趣息而行一路飛花市上花抵青山橋乃同行嬌良數多無義之船頭穩泊冶坊浜口頗有重船旣棹西下泊岸對樾良久過棹至絲捐局左近進酒肆又飲並吃點心三人返舟去余與藻卿步行進城一路閒話分手天暝矣

十一日乙酉文小坡移家來平陽壺園中余具衣冠賀之略談返書室背課午後

寄橫幅一即作跋梅壽信將寄與也

十一日丙戌晴始到館東云今日花橋公公散誕有壽酒余擬往祝松江許次柯來挈其徐姪雨徒自張澤來不晤又三年矣談次同至茶寮快敘提及甘翁遺稿至雷家久談少時次柯返舟余亦行至錢翁家見次柯屬贈遺之春秋內外傳並辭跋一本謝次柯所贈也即詣花橋壽其妹不見託云往虎阜實則避於蠡窟也辛芝訪弟璠姪輩咸在設席水芝仙館凡四席酒壇交菜諸將爭雄余從壁上觀久之先遁返寓措房痛面迫暮以一面緞至倉石寓偽潘子繇所屬余即以便面託求子硃作畫報後之道也晤筆魚在座同談同行歸又得次柯來札有題余歙行日記五古二十韻可云神速矣

十三日丁亥昨金還書到東林院課卷四百九十二本來及披閱晨歸家一走並
至聊孤局寄梅羅不值返至沈家楊莊園不在從中來進即退回行至乘騮
橋正欲訪問松江寄舟恰次楊登岸邀同至儀鳳茶室膚雨茶帥蒼石三人先在
併廣羅諸稿時茶帥蒼石先起俄雨茶帥偕若波來若波袖出畫還余西泠餞秋
圖卷蓋沈仲復題跋也余即借次楊題四人又談稿時同起分路返已近飯時飯後
始披東林卷次楊遣人出還圖卷並言即刻解維矣
十四日戊子閱卷發評又為兩徒理晨課畢乃出至敦德合餞肅猶江右之行請
陳仲陶作陪入席為雨陳及繩元與余元吉鶴書六人也稿畧撤席相約至道城
隍廟茶和庵院中茶軍之幕照相叩後門入屋但松六在彼倩其拍照是日天氣尤

晴日光炎灼蒸庭心西晷過半乃從事焉侶松繩史與會連照々相肅揖赴診去
餘仍同行有園必觀之遊余捨之返飯程小坡招飲吳仲英汪少甫潘吟香銅
士與余五人為客談讌良久席撤又觀其收藏物留桂軒與澗舫隣設其備
十五日己丑晨至莊祠先灣敏德與繩兒同行至觀東茶室少坐乃至莊祠俄而
茶磨來談次同至其飯後又坐少時出途遇譜琴帚亦自莊祠出同步過其門又邀
入坐少時乃返飯日午頗熱午後寫輓查小硯夫人陸氏幛對一副暇校東林院卷
不過二十本統計亦未及百卷焉
十六日庚寅昨有風今更涼閱卷之次布置廳事書室與意園只差一
墻余將移於此又得汪柳門學士自山東來信

十七日辛卯晨至寶積寺拜禮為第三週年住持僧道成有屬寫件收之
少坐返飯後閱書院卷飯後查蘆塘來邀西溪至室兮向客座鋪設方好
即請此間坐政而藻卿蒼石先後來快談良久蒼石借去新出土武梁祠堂
畫象拓一幅晚飯後小坡邀余閒談往則周雲峰在座是琴友也談移時月
下池心小坡與雲峰各彈一曲而散
十八日壬辰清早起至室檢出書籍一切搬擋不了稍定鵝生出即持日課天氣
躁熱而此屋不及前屋之高大倍覺炎熱午後倉石來贈余印泥一盒余將除
西屋其模文為余書齋門上寫斗室二字又示余武梁祠題字一冊蓋去夏畫象
西厢其題字仍依次裝裱之以供臨摹寫後留下屬余加題跋焉同伊至文

小坡處閒談片刻而去是時曉成寄江西萬九鏡信交局又有新印出書數本係
晚硯送夫儒著陳嘯梧家亦託帶交並送行焉
十九日癸巳得夢薇信附來杭局書目一通□刻洪文卿來因拜小坡之便先來余
處一談索余歙行日記一本去[illegible]
二十日甲午節交芒種時值黃梅雨連日晴燠無雨猶得課之暇惟閱東林卷是晨
又至郵旅局商運進徒入義塾一事返即致札笙魚告之
廿一日乙未竟似盛暑矣室几案稍稍方向以避日光小坡以右芝詩夢圖索題
有先題在後數番尚不暇讀且閱卷是日晨乘輿至潘吟香洪文卿兩處答步
至查小硯家弔其夫人之喪至歷友梅姪婿家答謝親

廿二日丙申　天陰鬱蒸作雨　倉石來　未刻（刻）遂雨漸大漸長且入夜　田間望插秧水足矣　課卷四百八十八本　通行閱過　過當須加圈加評

廿三日丁酉　昨晚得君秀信　有錫山鄒植卿茂才（學培）屬書條屏四幅　贈余宜興壺兩柄　鏡卿來（即去）　滌卿來同飯敘談

廿四日戊戌　陳德齋丈自西青對門顧甫鐵甲來談片刻　徐蘅翁送還香禪精舍圖卷　蓋自虞山游歸得趙次公（宗建）題矣　倉石來佐余料理卷子將竣　有苕口茶寮之約　傍晚課事粗畢　赴之　并遇心蘭敘談　迨晚散

廿五日己亥　陳靖生來　屬余寫扇　作致梅壽君秀兩信　併封及院課卷一包發去　飯後程錫翁來談　傍晚又因昨倉石之言　赴蘅翁約於西要橋臨河茶

室至則窺翁倉石兮有心蘭又有常熟陸廉夫揚州倪墨耕皆在座今畫家也可
謂幸會清談半晌漸次散去余與窺翁心蘭同出為路余至書局尋崔槎不值
遇羊叔蘧逵六在局中看余孫瓞崔槎錯來陳當傳壽昌題詠印蛻羊兄交
之遂返是日侯念椿謝濟雍樂德林為印書事皆來
廿六日庚子雨寫陳稚農紈扇半面繆春畦袁珠摺扇全面顧積齋道咸和為
合錦換幅一方張修伯鴨腳扇全面
廿七日辛丑晨歸家雨後路尚溼繞梵門橋弄而行進西浜先至楊薪圃尤氏
館中伊孫起盥沐後片時乃到家昨知松兒又發舊患歸今視之已無事矣
遂到館知茶村在巷口茶館候我欲赴之適錫侯弟來因與偕往至則倉石及

膚雨三人在焉先兵錫甫談話先别去乃與三人談閒事稍時散出倉石同余返
啜物去天復臨熱余患淦受寒當臍隱隱作痛寄茶磨膚錄觀梅詩
廿八日壬寅晨至芸蘭閣購紙筆至巡蘭家知屢夫借腐女家過羅耕亦至
又有劉臨川者亦董家也談次遂邀至鳳池園茶敘五人又談稍晷而散返館晡
課天氣盛暑是日交夏至節迫暮課畢又至芸蘭閣定畫朱絲闌
廿九日癸卯膚雨來天陰欲雨午後乃作傍晚雷大雨如注揷秧水優且渥矣
為倉石至梁祠題字冊上皆識所收古幢隸釋萃編金石索編三種耳
甲
閏五月初一日甲辰夜有雨黎晨起暫止而陰乘轎東行至敬德堂答程景顏
雅堦德鑄望執至茶磨館中談少時乃至莊祠約茶郎來不至遂出至敬慎堂見

蔣絣後片刻返館此時不雨街路多乾未幾又雨倉石雨中來招小坡同至書室
敘談得梅壽信余於昨日寄書跋伊一信中有鄭不跋楊藐芳一緘
初二日癸巳（乙）開霽晨踏墾返家即返館韵書不入塾祇替鶴書課謝樂天來
檢書版謀補刻及續印事傍晚濟之弟來課筆畢出至對門荅德齋丈贈以便
面簽書一頁而返出不遇遂至倉石寓又不遇遂至輪茗齋取裱件尚未成乃至敏德
坐談一回而返上燈後倉石來談二刻許去後又遣人以字條來
初三日甲午（丙）雨竟日作寄佛兒第十號信午後寫屏四幅去秋在歙宿博
鄉書時午橋弟言第中向有家人扑字屏屬余補書碌碌未暇蹉跎半年
矣今始踐諾焉得梅壽復信知鄭書跋楊信已交去余作跋君秀一函小坡以鮮荔見

餉嘗之鄒植卿贈我之砂壺共一式頗古雅然注水即滲不是石銚乃是漏卮
初四日丁未又畫屏四幅即植卿屬畫者錫侯來傍晚陳德齋丈來因前日未
見過道暮至甘親家略談返得章次柯松江信
初五日戊申陰重午節塾師放學者半余晨至錢翁家談半晌本欲他往忽思嗇
邀返路遇夜衙巷尋嗇甫新遷居不問他出遂返飯後看課午後嗇甫來言須至
胥江訪日本人江鹿門之舟筆談移時鹿門攜其姪遊歷中國過此昨曾到嗇甫家
攜有倪耘劬書耘劬現在上海還此海客曾與往還擬於其來蘇為道蘇地詩人
並及余嗇甫言明日午後鹿門擬來訪特先通意云云余又有與偕嗇甫往訪茶村
恰遇于途邀相茶敘余良久起嗇甫分路茶村與余至倉石更適廬夫蔬庭皆在

少時又來林海如相與快談。案有海如廣夫畫鍾進士騎驢圖，葉庭已題。又海如手
摹新羅山人畫兩軸。移時先去。又移時皆散。返飯未幾，祕咸當中發之姝遣人來
邀去，已向暮。爲歌仲三姬事費我唇舌。燈後返。二鼓後陸景山引三姬來
初六日己酉。夜不能寐。晨起爲三姬又費唇舌。首之到館，永之亦來，遂爲首之歷
師竹姪婿自江西來蘇，特過我，談頃去。兩日來撰成錫山馬貞烈女墓碑文一稿
錄大字一通，送鄭盦弟閱。錢鈞倉石皆來談。兩海客未來
初七日庚戌。晨雷雨。來云昨至海客舟中，渠他往，船（至）傍晚不歸。今朝擬再往盡閱
行李。余允之。偕出胥門，指路晚船，占亞貴舟中，皆在海客圈。姓（非誤，為江）天爵附貴名字半
伊文字振衣，彼國仙臺人，隱於鹿門，因以爲別號。偕來者有伊一姪，又有中國兩人

同來一甯波王姓一宜都楊姓名守敬王不在船上楊方裁箋履甚多東洋本刻皆精抄寫周
鹿門云語不通只可筆談伊先言在滬遇俄君報勸遊蘇州名士稱及閣下昨約
秦君奉旨不果歎之余先問其年庚東遊中國將往那幾處伊答云年五十二
萬里遠遊慮有不測故率小姪來余見其姪亦龔龔有類鹿門則大觀也伊又云
昨遊怡園前日先遊留園有詩云吾遊先自吳門始且向留園半日留此後往杭州
內留西湖之上余又問聞先生長於史學乞示大著伊謙不肯出余帶有新刻
五本贈之伊問余何官余曰一片青氈課徒而已伊云不仕以為尚其志青氈一
片遠勝折腰五斗也敬之余轉問以曾為官否伊云弟惟不官乃得浪遊於
蓄此遊志已十年矣嘗兩告以欲為東瀛之遊伊母阻之言願切直楊君亦言是

宜審慎余因問楊君係一務校官奉 欽使奏調駐日本已十年茲因校官得英國學
缺故歸鄉也述彼中情形華人之以一材一藝往者不可勝數殆不甚貴重彼處
物力亦艱潤筆亦復無幾腴云余所帶尚有書兩本即贈楊君惺吾惺吾以東刻
曾太傅傳略一本並送贈鹿門亦以所著法蘭西志二本一部見贈鹿門欲覓唐宋
詩醕余云此間書局有伊問書局所刻者是否本精良否余云殊不精差於貴國多
矣恐渠出遊城尋春來客棧不得至以蘭家以蘭有喉痛牙痛恙問之並見廑
夫談及其指引至善長巷口春來棧訪俍墨耕有陳靖生在座共談我墨耕無人
物花卉扇冊家幅二千餘件出詩出遊假已晌午歸課至晚有疎雨一陣將君秀信
又來砂壺一柄並係補送之紫泥元燈下作復

初八日辛亥，昨小坡以錦川書院課卷分六十本屬代閱，以其事多忙，余亦不暇也。鄭弟急欲將貞烈墓碑刻成，連次札來，午後雨，寫八尺九言對兩付，六尺八言對一付，料理半日，腰背腕俱病。閏端午得晤章次柯信，是日復之。

初九日壬子，不雨，踏泥出，爲鄭弟刻碑事至蒼水居，与錢氏兄弟商量石之大小，以定字之多寡。時濤、敏德及程葯泉來，又同時濤、曹陶軒家，屬師竹家歸。又晌午，午後顾子山丈來，出新刻詞三卷，屬余撰跋，作短序一篇，其二併屬轉倩他人，余諾之。又小坡住此壺園，又与議之，邀濤相見，小坡出談次，即以詞學屬之，伊認取一卷，曰雲叢擬唱，傍晚携顾詞為卷後，出尋曹子千，跋子山丈之言，伊認取一卷，曰今雨吟，余剩之一卷，曰蟫巢碎語，余因到家一轉

又向晚夜壺園又有管弦歌唱之聲
初十日癸丑晨茶邨舍弟約在茶居茶敘赴之鄭盦將黃陂馬貞烈女碑
送來遂寧碑額篆字六遣人送養竹居鉤摹上石為子山丈雕巢碑語
詞卷上雜成短敘一篇又將前日所成石闌畫象記錄入裝好橫幅上居
然古物矣徐潤翁藤川書院卷傍暮倉石又來攜藩卿託交書三本
為前明王司空損仲所著宋史記稿本有人索售以此孤樣也凡二百五十卷
十一日甲寅錄子山丈詞敘送去附以觀蓉觀梅圖卷求題作復柳門信
附寄新刻四本傍晚憩蘭來錫侯弟亦來為余補砂壺之漏送還其蓋
同品砂壺共談良久是日鄭盦來札三次想目疾瘥矣

十二日乙卯早出至茶邨家已先出矣余知錢乙生國祥在家携凌柳門之書託其轉寄与近所著四本偕森卿到彼候其睡起談移時伊送我閱中唱和詩索和又和柳門甜鹹韻詩二首稿均帶回飯甫定而茶邨至仍約吾口茶敘即赴之並有庸雨共坐敘談返暮課閒時遂和乙生五律四首韻又和柳門甜鹹韻七律二首全信中向柳門索精拓石鼓文故兩律構以此立意

十三日丙辰天氣轉蒸已似盛暑矣早出至申衙前拜畢孫帆七十壽在耕蔭義莊穿衣脫衣各少坐返館飯後倉石同一客來是其同鄉人張姓行孚名庚午科鄉舉現在兩淮需次鹽大使字凱伯號子中著有說文發疑一種已刻携來見贈接談之次知其與凌子與熟識因凌曾道及余茲來蘇并倩倉石引導

來也跋起吳門之語究跋文者知有雷甘杞子倩余摹往雷處相見道其來歷跋後文稿時出同至潤園茶話遇笙魚略談即回寓去取物件余所求跋畀中大同石佛拓本見還而以長至展祀圖小影索題攜歸以顧子山丈札余所求題觀蓀觀梅圖填長調者闋又填中調者闋只隔一日而得多許殊過所望

十八日丁巳約同人泛舟山塘訪陸琴僧品第三泉余清早至倉君寓邀之同出在泰伯廟前吃茶駐候船自胥門放來良久得舟舟中慶笑心蘭先在登舟未幾立雨儀待茶邨茶磨雨飄灑散陣已及半刻三泰掉一舟來兩舟同出水關至探橋下訪藤卿於孫捐局未遇乃留一小船以待六人共坐一船前行儀怡賞奇前後入禪寂雲閒在焉又有嘉興客僧踐桂蓀並與倉石相識

案上陳琴而未鼓蓋亦能此雲閒為啟裡間斗室額曰琴盦石壽靠窗香爐在几盆列奇樹壁花梵書真好真好茶話片時暫辭返舟吃飯便有小酌卻臥晚時天宙開朗忽又昏濛心蒼二公急起復入寺適蓀卿尋來邀先入室大雨澎湃助以風雷勢甚奔放不能登岸急陣陂過蓀卿來船乃同與時進寺僧已遣人汲泉水至此泉遍兵燹為瓶垣所掩雲閒掃除而疏瀹之以為嘗新此少頃雲閒取出書畫之具並上好宣紙或直為聯或橫為冊各同人一一留翰墨為緣諸人互相推遜而後心蘭先成梅花一幅寉夫作山水一幅茶磨云我當作詩遂起稿為七言古風蒼石寫篆聯力勸余亦寫一聯而心蘭又畫山水便面茶磨繼之亦作一頁蓀卿云早知如此悔然尋蹤亦作

菊花陶壺一幅，心蘭為添靈芝，另箇香石，又寫便面一頁，行書也。僧具素麪，為伏園坐隙之，亦設飲稍酌。是時茶磨成七古一章，韻雨疏雨車番屯暮矣，遂偕出寺，分侶登舟，遡閶門而返，岸旁燈火熒熒，篷背雨聲颯颯。進城後大雨傾注，余與心蘭、康夫、倉石方趁蕘鄉之小舟，舟能捷而雨大猛，滲漏不已。抵乘騮橋，四人登岸，祇剩蕘鄉獨舟去。余返館，甚近，到即晚飯，自勞自快，可謂甜酸淋漓無過於此。

十五日戊午，雨聲達旦。乘轎出，先過硯山耕堂，入見茶磨、蔡都略，談至莊祠與辛芝、菊設稻暑，又至養竹居，看鄭弟所付刻之馬貞烈墓碣，先付以價三千。返館，倉石來，借金石索一部去；儀文字來借全部去。午後寫兩聯分贈

雲閒樓今兩僧者昨一睽換去茶磨而改胃作硐今復之仲英來傷晚
永之花來將有杭州之行自杭而台余作復夢薇信並壽八本托其帶
去壺園又作萬會書則牌樓寸寸就夜則從寄鋒寧之就
十六日己未晨芳躬出茶蚧來在巷口茶敍少時分路余至春來客棧答張
子中並借墨耕畫作愛景園邀心蘭共談同出分路返飯仲英又來俄而
藻卿來先後都去乃補昔課寫紈扇半面墨耕變常回者寫昨所睽上長
歎成乃曰山塘紀事七古一篇以和茶磨時有疎雨晚霽
十七日庚申錄出山塘紀事詩作金魚扇題之長並展祀園詩即次自題
七律二首款午後即篠並之五番園雲峰便面一頁藻卿之弟淇泉銜來

談傍晚至心蘭家并廣夫不值尋花來鳳儀鳳遇廣夫略談謝濟雍
來尋返館知錢乙生曾來苍步贈余壽山印石兩屬孟樞鐫
十八日辛酉晨至敏德閣佛如又有被恭之信余至萬祥春一聽即出復至敏德向
先吉處借山子牧兩寢書籍云在師竹處遣人往取師竹忽還來晤談邦是給
事中秦鍾簡所奏參列四款皆屬虛空處其中云懇為鄒楊起見余向師
竹云江西紳士抗糧積習最深去年曾參此兩姓或以此懷恨指使壓日之人為
此捕風捉影之談拜余返館作第十一號書岑遜老中堂藉以請謀至晚又
至崔甚寓文題圖之卷略談至倉石寓還廣夫同談同出分路返因至廣夫
處借廊話兩圖又作三絕句寫屋侶松便面一頁

十九日壬戌因讀張子中說文叢疑偶取沈匏廬說文古本攷續閱見有
誤字隨手校之羅芸艸艸御使堯日閏伯姪來信晚得梅壽信寄到東
林書院閏月課卷卷面用兩印蓋錫金合課也
二十日癸亥邀蘭茶磨合東仍用十四日之船船仍如十四日之人仍至虎阜惟在
胥門登舟惟至山塘直到清節堂余獨進坐壽陞董陳子成不值略坐出乃
還于門外候余再入又談少時諸出放舟對岸舟中小飲快談移時席撤一同上
岸直進寺門及登上天氣頗熱諸人皆解衣磅礴予人坐傍磨等人而石當日
灼不可坐度天摩何寺西蓮池畔石幢是萬曆年間司禮太監某所建到金剛
經余卷書在柔姓女若繞而仙亭至劍池旁池水方滿仰瞻鐵花巖石隙苔艸華

滋嶺風壑雲泉四大字可認是時雲陰雨風善披襟當之謂君鼓興躡半
三叠而上向敢茶磨依樹蔭而立余與茶卿談之不存登廬天倉君心蘭藤
卿周歷塔下殿中而還頃登山時見道旁叢之家果是新近開出石壁舊
刻三大字猶存石闌上又有康熙間刻字四行余等欲搨之未得俯窺鑑影
而已出寺返舟同行議恰覺寺入問雲澗桂岑兩僧皆他出惟小和尚性海延
容余等以詩書畫各件付之茶卿弟有眼福遂留短札謂人少坐暇著長歌
舒嘯而行回城風逆吹入舟中似爭送爽迎面見畫船兩三艘下余等已返矣
蓉卿先別去餘人在寺日下船登岸同步天竜出阜余順道歸家遂別談公
在家盤桓良久返飯天猶未暝甘宮翁送還夢薇所借字學擇要一編

廿日甲子晴晨至通怨道賀穀甫妹得第一個曾孫（名承典）難說也略坐即出至九
錢翁家昨錢翁見過不值贈余呂蒼泉畫紈扇一柄今余往亦不值返至敏德
略坐返復閱東林卷飯畢至東道日不入塾鶴老往通怨老去發課事得尋心穀
卷至晚張子中偕倉石父子三人同來子中贈余詩安吉扇已後時心存姪來一
同敘設倉石邀出茶敘至滄園心存辭去終茶樓前後開窗望眼頗暢於風
來涼設至燈後乃散
廿二日乙丑晨陰東錢翁過雨閱東林卷至晚夢薇自杭來蘇去回吳江展墓
便道過此攜來徐俟齋山水一軸於送人去後設吹同出冒雨至巷口過廣霄共
談夢薇勇於小學近時新詩有西湖百詠一編抵暮散去

廿三日丙寅晨霽尋夢薇於昇平橋河干以徐畫送箑魚鑒泉赴
留下孟甘翁家問夢薇來乎未也略坐復尋於西城橋以南乘騾橋邊
皆不見遂返飯後夢薇來談移時同出訪張子中得晤之人結爲治
許尤之友同出茶敘於潤園之樓風仍好而氣較涼大可穿衣談良久
余先歸夢薇許晚再過余向箑魚索回畫軸而夢薇不來
廿四日丁卯晨乙生來談次又出在園唱和詩稿云亦擬付刊屬校之謝濟
雍來修說文古本攷版即刷印之和甫弟來楊藝圃來談次以敞篆攷祖
興文年譜屬校亦留下談少時質卿自橫金寄信來
廿五日戊辰晨過護龍街取前日付織補之夏長衫還過故枝堂憩片刻

返館知茶鄰來在巷口茶寮結賬之後須將散余邀之至館中以一砂壺贈之去後閱東林卷竟日不復出天始熱

廿六日己巳又閱卷竟日合生童卷三百六十本皆過目矣尚須加評

廿七日庚午晨至膺甫倉石處均約茶敘余先至儀鳳膺甫來後余又至麐夫寓詢知與心蘭同在鳳池寺見與麐夫同回儀鳳倉石亦至四人共談良久散出返館卷上加評又竟日午後得梅壽信晨間倉石出示登虎阜七律燈下口占次和之

廿八日辛未課卷料理皆竣乃作寄梅翁信包裹發去錄出和倉石詩遣人併以一砂壺送與作夢薇信寄杭州又作寄徽州午橋弟信傍晚至泰來

尋張倪二君皆不值，遂尋于鳳池，乃見罨耕，並遇盧夫心蘭
廿九日壬申，晨陰，俄雨，巳刻頗大。硯庭以圖奴觀石樵題字拓本册出示
乞題，即輒爲隨筆寫數行。午後寫錢乙生琯雲碣，梓屬書對兩副，又尤
夔窗心一方。雨颯颯連陣，向暮倉石札來，約至潤園樓，所云張子中同在
赴之，並有沈淇泉共談，子中又有詩見贈，並有留别之作，燈後乃散
六月初一日癸酉，晨至莊祠，先灣敏德與元吉同出，到莊坐少時，出至裕成，少
坐，至養竹居，看鐘磚完，未少停，返至觀中，尋伊之弟未到，又至萬祥春
尋茶村，亦期而未來，至返，過敏德，又坐少時，回館。次子中七律韵成兩首，朱滌
卿、戴尹自陽巷錢潤長談，傍晚送詩往子中處，不值，遂至徐寵翁家談頃

寄夢鶴副

寄伽庵扇柄

薄暮携濠叟所書説文部首一冊以出復過子中處仍不值乃返
初二日甲戌晨歸家松兄在家稍停出往訪鄭盦弟不見已幾及百日快
談移晷目疾尚未全愈也返路過倉石寓入問他出遂回飯午後倉石与子
中先後來同談同去子中將來話別也順甫乙生携來唱和詩
初三日乙亥雨將濠叟篆書雙鉤摹寫出此事須費數日之功午後作書
佛見弟十二號信順甫藝圃携來其祖父年譜
初四日丙子天明時大雨傾盆已而潇潇數陣午後乃霽傍晚課事粗了
出西小街尋濮卿處廣雅訪得人已他出尋於風池不得尋於涵園得之
方與廣雨宋未話同坐移設上燈後散大街甚滑滑也

初五日丁丑早出至蔡邨家得晤談片時以繳還乙生皆和詩編及屬寫
之對兩副託其代交而出返復代鄭第作跋楊藝芳書為馬貞姐女墓
碑一事也繕就即送鄭第閱飯後倉石來適碩庭送來古專文拓本
冊同閱後張炳鵬要將送到君秀信並去價洋蚨五枚又託炳鵬定做
書箱兩幢一齊送來倉石去而雨作雨後將暮漁卿字來約往鳳池茶
敘辭不赴燈下作復君秀信是日夠書始讀禮記
初六日戊寅晨頗涼爽因復出至敏德略坐至花鎮翁處遇于滄生略談
至敏慎見蔣林苹芝春暉兩弟姊胥於前次有留飯之說今復言之遂留
用膳飯後又邀澗翁秦寅生來春暉言西園中三薇開了好因扶杖同行見

花已漫天三薇在嵩薇軍薇銀薇也既坐水芝仙館并邀令揆聘於此五
人圍坐談飲小酌華則掌蘇恭半余与春帆揆甫也飯畢散余并令人將三
薇各贈一枚携至三松堂供於瓶内家生先去余復將書畫冊及陳硃笑先
生之譔冊散件又瞬西谷揆時所出示錢貂家已歸談頃借出至觀中茶
寮又暢叙良久歸途遇在敏從路坐返館知蓮垞來現在茶寮侍候遂
往尋見之談至煙後乃散蓮求蓮垞与陳蔦徐公祖題香禪稿合圖携回館
得夢薇到杭後發信又王子方德鏞上海來信以水蜜桃見贈
初七日己卯晨小汀來閱至巷口茶室談片時返館鋤書文來入寓飯後謝
處談文古本改一書裝訂成錢處馬良致女墓碑推拓成送來均送

鄭弟要傍晚出尋漁卿不值悵然返

初八日庚辰鄭弟以陳級甫畫牘精刻本及一小節作魚形中刻三十六鱗四字二物見贈以紈扇索畫去之夜倉石來以手拓所藏磚文數紙見贈略談去傍晚漁泉來談頃去去而復來要余同往倉石寓閒談遂李笙魚戴昌林處談先後出分路散是日以貞烈碑拓作書書梅婁

初九日辛巳鄭弟又有函札同出余甫起也又贈余精康要錄一部俄而鍾翁來借去卷子茶敘吃點心談許久分手去漁卿屬來起也促之起贈以新刻之畫伊出宜興壺予跋件屬余檢其一為贈談頃返習課至晚隻鈞濠叟篆字畢復出至漁泉處唐夫在彼作畫觀之又觀其前日所作大幅又觀

費助盦所作人物設來已同慶夫出至奐寓又同至佩蘭家招之出飲吃茶天
已暝同至鳳池門口又遇滌卿伊等共有三人余遂獨歸
初十日壬午晨至倉石寓韓其株有石章屬刻極醜屬者不值又至佩蘭家韓其株
有冊頁屬畫面又敏設設我助盦所作紅樓夢圖二十幅遂繳持課暇寫紈扇
兩一余面一手面晚試浴
十一日癸未鄭子韓其株皆有札來覆之寫紈扇一柄叶竹所屬為湛泉題助盦
畫幅作小調曲四支徐痴翁為余畫紈扇送來並借樹攻瑜小傳一套
十二日甲申盛暑為為生理晨課畢即歸家　先考朝議公忌辰設祭紫松兄
筱兄桐弟開設餞送至西刹出至敏德適接江右來信中有偉兄夜余遂在

彼吃晚飯乃返館知鏡浦表姪女病甚險病起於昨日今日午前歸其家矣緝甫隨偕醫者方來病係霍亂並時疫證其內陷云

十三日乙酉為鄭蘭第操書求題碑事行促其運送錫山迎於早晨至春竹居面催之並屬羅修壽來信付勸返至敬德少坐返至鄭第門前令其紀綱陵隨而出鄭第令人追還邀入閒談移時返館已晌午俄聞鏡浦表兄去世正在壯強之歲才力勤幹而不永其年惜哉暇讀攻渝小傳書為前明太僕卿徐念揚先生任四川上東道時軍事同人分為之傳但案不斷而功罪自著敘事更尤詳明如並遠勝史書余館汪氏對門為念揚先生祠祠曰忠仁祠額曰平蜀全吳上二字即指此事也予晉是其後裔

十四日丙戌晨詹雨來同出茶敘於儀鳳暮滌卿來拉余同出茶敘於鳳池中間皆做課暇時觀改涂小侍錢肯之來

十五日丁亥早出至敬德至莊祠與平弟長談至蓮庭館寄（不值）見於園初覯茶寮錢肯之茶亦皆在園又長談良久散回經新造之周康王廟見廟門洞開望見燭影煌煌然張良庵丈在內如有所指撥（者）余趨而入瞻仰之餘丈招至其後另有門垣入則張氏義莊之錫類堂總坐敘談少時仍由廟門而出返館編甫以輓鏡浦聯代其胞弟豪撰代并其諸課說之次即為撰成聯語傍晚書之中間徐子雲來談

十六日戊子曹子平撰張良庵文詞敘述來作（印）札送張受之午後倉石來抵

暮又來邀至鳳池園，則係卿與蔣拜彤皆在彼，至晚飯時散。

十七日己丑，上午特課，至申刻歸家，因立秋節，祖先前薦時食，展拜禮畢，偕登臣姪、士衡姪孫父子至藝圃觀荷，今年經翻去污泥，且捕去大魚放生，比上年爲勝，惜已開過大半，坐聽晚風頗涼，與七十八歲老翁吳樹屏談頃，出返，飯後中晚間仍設飲，爲立秋節。

十八日庚寅，晨起作致偉兒十三號信，至梵門橋吳探汪鏡浦之表少生返，莫庭拚自江右歸，偉兒託其帶來新刻韡園醫學六種，皆曾刻以字行，在今又彙刻并此。殷錢省之來，云運碑錫山之舟已返，帶來惠山石刻濃拓本以贈，又鄭弟及余卯之書。昨藻卿來，道及有通

收眼藥寄妙今送兩瓶來又即送去晚出尋濮卿不值在風池吃茶候之移時來談至上燈後散

十九日辛卯得君彩信藻卿來有吳文樂轄屬寫件午後即寄之為直幅一小對　又茶帥寄來友人轄屬之條幅寫竟又傷晚倉石湛泉同來拉余至潤園有廣夫在彼樓上往會之談頃起余赴濮卿之約於風池有虞雨凌皋同坐凌皋去而廣夫湛泉同尋來時已上燈余略後盤桓移時人返兩日燈下皆觀子雲所著枕漱山民自略

二十日壬辰晨至盧雨家取吕卷泉所畫册頁六又至蘇貨紙鋪即返背課得楊執芳信為馬貞烈墓建坊立碑事即送鄭弟處鄭弟以宗小

書不出。傍晚余將到彼面述之，弟已將睡矣，多時首矣，略談即出，至滌卿寓話別，偕至鳳池茶敘，有拜彤庵、雨山、蘭思、瑩、文狄、海清初次談面，談甚忙。燈後余先別，滌卿又有一孤房屬方以階午為姻。

廿一日癸巳。清晨至放生庵一遊，移府學道山亭，後池及騰蛟起鳳池皆無荷花，惟綠陰沃然。後日穿林至庵，摘歸唐氏姊，年寘壽，姊夫唐心梅跌丑，其孫子衍七齡，曾孫女三人，只總到老年即與姊扶見面敘，後移暑乃出，返路遊滄浪亭，紅蕉尚有數十朵，可園門啟，入觀池中白荷，僅存一角，夜不盈十。徒蔚園，極盛者返，殊為不暑。熱作，發執芳信，起稿，忽有無錫人來，乃執芳之友，昨信由其帶來，迎之坐，通問。一為徐玉卿，一為楊之本家。

吴幼儒偕吳執芳之叔來蘇採購石料屬來見余〻告以作段大夫說
片刻去即以信稿送鄭弟莊過乃繕發寫呈後摹周穆王壇山石
刻四字於涤卿扇上因日建適將也即遣人送其寓中是日錫侯弟濟之
弟夜泥兄先後來小坡亦來閒談
廿二日甲午作致姚壽信約君秀信傍晚至鞠賓處為君秀擬定條屏
紙四幅即屬界朱絲闌至鳳池與涤卿會
廿三日乙未晨陰至謝文翰刻字店至敏德探聽江西消息聞無人為
尋〻觀東茶室未見又尋之觀中茶室見之詢之吉知江西昔日來信
有鴉星俊已去皖有後將回到江西另有查辦事廣信南昌六七屬

綫皆調省候訊不知何事蓋一波未平一波又起也坐頃雨來余先歸出
冒雨回至將德在張房寄信元吉所指引也即返雨已止到館午刻雨
又大作奔騰陣湧少漸停晚有霽意而氣涼
廿四日丙申茶鄰子森卿來言家父患流注於膝間不能出戶命以東照
余茶杯一具卻不是新窯以損余所愛之賜也晚間課畢而天未暝因
出西界外朱綠儒屏訪心蘭不值姑尋於查家橋西之欣園乃過茶
磨之屋矣又一人未識問之為園子和善錢華募其名久矣此處過溪流
水綠樹晚煙頗饒野趣談片時散
廿五日丁酉晨至茶鄰家問視其疾並以玻璃杯一只以損昨磁杯之贈設

次適西園楳函來以小金丹餽以療其疾俄而汪受眠房鍾逸堂來我屋滿受逸漁偕行返餞西園楳有付余之函夏之常去廬夫畫就松窗畫隱園冊一頁連日錄黃同叔先生嘉風所輯說文部首韻語已是跋

廿六日戊戌睡醒聞雨聲起身後尤大自此陣勢斷續遂以竟日午後倉石持蓋著屐而來正所謂宗雖風雨故人來也且贈余漢塼一有可久長字嘉惠比招本東隆設非吉鏊設頃送伊已小坡處是日錄四曲控師安畫幅上文題撫溆山民自略用其自題三絕句韻

廿七日己亥清早詣圓妙觀雷祖殿觀音殿拈香回至關帝廟大神廟兩處拈香鷹敏德而返書客浦鑑庭自上海來攜書數種余留王貫山藥所著

說文解字句讀一種，但索價甚昂，恐不能得。鑑庭談移時去。寫紈扇並汪仰山表甥姪孫雅宗。

廿八日庚子，元吉姪孫來，談江西及上海事，述佑之姪之話，移時去。午後札致茶磨山人。傍晚出至徐窳翁家還書三本，以近作篆字金剛經呈鑒，並略談，至書局訪崔堤，遇雨，快談良久，雨止起身出，雨又淅瀝而來，持蓋當之返館。天將暮，得夢薇杭州書，附到江秋珊書，並所著嵒窳子一書。

廿九日辛丑，晤嵒窳子者，江秋珊順治論中外時事而作之，略一翻閱。歸家一走，返館即作復秋珊、夢薇兩函，併封發交藻卿東，談時時飄雨，天微秋矣。

三十日壬寅，陰。內硯庭題招本冊，答曰殘詩紛至，是大略已編為各卷矣。西圃姊字來，贈唐夫蒼硯以畫蘭一扇、條幅屬贈。文藻卿字來，以吳文樂見贈其叔祖孟琴先生之振黃蓉鄉莊詩集。贈文來，傍晚課畢，至唐夫處。交西圃姊贈件，還曹煦谷，周子和坐少時，同出，路遇丁朱星甫、志姜盡在同至杉瀆橋，挽手先行，又路遇心蘭，告以某某四人在杉瀆橋茶樓，心蘭邀余遂返館。是日謝店以新印活字套板錢松壺集裝訂成，頗精美。

七月初一日癸卯。晨至莊祠，先在敦德堂，後在桂屏館中。午乃至敦慎堂，拜彝姊，談移時出。天氣轉熱，蒸溽熱，匆匆返館。草草課畢，晚倉石同施子明來。子明自安吉來，寄居倉石處。前日余往訪之，茲特來答。余以彝姊所贈畫蘭條幅交倉石。倉石邀余出茶敘，遂同至潤園樓，聽涼風習習，坐談移時散出，遇小汀

立談有張拜鵬遣人來夜書又至坊人取書來還錢一〃開發之
初二日甲辰雨始得家書果以譜桂月例多首之弟歸遣人向師竹取子牧寄
與信來密因星使查核之事甚念〃也發作寄江西第十四號信
初三日乙巳晨雨午霽飯後淑承來談尊棣送來刪節余欽行日記命再自酌
將刊入譜中葉華來寄好吳秋農横幅傍晚叢過吾送蘭叟以尊棣字幅及
為秋農畫册更託其轉寄不值尋膚甫出不值返
初四日丙午晨陰出城過膚甫雨于門遇吾蕃卷吾茶室啟談遇繆春畦談頃余先
行天已飄雨擬至東城不果返飯後密雨一陣午後又霽得夢薇信為君秀轉
寄浙江學使劉拜儔大司成書條屏四幅趕裱成之即發去

初五日丁未。春曉弟來，攜禾伸兄處寄蔣信，歷叙殉沒被人誣劾情事，令人代為不平。現在星使陸彼處尚未之致奏也。春弟談片時去。録行日記，再加刪汰一二百字。傍晚小坡以閩電報録示，和議不利，二次與法人戰，轟擊沉法兵船二，輪船一。

初六日戊申。眼赤而腹瀉，上熱下寒，似乎殆截。雖小病，亦頗倦，養静不出。稍覽靖康要録，以梅菴信

初七日己酉。七夕。散盤晨出，至心蘭家，不值。至頌為家談片時，至茶鄴家，問其所患已收，但不敢多動耳。亦談片時，至敏德賬房，蓋人坐候之，遇伸之弟來乞其所為題相元吉偈，儀而少卿弟來，問之，昨自來城，住此間，遂同午飯。為張安濬西席程景顏、東林六人同飯。飯後伸之先去，小卿邀余同出，至觀中三萬昌

十一日癸丑晨乘轎至獅林寺拜秋谷第三週年祭攜還碩庭冊二本即返午後小雨倉石有贈子明之作亦和數首贈之即錄送去晚桐甫來

嘆余坐食久食久矣遂無人不出歎分臉余返飯乃松見送示仰建處來信述滬上情形并稱要謚吳蘭曾來亦不值而去無聊殊以畫作文爲也

初八日庚戌晨訪朱蘭生於吳署前不晤出門因至雷甘翁家託其轉致蘭生設法歸家一轉返飯錢翁來談次湛泉來納人先後去晤倪耘劬上海來信

初九日辛亥晨眉雨來同至東園茶敘返飯背課之間爲碩庭題各種招牌有可措詞輒綴數字天氣時雨時晴颯然秋矣

初十日壬子復耘劬信并四家詩詞二部即發跋君孝信并眉雨駢文一篇未寄飯後藻卿來傍晚倉石來皆有小恙數日未見余亦未爽也

十二日甲寅雨後敏德送來偉見信此月初四日所發知鄭第安亦有一函向取福

换阅之。饭後金粟送到東林课卷，並梅孝信，余即以前日儀、敘跋君孝信加入

跋条因封付与適卿。春袍來，孫篴殘庭拟写条照，我拓金石本數纸，又以裝册吉金

文字册，始置之。且啟卷包，卷凡四百二十二本，即披阅之。

十三日乙卯。督課之間，披阅東林卷，朝夕埋頭。仲連姪自淮歸來見。

十四日丙辰。茶鄰以畫婦君孝屬畫花卉册付來，屬轉寄，即加入一緘

發去。阅卷並督晨課。晌午返家，因西耆殷女家云孫也，在家為中元

節祭饗。是日天色大晴，饭後与仰姪出買鞋一双，以易殷玄街路甚燥，遂到大

井巷尋師低逐評卷，立談數語，至敏德間坐，稍時返館，仍披課卷。

十五日丁巳。早出，過倉石處，以兩癸北寺塔和貫詩交去，至敏德，至莊祠

坐片時出别至茶磨嶼中玉筍向春曉雨中冒行至彼茶磨方獨坐書齋

邀遊々至觀中茶敍遇顧若波徐翰卿諸人方將有泛舟虎阜之行

余等茶罷分手仍至嚴德如偉如兄慶九誕辰留擾麥麵分間三席

席散看手技兩畫口技人盤桓久之返館燈下就後閱卷

十六日戊午閱朱林生卷畢再將所列超等壹等之一百十卷披加圈點

兩評之朱瀾孫來以鱘蚌為畫兩件持安復訣去師竹來辭行將

仍赴江西亦復訣去連日秋暑醖雨不爽

十七日己未醖蒸作雨加評朱卷事畢為平陽田產事作札致陳子

成託其轉圜伊老為調停故也晚雷雨甚烈燈下作寄偉兄十五號信

十八日庚申交白露節天涼爽矣仍做秋黃霉天氣閱東林院課童卷得君秀信中附復秦郵一緘至師竹處送行在敏德坐少時晚倉石來

十九日辛酉早出至敏德一轉至錢翁家坐即至敬慎拜西圃葉姊汪夫人八十冥壽在三松堂待設片刻邀出至觀前茶室並錢翁緝兒順間之約並有元吉知師竹今晨始行談次偕錢翁尋呂養泉於三官殿內要屋不值分路過北局見有兵勇鋤地剷平以為支帳立營之處是衛中丞新政添募以備巡防而北局為蘇城之中也返飯督課之間仍閱卷隆德齋翁來

二十日壬戌晨子成自虎阜來邀同鋼士緝甫敘談良久去驟雨颯颯日凡幾陣閱童卷畢再將分列上中次取之一百十卷加圈點評語

廿一日癸亥晴雨相間頃刻改觀踈盦客來余亦不出
廿二日甲子寄許鹽谷卷皆跋遂作跋金署梅壽信寄去以了此事午後
淇泉來談以大阜牛橋第後信培之拜帶來
廿三日乙丑晨雨出又雨甚課至晚地燥至茶師家見貞卯君知乃翁自十六日乘輪
至山塘棧卯宿後未返以君務渡至吳與鶴呈文閱其近作文四五首出理西至巡蘭
家亦不值留數字於桌上而返作楊五橋采汀先生兩世年譜跋
廿四日丙寅晨歸家為仰姬瘤腿腫痛依然曾赴吳星濤處診視坐頃至對門尤氏楊新
園帳中繳還伊府轉其祖父兩世年譜談少時出至倉石處不值返飯後陶子春晚止
邨訪鈔書三卷煌庭以偉兒中元日所發信知被効事已白兩江防方啟

廿五日丁卯，陰。君秀自果熟歸，遣人來，皆持孫溥泉屬書件，取百漢碑硯拓本册索。翁來篆卷子書竝有。午後觀東茶室忠慶館之約，余俟申刻館課略畢赴之。君秀與其弟李果先在，叙談良久。伊兄編茶邨不至，因往山樓叢訪之，竝見茶磨同叙談。出與君秀分手，過北局，亭營度橋子已將告成，在敏德少坐返。

廿六日戊辰，晨雨一霎即霽。子華墨處寄沚郎詩，同潘書堂信，贈余便面，伊仿大癡山水，而淮安潘漢泉題祖書之，兩家壹合璧也。

廿七日己巳，晴。晨錢翁來，以卷子索畫，破出竟句一幅付來，偕至東園茶敘，適遇盧膺甫同坐，良久散。鶴書感冒不入塾，只課翁書。傍晚出至書局尋蘆垞，不值。出南宫里至寓翁家，亦不值。轉而北至敏德，見子宜姪，伊因姪婦患病潛歸，問病坐頃返館。

廿八日庚午，文小坡三十生辰，晨衣冠往祝之，略与坐。後心蘭來，偕至東園茶話，遇春畦表叔，返，復偕婿豹孟入課，飯後倉石來談片時，晚飯，課畢又出至大儒巷潘慧生家，並見陸氏甥女夫婦，敘談，留晚點，而出，由貫後門別甫蝦子巷出，回至觀前入玉樓春，見君秀与汪介石皆在，同坐談至向暮返。得耘劬上海來信，並山塘聽雨圖一冊。

廿九日辛未，山塘聽雨圖中即以閏月中至怡賢寺遇雨一首錄上，敘明不另作之故，此債便了矣。子雲約東，後傍晚課事，事畢方將出門，而茶磨來，略談，即至東園，已与心蘭及張石泉有約，張皖人，而久居蘇，筆墨無到，一同茶話，暮散。

八月初一日壬申，晨出至敏德堂，至莊祠，族中到者較多，多坐乃散。至裕成堂，至敏慎預与將粹有約，去商，遇粹忽發瘧疾，飲風疾臥不能見，与春第略坐，至錢卿

家談話少坐至君箸家不值不坐返館飯後蒓柈字條來云一睡即愈惟少失

晚談悵悵錫侯弟於今年又舉一子屬余代取名為撰曰志槎號海客

初二日癸酉晨至梵門橋弄汪鏡浦閣學也歸家少憩出至吳署前朱瀾孫家

以蒓柈書畫便面付之談次及其上祖樂圃先生伊出米元章書墓表冊拓本見贈攜

歸讀之所紀卒年為元符元年因知錢竹汀少詹作元符三年之誤又查郡志載

有樂圃先生墓志墓碑與此表而志及碑中所紀生卒之年又各不同遂作後跋

一首詳言其異飯後姚侶梅來談作致書堂耘劬弟信

初三日甲戌作致偉兒十六號信屠胥雨來偕至東園茶話返乃發信督課傷晚至

甘翁家以樂圃墓表跋稿就商見孫得之允題之說文統系圖

初四日乙亥夜來風發雨晨陰陰巳刻君秀來以梅壽廿三日信來余昨晚又
得女初三日信矣擬作彝打一篇正值壺院課題也迫暮倉石雨中來
初五日丙子以母難日茹素是日爲秋分節
初六日丁丑題陶子春江邨訪鈔五律四首補和其庚辰年六十述懷元韻是
年子春索余和作諾而未踐四年於此矣今乃一着筆因也申刻倉石偕汲泉來
前晚余從倉石辭出有伊太夫人壽事託汲泉探其實今同翁來告中秋之
日恰是誕辰惟王母在安吉家中刻下合寓眷屬已勸其歸祝惟倉石因公
羈絆獨留此間固一定之舉動也汲泉邀余出至東園茶敘蒼石並邀其妻舅
施正甫來問知正甫設硯印在柳巷姚氏因及秋潑濤音硯儀柳巷湯氏茶寮

同訪之，略談，散。

初七日戊寅。寄倩伯淩統系圖來，錄其各家題跋。晨課畢，携圖至汪藥禹處，倩其鈎摹一幅，並至對門汪氏石氏問君秀，他出，遂歸家。先妣蔣太恭人誕辰，作鄉餐，並家飯。飯後，東行至錢卿家，聞知因秦客來，同出矣。至敏慎見尊祥，知日來叩已後，元因言頃間二秦在此午飯，飯後去。談少時，出到觀中，觀前各茶室尋錢卿、屠雨蒼，遂至郵君秀、介石，皆不見，見陳蓮溪，略坐，復出尋介石君秀，已因與之同歸。歸到怡園，仍不值，乃分手。余歸至敏慎，問子宜姪婦暨姪孫男女輩病，猶未愈。醫已屢[redacted]更藥，如叢操[redacted]屢探而未得要領。

初八日己卯。晨屠雨來，余將為尊孫送件与心蘭，遂偕行，以晤因偕之出至鳳池

吃茶點并嘗秋菱稱時散返館替[illegible]課飯後石鏡人來云君秀之家見屬
來年邀在觀東處便館約集同人出到先儀不會不散余遂之屬鏡人出
姓余候課事粗畢赴之至則茶磨茶邨介石蓮溪石氏君秀景甫鏡人三弟
見併余而八聚作談移時散余復與君秀至蕭家巷至徑會館乃返直送君秀
到家在其對門暮歸至夜飯後統系圖同館上燈
初九日庚辰清早茶邨來同至儀鳳談昨所不及談者良久去飯後鏡翁來
湛泉亦傍晚倉石來談頃將去又偕至小坡處快談移晷暮乃散
初十日辛巳晨至敏德閣可宜眷口病情皆漸愈坐頃至翰芳齋並漢店一走
返館為君秀屬於瑩湖夜譜冊上題詞兩闋皆小令也又為研庭題金石文

字帖本冊上跋語四五則

十一日壬午　作札致徐寂翁、查崔坨、查答復，得偉兄朔日信，附上月下旬日記文。小坡以輓許佛庚綫對屬為佛庚令星臺屬謝之，長卿與小坡鄉榜同年。

十二日癸未　為小坡寫輓許對，對長八尺，每聯廿二字，作隸書。飯後，又寫徐澈芳家小廬兩箇圖，又寫小卿弟號手東光福鎮人征對付，皆作篆書。落晚至護龍街翰芳齋裱潢店取冊頁一張，送觀裡道院交李蓉泉補款字。

十三日甲申　晨至靜心庵，子珊拜幽張氏開吊，少坐。至君秀家，交蓉湖花譜冊，已出。返，路觀面遇之，伊亦至。余飯不值，遂就潤園茶敘，遇瀾孫，談良久，散返。飯後，錫山梅壽信倉石來，略談去，云正甫在東園，稍時就之，已行矣。

十四日乙酉雨說文統系圖後將原跋錄上張[illegible]鋼墳本作隸書仍以隸書錄之飯後作復梅蕃信雨茶慶有約不至

十五日丙戌仍雨乘轎至松鶴莊祠族中到者寥寥辛芝弟到遇不值余出坐歸家即遣鶴夫去莊家坐而料理節事向世間之族兄案頭有夜譚隨錄閱之甚雅本候至傍晚薦新　祖先前展拜畢益啟返飯雨止有月

十六日丁亥夜復雨晨倚錄統系圖題跋凡五張墳王念孫盧文弨丁杰及王懿榮也又錄其翁覃谿以下觀款十餘人並志今春萃之由為自跋數語作篆書字蒼倉石來持其先德平日抄遺篆數頁付讀蓋殘賸止此耳傍晚至柳巷姚公館施振甫館中尋倉石以說文統系圖託其題眉但見振甫

偕至儀鳳樓喫茶候蒼碩來共談至上燈散閱東美巷陳恒昇銀號內有小攤設晚飯後同鍾逸堂盧桐伯汪仰山往觀之每月兩攤饒天文徵兩至陳盈留耕堂上共攤十桌雖不十分精巧已為近年罕見之物其中彩盈有以一瓶一果接切戲名者桐伯云蘭言堂雪峰處亦有此品陳氏舊梓号南垞幼作者相與接談少坐而出遊三蘭之為齋月宮之餘甚閑說昨是京班武戲今日改換崑腔文戲矣歸途上雨下滑僱肩輿步頗不舒徐歸睡雨且大

十七日戊子 晴東風後雨又作巳刻君秀著屐而來言范久也來蘇隨後即至談頃久也來接談之次招余同出亦著屐隨行至觀東玉樓春茶室稍坐久也與君秀往介石家亦招之出並與景甫同來時已未申之間就一陽樓小酌喫鍋麪下樓時

叟爾無可往始游怡園入門夏雲作前游人絕跡臨池綴茗急雨又來荷蓋半
枯雜英擾敲亦足以破寂良久出園至友彥分雨姨扉遂閑矣託人將去余至敬
德問大小病情或已平否方危歸及煙岑遂作跋偉先第十七号信
十八日己丑天雖陰地已燥与昨訪公有約出過敬德復問病云稍定即於偉信
中加注一段發去遂至玉樓春又飄雨至則諸公亦至子多潘少蕃二人亦後久至
方邀之為石湖看串月之游遂至舟已備矣餘人以不能同就少蕃又不便易請久
也雨又略密乃勸蕃往石湖去餘人良久候雨不止起行踏泥返館作跋夢薇
信並徐侯畫一軸託久翁帶杭又跋書並信並壽兩種託君秀帶錫
十九日庚寅雨連宵旦催小舟欲行適遇屠雨至邀之同舟放至百花巷口泊岸至

君秀家候介石來會先後登舟乃載舟放至倉口關帝廟分傍久也之舟指之遇
舟舟放至城分正元館後登岸登樓呼酒看相叙良久離席出館西去又大觀園
觀劉方伯開場現至抵暮返乎舟中五人進城分路而散雨稍大集也
二十日辛卯晴昨歸後二茶同織今除代設洪泉一札分即修函附分復之久也又
衣冠乘轎西來答行何多禮數也而余昨日力憊竟未往答送行歉然
廿一日壬辰晨至世伯家以說文統系圖求跋少坐即歸家稍時返館君秀
來偕至錦芸閣買紙舖君秀買扇骨二柄分手有午後之約余看課書申
刻往觀東赴之茶磨蘇坊介石君秀皆到至茶看倉石振甫相遇見倉石所鑴
印款拓本精妙愛如號本漢唐碑叙談良久各散余至觀中道院究李

戟泉不值，至敏德少坐，返館，暮矣。是日作致楊藝芳信，為君秀
廿二日癸巳，雨濛濛。銅士率女子歷往蛙鄉揚掃暮。館課暫輟，余遂至
賡雨家，又買宋翻化度寺碑拓一本。雨止，遂至錢介翁家，街路滑達，汙
淺於背。偕錢介翁家山塘酤雨園，冊招之出，已約賡雨於玉樓春，至適相遇，
茶敘良久。余以冊送與茶磨，索題，伊館中已將午飯，遂同茶磨飯。飯後暢
談。艾生方塵墨云，先生將寫對聯，因索伊寫之。稿時同出至觀中雅聚茶
敘，又暢談久之，乃散。街路乾燥。又至敏德少坐，返館，亦暮矣。
廿三日甲午，晴，雨氣暖潮，溼未收。札致甘翁，液泉有昨倉君送來之件，已而念
王丞遣人送畫，好君秀小屏四幅，求其題，且無附他云。又札致君愛，小坡引琴僧雲間來

附記夢薇輓秋珊聯

見招即坐後而去申刻得夢薇信附來許汾駿惠江秋珊大令於七月廿六日捐館秋珊與余同歲而長余二日生於癸未八月三日甚傷悼以聯寄茶磨西脊丹帖交西脊

慕先生浣雪高才還從南郡鄰卜東平未虞秋水帆歸一病竟因肓長別我

替諸君臨風痛哭社冷西泠樁空北海自此夕陽樓閣同傷提倡更無人

廿四日乙未黎明起光福掃墓先出胥門已逢小雨俟首之承之暨吕三姪承銘承惕承鎔孫自家中出竟遇大雨發吞舟衣履皆濕放舟出楼塘雨密於盆過西跨塘雨止閶初抵山就匠先展祭黄河故長斷澗香雪海下三支並基展墓後酉殯舍兄春家諸人各設粗飯宿詢在舟中六人頗寬展也

廿五日丙申天未明起雨又作祭暖展祭珊字橋緣坂各房共只到有二十七人而雨則密酒在墳屋中少坐返至舟次餘舟俱放只剩一張舟因此次清舉者

一房尭無人盡被惟我為獨也朝食畢復冒雨展墓自司徒廟弄而莫如隔雨大作頭而銅井岩而大要里塗大要里又猛雨傾注自頂至踵淋浪上下各人衣服皆入吳道子舟中雖乘轎客從返潤上舟中憊不能興開發各放客去從即解維歸雨旋止氣轉寒西山雲霧如墨而未申之間忽現紅日瞬息隱去酉正抵胥門登岸則雨又濛三到張文經公家

廿六日丁酉倦臥未起念石已來約於東園頹面畢即赴之繳還其先德遺稿因詢知其尊甫為辛亥舉人殁於川詩辛甲長甲為行輩而辛為名設臨後者為生課一生無病撫卷去巳午之間敏德遣人來請知子宜之大姪孫女殤往則所許字之陸氏屬其友頹性甫者來云議婚欽為聘媳臨以新婦之服云云儀而二姪孫女亦殤獨女皆患病日久

不意閏日化去，只分巳午兩時，年十五，一年十四，妹所許字之任氏，即陸之甥也，因陸以彌姻故，亦遲頻為碑熄，如陸云，一時兩喪，並舉忙亂異常。余於大殷議定之，後出尋見錢翁，遇見膺甫，一同茶話消遣，片時再至敏德，已定明日成殮，賬料至抵暮返。得夢薇信

廿日戊戌，自昨開霽，今乃老晴，氣候增寒。君謂家，遇殷少芸、賀助鑫在座，敘談片刻，乃往敏德，遇惟甫與繩兄，欲往寶積寺，君停柩之屋，因同行。君謂中落不便，借用旁落則門徑殊曲，柩不能進，惟有宗後之齋堂，又極空敞，可分借兩楹，無傷，即後門柩由後門進來，亦僅只此為宜。因返敏德，偕為遷六局供備。午刻親家陸介眉至，未刻親家任艾生自同里趕至，各具香燭筵酒而來。申刻並舉殮禮，即送柩至寺停放。余俟事畢，出由圓妙觀一遭，乃返飯，得夢薇復信。鄒晉、吳穎芝皆來，皆不值。燈後雲峰遠來閒談

廿八日己亥晨課一生已而亦病擁書去塾中處吳閬笙谷香詩屏芸居舊
所著跋節改綫許午飯時敏德又遣人來請飯畢即往因性甫又來有言相商
而子宜不自作主也復與性甫去過秦蓋初沈藻卿各與談余亦獨出至茶村
家復見毅談良久又至窮家翁家不值云出望西行遂尋於聚鳳茶室去搨
中不見只一熟友招同坐遂聽書說珍珠塔一回乃返得久之杭州來信
廿九日庚子松鱗義莊祭畢行秋祭乘轎往隨班行礼各祠以次陳祭族中共到七
十六人礼畢有先散去留食飯去僅存廿餘人余與吾叔見同至洪文卿家弔太夫
人之喪少坐又同至靜心庵拜汪毅卿表嫂冥誕又少坐乃返館中猶未飯也
飯後復出尋庸甫復亦無聊因同至鄭廟前戲園聽崑腔戲蛇勝於余班晚

散返偕白君秀錫山來信晨見仰姪上海來信知鏡如弟蒙左節相奏調至閩省辦理船政機器事務君秀信附中來楊函藕舫收條即送韓弟

三十日辛丑又雨課豹書人得暇寫摺扇兩面大小對聯副條屏一幅遂了一日矣迫暮往魚笙處飯東坐談去

九月初一日壬寅晨雨止乘轎至莊祠少坐至敬慎見韓拜韓弟談為韓弟之少子名志沂者請求親帖至廣堂巷餞中與汪銅士表姪之次女議姻少停即請其生年月日帖再至莊橋巷送上雷中即旋身出天又雨至敬德子宜有話見商子牧自江西歸歙後同飯牧姪以象德磁瓶溫酒爐杯見贈受之遂返猶課半日

初二日癸卯雨後達旦晨起心蘭來廠而未坐同出茶敘心蘭昨夕來不值以心園圖

冊十二幀索題，今復申言之。還振甫、小汀同坐茗飲，編時散。天色開霽。傷晚歸家，與
筱兒商定補立節孝、孝婦兩匾於廳事，因鄉舉等匾已重製也。
初三日壬（甲）辰。為心蘭題心園圖第幅，作五言三韵古詩一首，午後錄出作跋。佛見
第十八號信即發。是日子牧來，小坡引其徒高惺仙瑩來，蘇人也，子然一身無家
而歸，借居於山塘怡賢寺中，與雲閒僧為侍，談頃去。傍晚陡起雨陣，霎時即
止，從雲後見明星。（屬師竹之兄侶松又以團扇乞畫石，略談去。）
初四日癸（乙）巳。晨為心蘭家以昨作詩稿及乞其作畫，記其語寄吳秋農乞畫之
冊頁，往不值，留字而出。洪承曾兩次顧我不遇，因詣之，伊纔起，閒談少時返。飯作復
君秀信即寄。為吳蘭青潤色其所作為甫彥欽先生行述遺稿，因錄並孝廬

般屬也
初五日丙午終起盥沐心蘭來談次至東園君飲稍時立出道過蒼石并邀
二公至余館中又談移時乃散飯後潤孫藻卿先後來共談伏去為濟之弟
寫窗心六張頗急促矣是日作復久也楚薇二信同寄杭州
初六日丁未晨至孫賓堂紙店取還換去昨寫窗心一幅閒於晴課又
寫嘉悟仙屬三十言對一副鍾逸農屬軸心一張硯臣姪來又撰屏對
兩件索書仍未能打掃淨盡也抵暮徐眉甫來
初七日戊申汪耕蔭蕺莊秋姪兩生皆往余遂出至敦德問江西信息家中病
情少時返寫心園十二景詩入女冊兩生歸仍晴課午後適硯姪字案來即

以心園冊附去伊收屬尋拱及硯庭題詩也朱澤卿來

初八日己酉硯庭送來吉金拓本冊上有可說者隨便綴數字飯時茶磨

茶邨洪泉及胡三橋之兒子四人同來略坐即去約飯後至東園相敘余既

飯爲豫生各上生書乃出至東園爲東到先擾園座以待之來時只有二茶

而心蘭亦以約至談良久將散余思往訪徐窳翁於是茶磨心蘭皆欲同

往呷門入得晤少坐復出至欣園四人茶敘窳翁談掌故悠匆抵暮散

初九日庚戌天色晴朗重九例應散步出遊錢翁偕兩至觀東道邊樓登

高茗談良久余先行至鄭盦第處多時不見聞話久之出時晌午赴洪泉之招

過心蘭家入見方作畫招以同行至沈處茶磨茶邨已到与邀伊洪泉晤談即

設席留有餘齋，偕遇水檻，席未半，蘅卿歸，亦入座，為三老四歲鬪酒移時。席將闌，倉石偕子中來，沈氏昆季拉倉石而不知其蹤跡，今不速而來，亦溢候位坐，知子中又自揚州來，將返寓，吉少時，子中仍與倉石辭去，余即辟而臥。餘人盡復肆談，俟安瑅同孫出，各分路散，余返館，遣鶴儀來談，申時去，天暝矣。燈下寫介石、季芝來札，均有他件。

初十日辛亥。昨過暖地，潮又釀雨矣，夜闌大作，及旦尤猛，竟日不止，似特補重陽風雨，景亦正不壞。要盆菊羅列左右，燭闌況少飯，倉石來，共余談，亦正不壞耍。飯後寫劉三函一。天雨四民也。是晨作陵君秀信即寄。

十一日壬子。夜翻盆大雨，聲徹達旦，猶竟日不已。鶴書不入塾，課事得

閒寫豫屏一摺扇一紈扇，雨錫弟來談頃去。又有不相識之客來，詢其人
姓葉，名廷颺，号鳳川，欲訪候補府潘芸生者，蓋言近而訛也。
十二日癸丑。晨歸家。少時至乘馬坊巷吳穎芝家晤談，又答朱謨卿於幽蘭巷朱
公館，不值。余返，而謨卿來，攜其兄濂卿一畫，有便面屬余為求畫家書之，午後即為
書之。傍晚攜至心蘭家，為求畫，不值。途遇吳廣雨至鳳池吃茶，又遇謨卿同談。廣
雨述近日夢中得句云：蘆屋歡春浮花影，墨壺腮香溢酒痕紅。是日午間為小坡
題武氏石室畫象，即以余舊得一幅題後，節錄之。午後得君秀信。
十三日甲寅。晨錫侯弟來。雨生並入塾作復君秀信。相弟來。倉石雨中來，為張子中以
詩稿再付閱，又為朱瀾孫刻印石一對屬文。余以山東汪郎亭寄到之石數精拓

本贈之求其臨摹一通因報晤談即去申刻心蘭偕凌塵遣來凌於前日到
蘇談頃偕出至東園心蘭去招同倉石來四人敘談快抒積念適瀾孫來
亦同坐談至抵暮乃散金匱寄到書院課卷一宗有梅壽丹信君齋信
十四日乙卯晨霽始披閱東林課卷頤庭字來以其所藏金石拓本之最精一
冊送閱屬加題識濟伯見初七日江西來信
十五日丙辰晴晨至莊祠季將姝函寄命往山輝碩氏合茶磨茶邨因
至三松堂午飯少坐即行仍見二茶亦已仍將姝函交談次玉荀弟亦到
余以程鶴翁上年膏方屬玉甫改玉弟遂為診脈另開丁方少時
四人同行至嫩慎入見於松觀處談並觀圖冊未幾設飲園座為二茶

及余辛玉兩弟碩庭抱孫舞拜而已肴饌多羊而余持齋有秋葷冬
筍諸品亦美席散又觀卷冊諸人見拜有儀態遂邀辭出辛弟同出余往
擔錢翁同在觀中雅聚茗談茶邨去而碩庭來茶罷復勸酒與碩庭
六魏之錄人已定卷中篆成本店余復陪少坐先行路遇敏德少停時已迫
暮歸返館以辛弟言段銅士
十六日丁巳夜來雨又徹旦滾滾未休閱東林卷竟日
十七日戊午雨兩夜一日及曙而止以銅士言函復辛弟辛弟又兩次
函來舞拜以兩冊一扇並函來為命題及命鑄各件鄭弟兩日亦有
三函來閒於閱卷逐一作復為之手不停披晌午見日將來老晴矣

泊句云茅屋土涇移菊東藥竈煙新焙穀芽

昏後雨又浪浪矣是日閱生卷一百八十本竟
十八日己未雨達旦止晨作寄偉如第十九号信即發傷晚瀨孫來取樂園公墓表拓本倉石刻即余爲王少漁書扁去重閱生卷取列在前者加圈點評語又費百〻功得耘助上海信夢薇樹銅信松竹轉示仰東通信
十九日庚申晴始閱童卷藻卿來云許庭訪升撥浙江方伯浙藩德升江西遷擢是則偉如開缺矣侶君秀〻去鍋信傷晚減課事出以騎圍評閱題以圖圖冊及假面畫送心蘭受益逐洪承而心蘭不值與洪承旋别亟敏德間偉如開缺之下文知係奉〻旨來第易候簡用悵然遂返
二十日辛酉晨歸家以丹陽令凌鏡之焯送錫侯第閱其函文与不值遂承

之姪欲往皋橋西得和樓吃羊蹄心同往吃畢分路返館程明甫姑丈歸自
廣東來欣談良久去傍晚學東姪來告將葬均姪覓墳葬嫂朱氏
廿日壬戌中夜又雨悶坐閱卷飯前錫侯謂卿先後來錫侯攷論小坡為諜
帳事余以未裝訂藏書兩載與照小坡入夜閱童卷一百九十六本竟
廿一日癸亥開寄童卷上加圈點評語竟日僅將發刊數十本了之飯後錢翁來
去後茶磨來知與錢翁會於東園同往則錢翁行矣惟茶磨之兄泮庭在坐時
心蘭來敘談至暮茶磨拉至太平橋塊酒家又小敘而散
廿二日甲子晴寒晨未出鄺雨茶鄭先後來同至東園茗談移時余先起至振
甫館中有求卷石者付訖其錢文至明甫丈家答步談少時乃至王洗馬巷臨

慶菴拜汪紫仙姑丈百齡冥誕，盤桓片刻，返館課一徒，即料理童卷，初批一百一十卷，皆了。申刻復出至竊翁家，偕虞山趙次庚，他出，不值，余遂至定慧寺巷試院前。黃學使于昨日按臨科試，見書坊碑帖古董鋪之趕考者甚多，一路徘徊，自西而東，又自東而西，在觀試坊肆聽坐良久，候二茶不見，家處遂邀蓮士，知在老虎灶上，尋見之，蓮士繼至同茂，時已迫暮，遂返。茶磨明日進詩古場也。

廿四日乙丑。晨至敬德書子牧臣，於明日回江西，以便搬眷回里，坐移時返，作致梅壽君壽函信，并書院課卷，因書又作若耘函信，并冊頁一本。倉石來，始知晨間伊與錢卿、心蘭皆見訪，不值，歉甚。

卜式願輸家財半助邊賦 以是時富豪皆爭匿財爲韻

賦得

廿五日丙寅。心蘭晨至，觀畫冊，偕至東園茶敘，盆蘭列案，惜無佳種，但五色斑

皆嘗之 五句
有如時雨化之者 五句
今其所親愛而辟焉 五句
仁之於父子也 五句
霜染疏林墜碎紅 得疏字

瀾而已。返芳課三題，作馬貞題，均未成文。雨
廿六日丁卯。雨不停。辛芝弟側室之子志沂與鋼士之次女締姻，擇於是日行文
定禮，余為之媒。巳刻乘轎至花橋一媒為吳剛亭，妹夫已先到，與辛弟踐賀
入見西園，拜稱昨日拜重弟，仍看姪詩古場中所賦賦題，聲子班荊（遇伍舉）於鄭郊（以班荊與食而言復故為韻）
詩題洞庭■柑，與客分金，得柑字。儀與剛亭同赴壽，至唐墨巷致賀子
鋼士乾宅禮已畢，坤宅禮將去剛亭赴壽，余不復行，飯後仍將日課半日
追夜成七言古風百篇詠馬貞烈女事，薄暮雨中夾雪珠
廿七日戊辰。不雨而陰。晨至甘翁家談片刻，返，遇楊恂卿將歸其家，邀入又略談，至
飯則久也。來不值，蓋自杭赴錫，問其泊舟處不肯告閽（也僕）之故，為悵悵。氣候驟

寒似乎節氣者不應如此申刻渋泉來前日承其贈余鼠鬚筆兩枝管上鐫字云衣點齋倣王右軍其下鐫行款云甲申初冬鷗巢製奉瘦羊博士清賞令該之渋泉來觀孟鼎拓本伊亦得銘文拓一紙也

廿六日己巳不知何時又雨枕上聽之遂復達旦以宜療病日合膏滋藥即玉弟所開方也得吳鞠楊藝芳信答我已隔月餘竟日悶坐雨亦一意怒之

廿七日庚午夢醒惟聞雨聲晨坐到晚亦惟雨色札致鄭弟復札云藝芳來蘇向見今日已行矣則致我之信總是後自當來余遂作致久也君秀兩函同封寄錫山讀蔣綵閣緣冊錄其題詠予宜招夜集乘轎往程明文已到坐未幾忽得廣東信聞貨務二表弟在潮州病故之耗明文急急竟去未入席也餘所邀曹少

賡陶、仲陶皆不到，只屈吉壬來。於是請兩張先生及程景顏、姑爺益之、海秋
鶴壺居然滿座，飲啖良久，席甫撤，而明文遣人來邀余返，路順往一談，因至彼，知
賀孫以此月初八日身故，有袁渭漁諸君之信，於是與之同定招魂設座事。

三十日辛未，晨起雨，暫停程。晏又來邀，即往，有李子仁、子明昆仲共議立座一
切事情，定以初二日預備諸務。飯後粗了，又雨，遂冒之返館。又得藝芳信，在金
閶舟次所發，並云即赴津門也。倉石上午來，不值。

十月初一日壬申，迨曉雨止，街道泥濘，余徑走出至莊祠，少坐，先後皆至敏德，及返
館，鞋襪共溼矣。晌午天漸晴，日出，換衣歸，本應散，然余坐館半日，申酉之間
又出至試院前尋周莊陶氏，屬以沚邨詩鈔千首來徵，遇陶子春，尋之不值

過張安濤為尋周莊人託其將之之至作乾齋去坊養竹展碑帖店各坐移時乃返街上積潦變狀未免乾雖又稍溼矣

初二日癸酉早起即至程變魂已招矣盥沐點心皆在彼處變賬房中有李氏昆仲教之拜蹬性生父子蜈蚣子迥傅穀張羅余既見招不能不幫助料理商議諸務惟為明文代作輓聯云拋撇無端二十八年迴短夢姊功名何有未歸四千餘里魂其西歸郁蓮士來之候至午正看祭者畢吃飯飯後即辭出歸家松兄在家敘談又在後見變敘談移時返館遂暮

初三日甲戌倉石來同至東園吃茶返作致伟兄第二十號信即發昫向午永姪來病不入塾傍晚仰姪自滬歸來話良久桐弟來亦談少時同去

長　宮室車馬衣服多
与人同
元　園囿汙池澤多
吳　麻縷絲絮輕重同
次遁　搏而躍之　二句
詠畫　折梅逢驛使　春

初四日乙亥風陰晴晨為永之事至道署見濟弟又見四姊以次敘談
穉時返吳立三來言百花巷潘氏有館缺出託為引薦余告以適自彼
來俄而啟遇人泰塔來望蝶衣冠而異帖焉略談去傍晚陸景山來是
晨心蘭來不值暮倉后來但至小坡處亦不值
初五日丙子晨寫八言對聯副一還居停竟姻皆期在初八此緊急差徭
也首至到館帶東嘉興計函係孫次公之許君南陔者母矣內容錫信
梅壽為汲壽儀孫詒余以前日君香寄來之泰法如所撰焉貞烈
女傳黃劍傍晚至試院爾吳作新亦查坊養竹居法帖店有話
初六日丁丑作新亦人來穉時眷竹居人來永之抱兩日皆來飯茶倉

石來飯後子震來傍晚文翰齋人來余出船廠巷訪施子明處上燈矣
初七日戊寅晨詹雨來約於東園余至恂卿家未起遂赴詹雨約茶話移
時返館替課題倉石感夢詩後的三絶感夢者感其聘室見夢而作也飯
後倉石與施子明振甫同來略談亦約於東園三公先往余俄延片時以了課事
適宗筠書堂自錫山來過訪因邀伊同赴東園三公已去矣兩人茶話至
上燈乃散是日養竹居人又來得北魏造象記拓本四種
初八日己卯西園姊丈出之妹與顧艾生結姻余同執柯之列是日行聘晨
乘轎出至柳巷拜李子石子明太夫人壽至譜庫巷賀戴仁甫嫁女乃至
五聖閣顧氏會齋執柯四人為汪筱垂庭繆春畦顧茶邨候到午初發盤

四人先行至花樓訪敏慎嘗見算珠在三松老坐末盤開發回盤將嘉
人又到碩家剛及來刻少選主人謁人翁山昆仲設席相款四人為兩席
之席西設遵良久席散復少停辭出返路由富仁坊因往敏德問
江西消息少坐返館時已不早寫洪母潘夫人墓志篆蓋一通文卿
所屬過旋出至道前街同吉祥客棧答潘書堂上燈後歸
初九日庚辰晨歸家一走返館為鋼士三女郎十歲五女郎蘇雅訪孫賀
午間復席接之馬貞烈傳刻成作致梅著信以印本十分附寄徽
詩朱澤卿程明甫心存姪三人先後來各坐談言即天暮矣
初十日辛巳晨訪君孝於其家知自錫山歸矣略談移晷歸家為壹

中補懸匾額事按本有兩塊挂於廳中者三正中為恩榮二字紀　曾祖考
篁月府君於乾隆庚子　翠華南幸時在浙接　駕蒙　恩賜宴並
頒賞御製全韻詩貂皮大小荷包等件誌榮遇也東為鄉魁二字西為副
元二字皆　伯父紫崖公於嘉慶戊寅己卯兩科秋闈聯捷循典制也其
本宅兩補立者東之上為節孝二字紀　六世祖妣申太恭人　伯妣顧太宜
人之節西之上為孝婦二字紀　先妣蔣太恭人之孝皆彰旌表也西之
下東向者為節烈二字紀壽萱姪配沈氏事亦重旌典也正中又懸
誥命匾兩具懸畢吃飯午後仍到館

十一日壬午晨至毓德得江西消息將回吳矣偕光吉到觀前帽鋪定做

安帽一只至徽帽吃羊麪分路余至静心菴拜君秀太夫人冥誕坐頃返
館飯後寫懿德花廳上窗心四紙作寄梅壽信
十二日癸未早歸為桐生弟婦陳氏六十壽辰弟亦慶九齡眉孫視豆
因前日懸匾事特懸　先容設祭陳以樂部内外客來甚多午間坐
十三四席頗為熱鬧余辭歷至薄暮返館
十三日甲申昨茶磨札來邀至邵氏最出吳至園抄能觀方丈均如四覓葬
後登靈巖祝禮懺至則主人未到若訝其來懸掛遂出至五靈阁下見茶村
茶磨春畦談良久因而至敏慎見尊拜文談片時返館至君秀家見其巧
郎云已約張枎鴻往滿仙茶園觀劇先在泰山堂藥店候會余遂赴之石

張氏分又有徐姓二人同吃午飯即往戲場看所謂名旦周鳳林號名小老虎出
蚌鵑妻甥
園場而出在馮利泰紙行看先泰定贖乃進城分路回館上燈許久矣
十四日乙酉濟之弟三子勲穀（今為長子）與一琴甥長女（小名瑞慶）締姻是日行聘余為之
媒應之午刻設三席席過半余先起歸家因弟徵娶之事親友族中為出公
祝小班演戲到時戲子已經束帶未開場開演已酉初七齣暫停場前設席
家宴坐定再演又兩三齣席及半余借起返館就睡追溯我家謙益堂中
惟乾隆五十四年己酉八月　曾祖朝議府君六十壽辰曾設彩觴宴客
以後寥寥今已幾及百年復此繼起可謂幸矣
十五日丙戌晨至莊祠先在敏德少坐及至楚翼堂啜茶即在方與辛芝之弟

談爲廿一日喜事偕蓉鄉至貫孝家山輝堂與主人翁鶴人及春畦表妹談過
復偕蓉鄉到觀東茶室吃茶赴君秀之約余至錢翁家招之出又在敬慎
少坐復去探彝尊及再入茶室則君秀已去坐息片時起分手余歸家
桐弟請客演劇改爲小象班唱梆子腔者候至抵暮腳色乃來上燈開演
只做三齣便暫停撤席余以指甫在內室便飯畢即返復錫山極壽信
周莊陶沚鄉信及蓉卿送觀之爲銅瓶一開母石闕拓本一
十六日丁亥自昨天陰風峭有釀雪意晨至心蘭家不值遂返作札致之午
後少霞姪來談
十七日戊子晨霽雨來談擬偕倉石亦來邀同蓉叙於東園倉石欲他往

不即赴約虞甫與余在東園飯良久不來遂返倉石又來館中談須去
為余寫石敔全文謝之為西圃料題蘭緣冊各圖詩
十八日己丑釀雪意更重摹暮徽兩鄭盦屬照余黃蕘圃士禮居藏
書題跋記張秋水眉山詩案廣證墨妙亭碑目攷凡三種皆新刻也寄
箋一副密行便面全頁是夜將闌睡醒見窗外月光
十九日庚寅作札致鄭盦茶邨子晉蕉坨四家藝圃來擕所題馬貞到
詩公談少時去余亦遂出赴敏慎請婿婿席亟則茶磨春畦茶邨三人皆先
到聲拜設兩席陟敬來禮良久席散復往閒談片刻出余順路至敏德
知偉兒將次到家不由滬瀆家中人往迎於錫山驛也

二十日辛卯　增寅洗衣後出赴頋氏請媒之席至則有樂部方將款許入
客房見二茶與春畦皆到相與敍談先巡新房良久入席亦如昨日之禮
雖席則新郎公服將獻大拜于許余因遜辭出至通德預先道喜入見婿如
略坐返家問視大哥昨又發失血之疾咳嗆未止晚又赴館亦預先道喜
廿一日壬辰　周堂大通利上吉之日嫁娶人家甚多余為頋潘之媒早起即出
先至男宅頋山輝處會同春畦茶邨至女宅敍候適恰甚庭亦到四人同坐啟殺
貫時夜醬粧奩已相還往媒人之事俱已停妥移時同至男宅專候迎娶吉時
午刻吃喜酒未刻散席未末申初發輿與四人再至女宅有送親客六人同行
陝西女賓將次登輿四人再至男宅有送親客八人同行酉刻山輝堂上行禮

合卺天色近暮余即託言而返返至館中則嫁女事已畢在賬房内談兩時同吃晚飯息燈早睡

廿二日癸巳晨至甘翁家以表彰馬貞烈編述閱求作序略談返館兩徒入塾略理朝課上半書一面貽料送汪琴孫月盤帖又作札致蔡邨問明日公賀張宴之局定否即差賀三朝之喜時已午刻散塾歸家適請吳星諸診叔兄脉陪之七婦忌辰作饗在家午飯與筱兄談後出徑至心蘭家又值文至家張翁家亦不值皆多日未晤殊爲悵悵返館仍鄭孝遂來費屺懷念慈作馬貞烈女贊

廿三日甲午題毀算珠紀事圖冊十七首錄稿出晌午陳泉來因買物少錢

借雨香去申刻返蘭來云茶磨在巷口茶寮略坐即去余方寫扇草草寫完即秋之夏香唐雨漢皋同在閒話移時余先起返伊心存姊送來午移弟大阜家來並贈余薇底布鞋一雙

廿四日已來三有敏慎均以嫁女接同門最先至三有陞賀乃出先到花橋秦氏甲寅生妹丈之喪即至敏慎先見岳并侍設稍時汪繆頤三媒人齊到時已發轎往迎雙歸遂設午席仍四媒為首讌謹獻饌既而雙貴到門即出觀之觀畢及岳揖讓之儀余乘間趨出返至三有則為迎而未來稍時方至見登堂之儀一一相同以後見禮壽事悉循故常未暮開筵堂中設五席余在書房另一席席撤送賓清音既撤燈

火灣閣细看畫間所得之錫信中有詠馬貞烈詩十餘首

廿五日丙申閱君秀文在蘇將往吳設片刻返館作致梅叔信附送秦

蘧峰書兩種託君秀帶錫山飯後作復午橋信并附書八本

廿六日丁酉清早出西美巷程明甫姑丈家為賀生表弟娶室之期與

李氏昆仲在賬房中照料際晚事畢吃夜飯返

廿七日戊戌坊董來乞即書許之出遊茶邨茗飲於東園還寓雨起

出文翰甫訊笠人堂兩爰返館申刻茶磨來先往茗飲於東園余稍

後就之返子千寅甫昆仲並寅甫郎新進賀慶一番

廿八日己亥晨往敏德途遇鄰舟遣人問偉先歸里消息出則宜娗已

來撓今日往錫山迎接蓋因偉兒到金陵信約以朔日抵里也坐頃返

印作札致鄭第傷晚永姪來

廿九日庚子倉石來以題馬貞烈詩稾見示屬改余方爲錫山寄來各

家詩詞改未了也薄暮留伊洪泉昆季同來攜秀野艸堂箋注溫

飛卿詩集見示精刻初印本云是胡三橋物其子索售未留之

十月初一日辛丑晨至莊祠路遇叔穗少坐至祠則來而已去者數人余

稍眺攔少坐亦出經返館暮課如常

初二日壬寅季玉四姊母七十壽館中全家往祝余先歸家松生兄哥屬

九先孫祝焉乃至通總賓客如雲絡繹拜祝略坐即延入席以次吃盆麵

靡撥而擾續坐無為終之也余即出至敏德知係如兄自江西罷任歸令表
到家往見之敘談移時不能遂已伊將往鄭第處遂出又共貞第牧姪
諸人設諸出天色尚早直東至書局訪崔琬伯聽談上下古今滔滔不已觀案
所兩磚觀一赤烏十四四字一寶正四年甲子月造八字似吳越遺勝於孫吳之
物吳越一磚上以舟上人所藏也良久告出訪過徐霖翁家亦由所設係及
鑑齋表兄所藏宋理宗玉押前年為沈仲復借觀失去事因述此押
始為杭州汪小米物後為常熟徐某得之徐非霖翁之族而有戚誼知其
失去之由余亦述（淡齋）汪氏失去之由及今鋼士借出不歸之恨蓋物之聚
在莫不視為至寶而失之無端之誤亦復相同小米之寄不知為誰所

有雨什後以後更不可知矣薄暮返館招小坡來談
初三日癸卯晨驗閲竹蕺第次子懷穀以驟病一周時許卒於子刻正
值四巽女做壽之日今歲季玉姪父連喪三孫和甫之子明穀濟之之子
蕃穀三姪中懷穀尤文秀前月父家科試取古學列一等又考優考
拔貢試八場可謂勇矣陡然擢拔閲者莫不悼歎理為生最課畢
出至明甫丈家談頃至文樂酒館赴同人之約與洪丞公錢寶山之行儀
齋入席已將申刻席中為沈氏昆仲茶磨茶坊心蘭昌石及余七人也
談讌甚歡良久撤席分路而回同行者在樂橋娩吉祥春吃茶為余及
茶磨心蘭沈氏昆季五人茶散各歸天色追暮

初四日甲辰冬至夜例應散塾余卻坐書館課如常偉兄來略談去昌石來談次同入小坡書齋久談片刻去際晚歸家夜間爲冬至節祀　先即在家夜飯飯畢仍回館中宿

初五日乙巳冬至令節晨具衣冠詣松鱗莊祠拜　祖並爲族中在座諸人賀喜坐移時出至錢卿家不值尋於觀前茶室亦不見霞弟坐息少頃歸家拜　祖賀喜談事時已晌午即在家午飯飯後出閒步至毅德偉兄處出未歸盤桓移時出至所往將返飯館過外陽樓入憩茗飲聽姚士章說書際晚乃畢

初六日丙午昨晚過洪泉談定溫飛卿集以番蚨兩枚易之今三橋之

嗣子梅生持洪泉一函來即以雞齒付之知洪泉已往寶山矣課晚
寫賀胡芑孫郎勤安完姻小對一副
初七日丁未晨方欲出詹雨來同往訪心蘭心蘭未後畫堂遂同往
訪得晤談頃借畫堂出至鳳池茶敘快談畫理良久乃散返館已晌午
午後寫大對一副傍晚茶磨來敘諸人題詠馬貞到訪文又偕出至東
園茶敘稍時頤蓮士來同坐余先起天曛暮矣
初八日戊申晨南窗元吉姪孫來言偉如大公之諸三公之同往光福山去已薦
挑夫在此著候鋪蓋船在胥門馬頭也遂起身促備簡便行李即與元吉
同出胥城偉兄已至船等候即便放行舟中閑話得悉江西情事風不順一

路推縴過西崦已昏黑抵澗上携燈入別墅宿小卿弟同在園中

初九日己酉夜發風枕上聞樹林震撼晨起濘滑殊甚許漫之衝風踰嶺而來設饌偉兄屬小卿款之留與午飯而偕余與元吉篮輿入山省墓自河亭橋由徒廟弄真如塢張家澗大畝頭銅井山前以次展祭凡六處寒風砭骨日已曛不足以竣其事畢返已午後五人圍坐一艙共飯四人皆善飲余獨否惟無風雯便覺有和氣飯後受之去陪偉兄相度園中有增修葺唯已帶匠人來也傍晚遣人邀程學園來遊同晚飯併留之宿偉兄分出被褥設榻與小卿同房

初十日庚戌風息仍早起收拾行李出別墅登舟放至鎮上買朝點僕

許久乃到口學（学）園返御馬頭節孝祠小卿歸虎山橋弄新居復行風逆
而水慢時早而氣和申初抵胥江見馬路大船數艘皆張江西巡撫大旗
號蓋韓任德曉峰也偕見琴與即赴近掛之余与元吉趁視行李乃
進城穿鳳池茶窑過昌石遂与茶鈸移時偕丕書雲鳳略談散返
飯後范梅岑信及鄭弟見贈西夏紀事本末一套
十一日辛亥晨歸家閱喬松見並以陵少吾師札託覓巨畫遣人送與
旋返飯後課鄭弟以楊庸齋朱修庭二公所作馬貞烈詩來晚圖石來
據余託寫名片并刻木印好相贈用振先原名也作復無錫范君函信
十二日壬子天陰鄉間受風遂患咳嗽午後無錫寄到東林書院課卷

生畫共四百十餘本，傍晚至書肆購求畫紀游圖四幅
附記時有程君叔信件來
十三日癸丑。夜東雨，晨微雪，已而雨雪並下。披閱東林卷竟日，夜看路
及生卷之半。君叔又有信來，即復之。
十四日甲寅。夜北風轉大，晨起霽矣。閱卷手不停披。午後恩蘭偕畫
堂來，談次約余明日同人畫務，時至東園茶敘，傍晚散。陳嘯梧字來
招明日大觀園觀劉湘春館小酌，余復字一函辭之。
十五日乙卯。晨出遇敘德，步坐茶，遂至莊祠，坐間與偉兄、李弟、謁弟、敬人談
時，偕至弟至殷氏茶磨館中，伊遂起敘，談務時，余歸家，在家午飯，
乃出閶門赴嘯梧之招，同坐為殷廣軍、子牧、子梁、水炮、見吉、斗如、水炮

孫及主人七人也侄堂頗暖和觀瓦戲場完畢同出余不赴湘春之席遂
返館到已抵暮燈下讀鄭弟送來李蘇鄰馬貞烈詩極佳
十六日丙辰晨閱東林生卷竟飯後即至心蘭家邀請心蘭診視松兒偕其
到家按脈立方矣送之先行余少停返館牯灣程照甫家因昨曾來未值
也至則照甫已於今晨動身後往粵東矣返館稍督晚課燈下始于生
卷上加圈評是晚有雨意
十七日丁巳又發風潮霽矣唐雨來借出茶話移時散生卷加評加圈又
竟日午後徐子雲來邀之於勁節樓園題紀詩刻後移時去
十八日戊午晨唐雨又來略談即去日晷之短館課積日不能全了而晝

院卷更稽遲矣。返晚始披閱童卷，得君秀信。

十九日己未。閱卷，理晨課。課間，侍言、茶邨來，至東園往晤之，蒼石亦至，茶敍良久，散時晌午。仰東連益來在館中，告言心蘭之方意，於桂聞已為更動，作札令其前往。少時又來致心蘭，心蘭言遂同午飯。飯罷，秀甫言明日赴上海，不再來蘇。稍時偉臣來，稍間心蘭來。

二十日庚申。昨與心蘭商量之語須告茶邨，晨即往得晤，坐少頃與同出，分路返館。直三、蒼石、硯吳君先後來。晨已天陰，地濕霧氣漫漫，至是遂雨。乃得坐處閱童卷數十本。又得君秀信，皆為馬貞列女徵詩之事。過中夜大雨。

廿一日辛酉雨洛竟日坐定閲卷餘無事入夜雨更大

廿二日壬戌夜閣起風晨雨止地漸乾午初赴倉石之招於文樂園同

今所為吳太夫人補祝園座相園為金山如施正甫茶磨茶帥心蘭倉

石藻卿登余八人設讌良久散余至謝文翰刻字店改語即返館

閲畫卷二百五十餘本備

廿三日癸亥晨出至敏德見伊兄談移時歸家君招見擬再請瑟瀾

聆脈返館即作一札遣人請之課暇於畫卷上加圈評傍晚茶磨

來略談云已約友在儀鳳余因書叟字來云明日將歸錫山邀往話

別遂先詣書叟處邀之同往儀鳳則茶磨外更有心蘭及徐氏竹

林六人園坐茗談心蘭告余已聆過松兄賦矣傍晚散

廿四日甲子晴膺甫來示我所畫紀游圖二十八幅談頃去是日將排次加評童卷寒事一律告竣晚至鳳池昨曾有約見茶磨在少坐余至書畫所邀之出則茶磨行矣書畫所偕謝梅石同敘談姜篆刻談至上燈後余先行返館作致梅壽君秀函信

廿五日乙丑陰包叢畫院卷夜作館課臨時寫石氏屬畫燈片絹四幅皆摹漢燈款後有客來自言識先生先生不識我願得一見余見之詢知爲沈子堅茂才余亦久聞其名問答間知家在洞庭西山消夏灣滙上童現住城中卯橋留芝巷西談少時去到吳縣學昔日吳子寶家之館

也傷晚雨燈下作硯庭姪金石各拓本冊後一跋

廿六日丙寅雨漸作雪午未間雪頗密既而又雜雨矣夜兒遣人送來周辰官新進試作蓋前月在杭應劉洪濤學使科試取入府庠也得石君秀信附寄來袁翁丈七十壽詩卷屬付裝池家

廿七日丁卯夜來雪積寸許凝而不釋氣候仍未成寒寫前題菊圃莊簡緣紀事圖冊詩迨晚寫及半（批閱龍孫試作評凡五條 又跋硯庭姪金石拓本各冊）

廿八日戊辰天未堅晴雪不甚釋晨起即寫菊莊冊跋竟又為硯庭寫金石拓本冊後跋呵凍筆遲竟日乃了倉碩坡同來

廿九日己巳增寒而晴雪結成冰晨膚雨來余乘轎出訪廿文生新妹丈家

荅璧不值，乃發滇，賀秋谷第三姪女于歸戴氏之喜，還安生與之同見尊妹于三松堂。妹出貢湖公親筆所記，自榕皋公入泮起，凡兄弟姊姪獲雋，用賬陸續登載，有雲浦公、理齋公暨以後繼記筆跡，可謂家珍矣。譜琴弟以尊妹四十餘年前所寫試策白摺楷書四開、文恭公甲辰重游泮宮唱和詩刻一本爲妹重第入泮賀禮，亦希有之物也。稿時藏三松堂中，設一席，同坐者艾生、偉如兄、濟之弟、玉尚叔及余五人，妹自爲陪設，謹茲歡良久而散。出在大廳盤桓，遲屢未來，余遂返，泊鄭鑑弟縮札。

三十日庚午。晨至申衙前寶古堂裱畫店，遂歸家，知前日來之姪往先祠兄鋼井山墓如塢墳上曾有盜伐樹株，盜因與筱兄、桐弟議，應呈官究辦

移時返館課事甚為局促備送王人驥錢寶鎔兩處入泮禮

十二月初一日辛未晨乘轎出先至敦德少坐乃至莊祠見族中諸人設

出因初三錢秀才入泮預先道喜邑顏家巷郡廟前王洗馬巷翁泥坊

橋弄各處返館午刻飯後督課更為局促另送秉董弟敦先芹禮儒

晚心蘭來談

初二日壬申晨陰雨來吳之儲出余歸家少時返館午後立三來子雲

來傷晚叔弟來告余盜伐墳事樹已進詞於吳邑尊矣連日天氣凝

寒餒政減縮是日氣候稍和殘雪漸消連日君秀兩信

初三日癸酉昨黃昏洒雨後來霏雪晨起雖止而天陰地溼新雪有加兩

宿霧漸消矣踏溼步出先到錢翁家不晤獨月餘表長坡來已時巳午始至
敏慎賀姝重第入泮喜並賀女新郎羅政喜又補祝其生遐壽三
事並舉熱鬧異常已擺席竟入三松堂入座即廿九日之人加吳誠樵
丈後來又添筱涯兄共為八座相與談設席散遂出至錢翁家門首恰合
又還見偕至議說街萬雲臺茶敘良久散街道繞乾至敏德兄師竹
斗如談頃返館是日諸事大吉余倩人送合第二料膏滋藥六因宜療病
也又得但愛書來表彰馬貞致女之作
初四日甲戌晨歸家向松兄來起就林斋談頃返館札致沈旭初索其
姊丈蟠叟壽榕玉笙樓詩集蟠叟與余同歲於宦成之後已刻其四

十年之詩以千四百餘首又有續集余滋媿矣沈子堅（光鏜）札來欲以德善齋叢書余以舊存一部歸之札中附來書籍字畫目錄一紙武當集者陸包山虎邱劍池圖鄭谷口隸書鄧小山藤花羅兩峰猥芋圖劉石菴行楷凡五種元極東坡後集明板說文分韻穆刻會板韓詩錢氏列朝詩傳雅雨堂本金石錄思適齋集凡六種又求金繹帖兩冊寄復君秀信附去馬貞女列傳及墓碑印本二百副

初五日己亥作題洞庭還硯圖用三松堂集中題試硯齋圖詩元韻濟之弟送來歲朝賞菊詩前後合刻八部札致子堅索鄭谷口字及說文分韻金石錄三件來晶石兩日皆來今日携常熟學愛精廬課

卷一本作篆書爲余正其謬誤而評之並三朿
初六日丙子晨至心蘭家以呂祖象拓本軸（黃鶴樓石刻）石梅孫隸書對贈
之先歲朝賞菊詩兩本設吃返飯飯後將還硯齋圖一詩寫入手卷又寫
許星臺方伯屬錄舊作於來怡府花園牋兩幅只寫得半幅天垂
暮矣飯前永姪來談吃即去
初七日丁丑僧雨晨來以賞菊詩兩本貽之卷中有伊詩也寫怡府牋
兩幅滿皆錄西湖游作星臺將赴浙江方伯任矣
初八日戊寅晨將出適猱松兄來知霞客弟婦葬後是霞孫步霞
姪服闋宜往遊備衣冠至靜心庵並道往至其家知在九勝巷軒轅

宮少霞為來去摯之同行至則適從西院出作兩偕霞弟先在拜畫堂其時乃行至五聖閣望庭館中賭以賞菊詩而催女訪債時逼近歲除猶未肯還余設約君出至敏德時已晌午在彼午飯與師竹子牧閒話子牧近得隸書碑拓甚多檢其重複者送我卷而懷之旋出時尚早而館課已不及矣遂至蔡姊家伊云晨間嘗到汪氏館不值在巷口吃茶久之再到汪氏仍不值悵悵然返不意今日仍得相會邀至時景園茶敘良久散返館將暮洛君秀岩錫信來卿寫與信將代買之魏碑寄還

初九日己卯晨起至甘翁家又還袁景五詩略設返館只溫習一生課飯後寫對兩副軸心一幅未了而茶磨來少坐約於東園先去余寫完

赴之，有茶甌、心蘭並徐君同坐（徐為虞之畫師之子）。快談良久，倉石不約而來，有
小酌。狗剛贈余與小坡集鐘鼎文字茶甌，方携對紙求倉石書，又設
少時散。已抵暮，燈下讀張乳伯淮上宦游詩艸。

初十日庚辰。欲作題張乳伯詩稿後詩，竟日不成。子堅字柬索還谷口字軸，
又取劉狎鷗詩僧一函，原刻初印，送小坡閱。叔得朱紫鶴南翔來信，不通信二年
餘矣，述近况甚悉，而仍事填詞，另稿示我十美新詞，云頗負觀看自製
踏莎美人調，蓋取踏莎行之上半、虞美人之下半，合調合成也。今仿其意為
十調：曰點唇美人，曰采桑美人，曰倚闌美人，曰春廖美人，曰錦帳美人，曰折
花美人，曰望月美人，曰剪梅美人，曰撲蝶美人，曰浣紗美人，可謂翻新花樣別

擬雅音矣。屬余與膺雨和之，想難致攀手。
十一日辛巳。晨至膺雨處，雨受邀於塗，遂至東園茶肆，以紫鶴屬和之作付之。
余以金縷曲詠馬貞烈事一稿付余，設次吳縣之末，又有陽厘之陳芹生同設。
芹生自述為陳虞卿（典謨）之子，從少走東洋，生長三十年矣，近年始思歸。
味已歇手矣。散後飯，課既成，寄贈張子中嘉言二十韻，即題其詩稿後，用
稿中寄潘康文兼錫一詩之韻。為章濚卿寫大神字一個。
十二日壬午。以白菜一甕、餅餌四碟送偉兒餞，而偉兒以徐廣峰（寶善）壺園
集見贈。余已得其先贈江西板紀事本末五種一大箱，不應再受，然與余
壺園屬意相合，又受之。傍晚歸家，同飯，暮矣。

十三日癸未膺雨來略坐偕出余至倉石寓不值又還張子中詩稿一本即返背課殊〻繙列朝詩傳有所摘錄

十四日甲申晨至縣前暨紙店謝文翰刻字店兩處又即返子堅曾來不值午後方欲料理歲杪諸事忽又由無錫寄到書院課卷展樵壽信知常州桐郡守新蒞任補縣城兩書院十一月官課因其幕中閱卷之友王重光孝廉承籍陽湖恐涉嫌疑擬將兩邑所課東林之卷互相換閱故特將其延陵卷二百餘本由錫署中閱而金署着接受龍城卷一百三十九本謝翁爲校等語見之未免厭煩只得拆包而披之

十五日乙酉晨出至敏德少坐詣莊見諸人談頃偕辛弟至茶磨飯中并

見茶邨又向莊祠招玉前弟來茶磨因咳嗆懇其開方也少坐出余復至緻德与師竹景顏子枚略談返館飯後昌石來出書並堂信寄到紙畫之每頁四幅並新詩一首

十六日丙戌閱號城生卷皆偏為之排次序加圈點擬批評竟日不暇是晨至鄭盦弟處適伊出門往通眾緻德發處並至余館余即返已來過矣既而手札往還者三四番請吉甫書版皆取去計架七箱六余商留其叢學詒版兩箱將添刻也

十七日丁亥晨起即閱卷生卷既了事即閱童卷竟日手不停披足不出戶得君秀信並殷還甫字條蓮卿弟來

十八日戊子童卷閱徧於者列若加圈評如生卷傷晚一切俱撥即作
寄梅寄信並附復君秀信封包訖即遣人寄航時酉正也
十九日己丑是乙酉年立春々日晨至莊祠展拜並至西園散閒詣拜
佛如辛芝舊琴詣弟仰春諸姪移時出灣茶磨館中返家々拜　祖也
午刻回館即飯々後至芯蘭家賀以年物為酬謝診視松兄也伊以返
作冊頁屬余書眉揚之至蘇鄉家又談移時返館是日連得鄭書
手札四函以烏目山房紅蝠山房伏敔堂各種詩集見貽
二十日庚寅晨家中遣人來言昨夜松兄又吐血以芯蘭方未屬往問之遂到
彼芯蘭未出將方改換藥四味命遂歸家示之已起身下樓々客等矣也

時返館札致鄭弟校已刻貞烈編樣本卅四頁傍晚茶邨來約到東園
茗談赴之爲茶邨父子茶磨四人已而錢翁膚雨皆至余館伯信而來
同飲良久候心蘭不至乃散有以祝京兆字卷索售者佳而不確
廿一日辛卯課間了筆墨債大小匾額方並跋條幅一張又昨茶磨
云擬取約青山於未老句題扁額曰約青山館屬余作篆因又塗之
竟日不出看掃除兒俗收拾散墊之壹晚桐弟來
廿二日壬辰昨晚微雨夜中有聲及曙未已飯後酒竟日課事作收束
勢且復料理午刻得樾壽信寄到盈闕卷閱筆致殊後作復論之中附
復潘書堂一函亦謝之也首之姪先散塾歸

廿三日癸巳雨止天陰踏溼至芯蘭家至孫貫紙店墨園春聯店遂飯寓

聯為蔚墨園之託賃迴小坡以新詩見示屬和飯後將新年饋館僕又以之

聯求書者即揮之飭館至鄭弟處因晚飯談良久錢翁君秀皆有屬

為鶴儕寫件西交之出將返家一過清泰石氏春聯店又盤桓移時到家

迨晚夜祀竈宅中各房竈神又位一齊昇天

廿四日甲午晨至甘翁家晌午至穀德見偉兄屬吉士觀察在座留共午飯並有

小卿弟四人閒談適翁曲園譜琴弟各送到楹聯字樣曲園云寒梅著

花孫月照心明譜琴云愛菊古梅如客士格呼明月到芳樽皆集句也偉兄

於綠園添集玻璃四面廠之楹聯曰心月山房鄭弟書匾又屬余書

光明三界四字一匾用回仙乩語也今此副聯亦山居所用因將字樣借余
順道交漆匠遂出至聚鳳樓聽會書遇畢雄飛同往錢翁處亦至蔡敘
談散場余又去對聯字樣再至石氏春聯店爲寫煙招牌一面醉月盦
春聯五字乃歸偉兒有饋歲之贈受之
廿五日乙未鄭弟覺元匾石春兩件寫來余以偉兒饋物分貽茶邨光
福山人爲更換墳客事四人來余與桐弟面與之齊言良久乃定飯後出赴
二茶與錢八翁之約在觀中茶室不見獨坐茗飲待之仍不至尋到錢翁
家中亦不值有書留下乃步歸途遇叔伯又桐弟永姪於衣莊家一路偕行
歷看皮衣數處又抵暮方歸黃昏時仰姪自滬上歸

廿六日丙申晨將出先祠黄家河墳容來告被賊偷伐柏樹四株係廿一夜之事適殷同地保家查三三日不得賊跡特來告知余等仍令其力訪務獲現在封印期内幸可寬緩多日也而昨日所來四人銅井山務之事亦尚未了余至汪氏館中料理些事適留午飯飯後至詹雨家招之同往渭園聽會書遲楊恂卿朱瀾孫張姝鵬孫培之汪景琳瑞卿爭説人其餘諸面生厥多説金壺與日四人其常也是日有五人蓋園滿矣散出復至館中一路乃歸家

廿七日丁酉晨微雪不至清嘉訪君秀已歸自婺熟相見敘談至屑霏止乃返鄭第三日三函送來陸屋黄二家屬貞甡詩讓之後來居上飯後子密自東西南至茶村家坐頃殷適余同出拔北而至觀東里適賬買物至玉樓春

吃茶適何如丞同坐，森君秀不至，良久乃散。返途在耕蔭義莊略坐
談語，見振民，知伊爲孫我姪後繼志洲之子名承奎孫。
廿日戊戌，早出詣畫禪寺拜吳蒼公總鄰祖母汪太夫人三年週忌，坐頃
還。辛春爲弟同出至女家三松堂，見將尊妹敍談，尊并一壺，留余閒談
午飯，不敢遠設。至午刻看放生魚二十四尾於洗心池中，同飯爲辛和春
等五弟侍妹及余七人團坐，吃自打湯餅，用山東麪粉，極妙。未末留
出至錢公翁家，適欲出聽會去，邀余同往滄暢亭聽，至園滿散歸。又講
清嘉石氏春暖店，見君秀，出巷久也，信付閱，述馬貞碑墓上建坊立
碑事也。有微雨，遂歸。夜祀 神過年。

廿九日己亥 天甫曙微雪既而微雨冒雪至館中少坐雨漸密遂歸預備新年諸事得暇披茶磨山人詩集汪蕘庭所著鄭龜齡覺刻之凡八卷

三十日庚子 晨寒積旭日照窗天開霽矣踏泥至石氏春聯店坐移時至敏德見小卿弟見偉如兄有兩事欲與余商一為譜桂祭田勒石山中別墅一為小卿山中所建之屋改作公產殯舍由偉兄償與半價錢三百千文為福宅公養之奉凡 敷九公支下子孫均準停柩其中須立合同也偉兄親筆去勒石字樣付余留余午飯飯後即攜字樣至蓉竹居選石屬刊議價並限以上元節工竣為期歸途再過觀東玉樓春入忘憂館中啜茗候君秀來赴約敘談最久適伊昨由觀西買靴一雙

余在朱明寺前買杖一枝以百歲錢易萬年藤拄之以歸不復出步
棠甥來夜祀 先各處喜容前展拜各房辭歲賀喜子初就睡

叢書四函連夾板　廿元六角

葉選詩十本　八角

閩門節庵集四本　五角

有真意齋文廿本　貳角

陔蘭書屋詩廿本　三角

說文古本攷八本　七角

叢書二部
餘各乙部　合洋七元七角

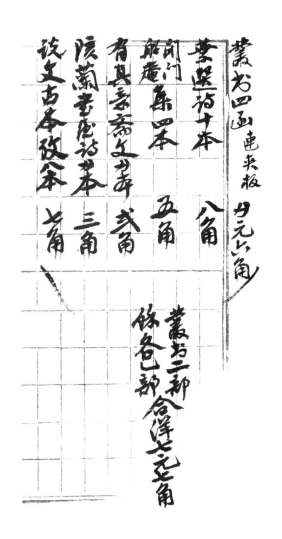

香禪日記·光緒十一年

（清）潘鍾瑞　撰

光緒十一年

光緒十一年乙酉日記

正月初一日辛丑，爆竹聲中曙光漸啟，已而晨旭滿窗，起身盥沐，已有客到門，俄而蓀卿姪婿、浙之弟、偉如兒、子牧姪諸人來，皆陪之，晌午始會齊合宅諸人展拜天地暨先祖喜容，旋於各房賀年禧，於是松生伯兄年七十歲，桐生九弟年六十歲。

初二日壬寅，夜來雪積瓦溝，皚皚見白，預令輿夫備轎出門賀禧，雨雪連作，竟日不停，余自南而東而北，乃從西行，衝冒於途，凡至親族好友家三十餘處，要在敏德午飯，歸時稍早，而體殊疲矣。

初三日癸卯，開霽，日暄颺風自南來，小年朝拜祖，一切如元旦儀，飯後獨

出閶步擇街道乙乾更至太監弄聽顧雅廷說書晚歸

初四日甲辰晴至東西鄰及前巷各家道喜一轉而歸飯後便衣至清嘉

石氏君秀他出遇吳坐子周敘談片刻爲其君必欲我家中失分手至觀前

遊人絡繹入觀三門並擁徑至觀東茶室尋君秀不值乃由豬坊橋河沿

轉碧鳳坊巷一直至太監弄老義和聽書遇殷談人頗多歸接財神

初五日乙巳晨晴午後陰氣候頗寒辛芝弟來談片刻去謝濟雍來余

約其來檢點書行篋偶視書爲種詩集之版缺者三四塊須補刻也

飯後至錢翁家不值由牛角浜擺渡至觀中尋見錢翁於三萬昌少

坐即偕聽顧雅庭書散場再至觀中一兜人擁猶如潮勢肩踵相接

旋出至路歸是夜平陽請吃路頭酒未赴

初六日丙午天色陰寒垂垂欲雪晨出歷雷甘杞吳穎芝楊恂卿沈子賢李笙魚諸家各於門隙塞一柬而去之至賡雨家欲見之不值尋於儀鳳茶寮遇繆春畦吳梓庭李蘭同座敍談稍晴至蕊蘭家亦不值回至館中留午飯後即出經亞羲和與錢翁有約也已先到并坐聽書而散夜雨

初七日丁未雨聲竟夜晨起仰視雨雪交飛而庭有積素范久也比部自錫山來見訪門者謝去之據有君秀一牋約爲明日飲集雨浪浪不已觀敍於軒述記竟四本

初八日戊申鄭弟遣人送來徐亞陶徐花農兩君作馬貞烈詩余未起

也起雨作復雨歇雲漬簷溜猶滴鄭弟來叙叙即去午刻赴君秀之招
先至其家談頃同往文樂園候齊從人入席時已未正為范又也汪介石許緒
安陸金余張泮鵬及石氏君秀景甫昆仲也謹談甚樂良久散出他人尚挹句
留於觀前余即帰到家已近暮矣夜雨作雨夜間又密

初九日己酉雨昨贊妹遣人付諭以西圃集賜讀云將付刊西窗
坐雨即為披卷僅注眉籤一二以副下問之意並攷集首庚辰人日
試筆一首元韻綴于卷尾黎里周家三姪女與其郎紫垣雨峰來蘇

初十日庚戌雨止著屐至餕甲少生至層雨家內見略談帰飯後換去雨
屐後出至君秀家不值至訪文翰齋屬補刺貝張詩集中缺板至渭園臨

蓉吟樓談畫齋，雨君秀皆會，藉以暢談，晚歸至廿翁家晚談。

十一日辛亥。朱瀾孫晨至，恐余早出，特來晤談，已而遂出，至心蘭家，晤見方臨甯畫梅去，即赴茶磨者，余與我正邀往茶磨家，遂同行至老嵩園訪之，知茶磨出門矣，入見復泉同叔、茗敏，談移時分手，至敏德將近午飯，飯後見偉兒談，頃出至觀前茶室，雜頭出，復至老義和聽書，迫晚歸。

十二日壬子。平陽館中開塾，晨打轎來接，余用之至吉由巷戴揖清姪婿處答禮新親，及賀歲禧，晤見少坐，乃到館，仍課雨生、鶴書上左傳襄公二十九年，閱卷生為一首，翁老上孔記，晚星臣閱卷生書一首。午間鋼士循例設席，為余與西席之，同伯、得甫及孟五五人，觴時散

申刻解館歸而後出遊東閒步遇徐霖翁汪蓉磨在護龍街茗談而散

十三日癸丑 瑩垣周郎有八尺堂對一付郎求鄭年老表兄以為不可必須屬余倩人代筆因晨出訪諸朱潤孫未起至倉石寓他出至膺甫家亦未起皆留話約於儀鳳余先往飲茶膺甫潤孫先後來談良久余到館午刻饒如弟至前晚自滬局返蘇亦留談遂同午飯飯後茶磨心蘭至略談約往儀鳳至後如鶴至背兒至半時許乃赴儀鳳儀鳳之約適倉石偕女公郎來相與聚談淺暮偕一友後至天津晚余先行是夜家中 先容前供上燈果張燈展拜庭前月色甚佳施放花炮各種亦循例也

十四日甲寅晨往到館將寫對茶卿來談小坡亦出携許星臺方伯作

馬玨女詩稿，過茶邨相值，君後面，寫楷課，又理戲臺，向間寫對三付，七言者一，八言者二。傍晚解饋，至清和后氏一轉。

十五日乙卯。蚤出，詣本境春申君、財神廟兩處拈香，直接東嶽莊祠拜　祖，並見族中諸人，有新年未見者。旋出至觀音與仰蘇會齊，入觀。伊出先詣大郡城隍、關帝諸廟而來，乃由傳奏司殿進東面天后殿、文昌殿、奎星閣、東嶽殿，暨殉虔，遂及彌羅寶閣，自總星及衆中諸星君，上斗姆閣及南北斗，再上玉帝閣，自上而下，又詣西面水府殿、觀音殿，一一拈香禮畢，就雅聚茶寮憩息，過茶邨與君彥之卿成伯，移時歸家，擾竈神拜　祖，時已卑午，天氣驟暖，飯後盤桓無

事後出至徐步至太監弄聽書傍晚歸

十六日丙辰將到館敏德遣人見邀遂往為明日陸家任家來飯兩姪孫女之柩一事商量後送於牧代儀佛兒留住午飯後到館甫坐定茶村來有事共談少時同至心蘭家不值留字條而出又至倉石處亦不值亦留字條而出在東園茶敘還書紫荃良久返館迨暮沈泉來今歲未見過是年桐甫來未值午後得范梅壽碧谿來信

十七日丁巳雨坐理舊書自朝至暮不輟傍晚雷甘翁來饒第永繼皆來相值各坐少時去昨小坡示我復曲園問汪柳門自號飽亭二字之義短篇極精當余又引伸之書數行以為答

十八日戊午。背課至午刻，拜飯。至紫荃處，未值。歸家，恭收 先容，並為
先考週忌，以次展拜。飯後至敬德，見伊兄，議光福別墅中設立義塾事，
邀沈辛楣、沈藻卿共議。辛楣為伊兄作書輓張振軒宮府聯語，
當場寫出。伊兄屬作篆書。余攜女喜宋回，飯。晝風甚狂，日色陰。去傍
晚飄雨，入夜雨聲甚猛。（又於東園還茶，麈波、泉倉、石齋雨抵暮散。是日）
十九日己未。夜半雨止，風仍狂。晨開窗寒矣。余未起而心蘭已來，以余求
吳秋農所畫冊頁攜來。談次，偕至東園啜茶。移時返。背課至午，將
出而雨生，各上生書而行。街路漸乾。至敬德，邀元吉同出，至觀前購光
綾一丈七尺、葛竹布五尺，皆輓對用也。至文樂園，余敦邀同人小酌，餞公翊茶

邨倉石先生君參忍蘭緒生知茶磨橋地滑不來蓀卿洪泉後至於是八人
圍坐談謔久之散出街路已燥茶館須及余四人進觀閒步往迎春臺吃
茶已而錢翁與余至老義和聽書傷晚返館
二十日庚申理晨課並為偉長書九尺長條對一副輓張弟書臺用者返
家時已晌午桐弟六十生辰預先拜祝余具衣冠祝之旋即出城赴君
秀觀劉之鈞不值獨自觀之劉淡過半晌興而起料想君秀在滿
仙而余誤記為大觀也歸家壽酒之筵已散仰姬約束行裝將起
身往滬與話要事而別余亦返館
廿一日辛酉代繩卿兄作輓馨山姪對聯課間即寫之作楷心蘭來與是

黄小坡邨人初相識也心蘭爲小坡畫臺天訪影圖成而文敏跋略
坐而散傍晚鏡弟來於上年留存物件中取破琴以鑰啟橱門三
重而入橱出二匣蓋二琴也開匣則一已空矣幸存者是上品玉軫
錦囊一一具在而不知其一何以化爲黄鶴思之不知其故余亦爲悵然
廿二日壬戌紱庭三弟以二週忌辰在盛澤寺禮懺理宜往拜晨出至
敏德宅又至裕成當乃到奇辰拜鄭弟以書捐山東賑款付余轉交
即携其券出至敏慎宅見聳圃拜于三松堂窗間水仙梅花皆放正精
非滿足時後須出時將加末即赴淡泉之約于文樂園獨坐移時同人
漸集入席者爲茶磨茶邨心蘭君秀及余暨藻卿淡泉七人也藻卿率

貫五子出將遊观遊拍〻亦至此吃飯〻畢先去余等席散亦至觀中
聚於雅聚（潘蔚卿）遂發翁倉石洽甫邀伊研庭承之詵人一宅中無非熟人
洪承拔糖做人物與極甜良久（有）有先散者余隨之漸以路路余至紫荃
家（弟）父與鄭第之款乃返館暮矣
廿三日癸亥偕偉兄入山鉴起東装小卿弟適來拍同出胥門踏船撐待岀
李伯昆偉兄鏡蓉弟孫小卿喬梓三人均已在船惟請為義學師之孫士佩先
生傳驥未到偉兄命人留馬頭候之踏船皆先開行移時孫先生易僱小舟追
及因艤於木瀆旋後開行直抵光福淵上登岸即入別墅我臨雲樓小
新遊心月山房四面遊廊四面窗用玻璃此所謂光明〻界也惟中用墻壁作

不同漾軒矣此則匠工之拙矣其餘亦有營修處而滿園梅花僅開紅色
一株涉歷既周就宿山房與諸人分屋設鋪余与小卿等為一房
廿四日甲子晴明余偕蔡麐所屬晨作短札遣人送元墓聖恩寺住持僧
諾瞿余即詣銅井山真如鳴幾變祖塋壽旨碩小亭同至新墳客馬
秋亭家秋亭乳名蘭福有妻三女小女甫生而老母去世楳人婆之家中知其（皆去冬十二月事）
清苦率至各墳指示其分撿點蔭木之數屬其勤慎而散返至澗上先由
談瞿回片名及叔通來錢蘇瞿遂來適去亦出鎮訪其親家許受之招之同
來偉兄並山僧留之午飯八人團坐欲強僧茹葷但勉飲酒而已飯後余復
至河亭攜同徒步穿毛竹間墓上招坟客錢迎福來修掃蘿障手自剪刈植杖

徐筍心館我家課姪孫輩亦以是日開塾

門外恰見茶磨心蘭從陽澗招呼過船而至茶磨在後予二偕來邀入別墅三君本擬徑歸見墓屋因時候尚早先來拜余告以諸暨往後去三君少坐即起欲登山去偉見見面問訊遂留宿而余遣人至鎮令三君坐船轉泊澗上抵暮船來三君俱要行李鋪設山房夜與偉見酌酒茶磨為余寫

廿五日乙丑晨偉見與鏡弟伯昆先回城而園中義學擇於是日開館屬小卿陪孫先生並請余等四人亦留此余偕三君為近遊至司徒廟茶話古柏之下移時至徐大司寇墓雖規模宏壯而賜書樓久圮灌莽叢茂與老樹相接時方枯萎踏之入謁墓畢至外則翁仲排雲石馬臥日名坊鐫字曰我大儒想見當時盛哉出至申胡涵家過式訓堂入林下居西園

妹壻歐延坐茶話余与訶涵初後出乃先起歸至黄河邱坡上别去
冬被竊之樹株故君張勝祥情願罰賠種補許之同行又至銀井山
祖墓前一别走多力德時已四年遂逕到墅則三君已還小卿已請得光
福巡廳章荆周 邀及許受之來考等我矣乃偕八人圍坐孫先生居首
章廳長次焉章牧章許先去許約士佩小卿赴飲亦將去余遂与汪敬金三
君同登先塋歸宿于一徐步偕行余雖試杖于鄉不足以濟足力到山時猶
未晚謁瞿延入且茶話小憩移時酒次快談四人同宿還元閣上
廿六日丙寅天未曙即聽鐘鼓聲晨爾起諸公登閣東設眺閣外湖山
風景余不到此將十年矣四人倩談公僱藍輿談併自僱之乘以陪

游他處晨餐既畢又乘輿而行先上石樓頂所見山家籬落間絕試
初花雖未美矣蓋崖半至石樓磴級高峻處拄杖以登大費氣力攜手
始抵栖客座稍留飲茶以慰我勞聞此間住持老僧忽于去年除夕
得瘋癲疾自絶其生命但存一雛僧耳余等登峰臺觀湖下之路
吳蓉卿心蘭往遊石壁訪公與僧茶磨及余復少憩吃茶而行出雲潭
來菖蒲潭中梅之連畦接畛者苞蕊纍纍繞至茶山下登之以望石壁
來者云梅花已有開三分之說此間殊未抵茶磨嶼坐輿中不肯登及山余
六逸下莊彼三輿與三輿至六逸余登茶山諸人會齊同返寓遂先閱犹及午飯
飯後諸瞿出鎮寺古鐘所謂鄭鐘著字文極細五彩斑斕另有裝成精

拓本鄭盦第首題之題甚殷寄諸公亦以屬余又金耿庵畫善財童子五十三參詩刻及偈言一巨冊畫乞爲黃璠用水墨筆纖悉工細樓臺寧堵七寶莊嚴諸佛天神極樂世界令人頫首而耿庵精楷亦無一筆不端重者亟觀玩間崦遇三官閣僧鑑海來亦舊相識王君與同坐敘談少時陟歷于寺中叢廊傑閣塔院經房直至青州刺史墓碑亭下碑前明景泰年間牒主寺僧寶碑並觀真假山後其謂此地脈自湖中穿越以來也返於閣下爲鄰鐘拓本上綴跋數語心蘭成疎梅一幅茶磨題句云啟蟄出梅遲未開尋詩同訪老僧來墨池尚藉東風力春自（向）心蘭腕底回余和之云獨三分春早梅開我亟扶筇得之來遂別耀仙奈塵縛明朝且折一枝回蓋將歸矣茶郎

以贊阿一札致其族人詢梅花消息約[redacted]因觀賞者與盧谷所畫梅幅聯而爲一以贈諸瞿因幅之旁後均有附紙茶磨爲記其緣起于後余爲大書梅花公案四篆字于前昨在園中余已寫篆字楹聯一副以贈諸瞿矣兹蘭又作梅蘭小幅各一未有所屬其歸鑑泉乎

廿七日丁卯余以欲回城中有事將先歸良辰美景賞心樂事竟不忍捨晨起猶與張公叙談候船上人來挑行李不至談公爲喚山中人及山轎以送乃别弼偕狗友出茶鄔另備轎送至舟次至則舟子已赴山寺而途次不遇只破庭嫗於前日到山幫其看屬往墓屋中令將桂元墓老嫗喚之鼇櫃少時登舟茶鄔忽談訂言亦有事將歸作札以告兩君既而命行李在彼翻龍遂去鴻

於後來既而舟子返問之答來均不遇茶邨余令其再往倚船專候之是時
碩庭已去至蕉卿頼凝想風日和暖還元閣下紅梅一樹當盛開矣良久舟子
挑茶邨行李至又移時茶邨亦至云茶磨心蘭已同赴朗涵招飲矣於是舟中
午飯乃解維東西兩崦風逆行遲已而水狹風亦緩兼余等不限行程聽其所至
黄昏時得達横塘乃泊兩人設被促睡
廿八日戊辰天明放行未幾即抵胥江與茶邨進城至鳳池茶園吃茶點一雞頭
憩息片時分手返館行李已由舟子送到旋出至敏德堂佛大嫂五秩晋九生辰
親友稱慶相與應酬午間內外共坐十餘席席散返館俄延久之時尚早乃歸
家一走得午橋弟大阜邨來信

廿九日己巳 在山冒風多感受入肺，咳嗆吐痰，而筋骨痠疼，則尤涉勉力之故也。昨尋吳星濤、曹實甫，皆不值。自寫湯頭擬味服之，未減。

三十日庚午 晨出就近尋頤少愚，為開一方，晚間並服之。

二月初一日辛未 晨乘轎出，至敏德，至莊祠，至五聖閣，至裕成當而返。醫屬避風，亦自覺乏力也。夜再服頤方。

初二日壬申 養靜，為雨以替課，為息影。得君秀、果彩東信。傍晚倉石來敘談不已，同至東園啜茗。徐調笙、查蘧塢先後至，余復同悲尋來，一一敘談。先後散，蘧塢分手，蓋暮矣。調笙有吳剛伐桂圖卷索題，攜歸。

初三日癸酉 文昌聖誕，循例詣滄嘉坊惜字會所拈香，少坐，至君民見君秀

子成伯父去倉石所刻姚鳳生印四方由君秀以遺孫故也伊以君秀屬父余
張硯孫壞發掃敗浮式拾元謂存於其經辦事歸于一也余不得推又有屬書
楹聯及某廟道士之件並携以歸

初四日甲戌天將曙時風雨驟至且發雷聲節交春分恰卯正初刻也晨起已聞
寄紫陽正誼兩書院甄別想係士補遲已

初五日乙亥晨至蕙蘭家詢悟問岸何日歸云於廿八日自萬峰禪院至鎮懋航
船返後余與合只差半日耳余以感冒求貫開方柳華同出至鳳池園茶敘
稍時返假知茶部來過遣人往儀鳳探之果在遂來閒談為樂德林書
作新齋書坊招牌橫直凡三件

初六日丙子驟暖如三四月天氣地氣潮溼矣竟日不出

初七日丁丑夜起風收潮轉寒而天陰矣晨起又至心蘭家邀之同出至余家診松生兄脈亦有秋感擬藥立方心蘭先去余復盤桓少時偕心以府學丁祭執事不到館年六十七乎如松兄而健飯健步且能熬夜迥乎異矣返館途遇朱子桑相見問訊問其年則八十二矣且長松兄一紀同屬鼠也然猶扶杖行里巷間藹然春氣迎人返而督課作復君孝信

初八日戊寅天色陰寒誘謂張太常喫陳狗肉正合時也午後寄還元閣窗心六幅節書沈歸愚為老漁洋山記亦六幅蟬聯凡二百餘字埋頭半日正刻許友石來酉刻徐調卿來

初九日己卯陰寒飯後寫大壽字一金張四尺硃箋又寫五尺對一副四寸高二尺四寸潤様幅絹一次泉送來一紙屬書四字趁餘墨即寫之桐甫來傍晚余已斂德少坐匯遂去許友石處略談入夜雨永妃來是日館僕歸丗家無錫鄉間逃已金匱署攜君秀一函來

初十日庚辰雨竟夜晨起稍止西美老程家遣人來請知梧棠妹祖母壽終于彼處是明甫姑丈之岳母就養於婿家久矣余遂踏泥往姑母出見詢知妹祖母以舊老微疾而終年八十有一身後事將為議嗣後前梧棠妹祖去世時房族當有此議因妹祖母力諾而罷今則不可無矣余即作一札與享芝弟俟以敬之妹來知妹已到遂致慎兒

過辛弟於是作札寄呈往横塘請旭老并又遣人請繪山并祖嗇老余為開出報表容目在彼午飯飯後途遇緝乾爲之往敏德處見偉兄不值坐頃返再至程處則繪山公已到矣先與之議房長並大時返飯

十一日辛巳晨出先至茶村以吳妻字送之並還元閔寬心只幅不值交與森卿而出至敏德後見偉兄談藝棠并祖姒之事觸迷程姑姒之言偉兄許煙贈洋十元留吃午飯飯後付以如數遂至程處則族長子城公房長繪山公所返房旭老妹均到而議嗣仍未定唐少棠來幫辦喪事余亦往以盡事之侍晚歸家看松兄身子要緊談頃返館

十二日壬午花朝晴好平橋節孝祠春祭具衣冠往官祭已過展拜

雨出遂逛約茶邨已時景園茶敍吃點雞頸如廿八日良友乃散已酉姜恭送殓相幫料理傷晚返館洪泉兩日信來今迎見談片時心存姬來忽滿雨亦發片刻雨止而去

十三日晨庚來雨自夜作晨滿小層而來談吹去余乘館中所用便轎已通照為敍亭弟夫婦甲健壽亨穀姪十歲又有姪女廿歲姪孫女雜臥諸事併說且賀親族來者甚多留飲午間坐五六席席將罷余先返以轎須擡轎用也返館雨坐皆出獨坐忽得補和小坡去臘所示之坡公生日立春壺園讌集之詩因甘甫阜康約余更為長歌街上有行發出欲答前月見飛之程邁甫炳春哥備辦蓮卷不得遂返返而復出赴層

雨之約於東園先還蒼石已而膚雨至共談至暮散時又雨入夜轉大作
是日得夢薇杭州信中有新刻所著花信平章一編以古書所列二十四番
花信梁元帝纂要通一歲言荊楚歲時記主一春言兩主一春本以小寒
節起非是反定為立春節起穀雨節終每節四信各自為說合成廿四又以通一歲
每月信風所列有不載花史群芳譜者亦采君當為更定之仿郭
景純山海經圖之例各系一讚亦合成廿四分為上下卷曲園序之
十四日甲申雨以昨詩錄送小坡及復夢薇信又答君秀信
十五日乙酉雨竟半夜晨雲陰漸散踏溼出門至敏德少息至莊祠擇
路之稍可者不憚其遠詣祠展拜坐而歇息至五聖閣茶磨飯中還

伊敏求新述記一部，閱訖，少時返，再至敏德見子牧，略談，返館，傍晚昌石來以近作畫梅一幅題五律者貽余，又輒拓數紙以報余六藝綱目之贈也。

十六日丙戌，昨晚陰寒，又雨，薺，又半夜晨霽，午後日杲杲出，殆日烟下茶餘，成探梅詩七律八首，又成桂枝香詞一闋，題徐調笙吳剛伐桂圖也。午後程通甫來相見，敘談，乃知其家在西支家巷，前日誤記，辨董遂巷耳。通甫與余齊年，而精力遠勝于余，去後，余遂至甘翁家[illegible]皆之抵暮返。

十七日丁亥，晨錄桂枝香詞入圖卷，晌午子牧來辭行，云明日準行也。傍晚又雨，倉石、心蘭雨中來談，頃尋小坡不值，去時余同出，偕昌石至膚雨家，偕膚雨同至友石家，還與谷共談，余先辭歸。

十八日戊子夜雨暫歇晨起後又陣雨俄而日出著屐至敏德送偉兄北上隨以行者子牧姪斗如姪孫幽話別之間偉兄欲留同飯其時尚早而余亦將歸家辭不獲已然午已正而席設矣偉兄擬飯後登舟申初起程也与貞孚弟師竹姪倩及三行人同坐飯訖余先辭出是時天色晴暖不用雨屐到家吳景甚早候一箇時辰以外乃起　先遇清明節各處展掃畢再吃飯飯後暖甚出至張識甫處君秀有所屬刻文与即至昌石家脫帽解衣而談仍不耐煩遂返飯換去皮衣歇息多時再出至倉通甫於西堂文家巷東邊以路滑稍時出天又陰繞至東園遊陶望出及曹叔蓀兄弟伴圍坐茶敘其餘同人不至抵暮返

十九日己丑雨風從中夜來是日觀音誕連清明節豈時雨紛紛即自楊枝瀉出耶辛芝弟來談良久才不能出門遂不散塾督課課餘欲了筆墨債苦思殊懶凄風冷雨轉又瑟縮作寒態矣

二十日庚寅雨晝夜不停天色陰晦課暇了寫字債十餘件

廿一日辛卯積雨洸洸幾不知昏曉連日作和朱紫鶴十美詞略爲參酌而進退之然成十闋因思顧梁汾踏莎美人一調之外大有可以推廣者我意殊未已也作寄君秀信附去張誠甫刻印石二方

廿二日壬辰夜來雨天發雷檐溜如奔雨急點敲瓦其聲鏗然或曰冰雹也數日前已有之昨晨得朱滌卿陽春來信晌午微晴已而復陰中

剡同梅壽信寄到東林書院甄別生童卷合共壹千有弍拾肆本遂即
披閱晚又雨
廿三日癸巳雨浪〻亦已乘轎至嚴慎堂耕坡弟繼室徐氏於正月十一日殁
於湖南永順縣署家中以前日聞訃今日招魂設座迴座已設即揖〻少坐
即返讓還轎子与鋼生俾便往焉閱東林卷數十雨際晚止
廿四日甲午晴霽久不見此天光明爽矣仍閱卷錫侯弟來因女生如病
欲請心蘭診脈余作一字屬女親往申刻又得梅壽信云常郡龍城書
院甄別卷陽湖諸生觀風卷府中寄出倩閱事畫遂紛沓行將寄來倪
澍畦邑尊聘余特覓知交閱之余即函復梅壽言未曾預先商量今已

幾卷待閱事太促迫一時殊難蹤覓此人具蘇地風俗目下家家祭掃事忙又值今年短春都擠在三月二十日以前寄函勸趕諸交友亦多不暇撥冗繼梅壽之姪久也閱之久也現既而就近於省來往寄信之路尤較便捷也君秀亦有一牋去函即已寄到此不必復者

廿五日乙未晨起淡日冷風來晚又陰心蘭來言昨日偕字至劉家浜余宅診病並脈為由宅診視松生今見證未數語又添兩紙紙去時西錫侯弟兩又太來云昨服心蘭方甚好今日照服明日再請矣閱卷竟日雨時斷時續倘

晚倉石來談天有霽意

廿六日丙申陰上午時見淡日氣候稍暖館課之暇輒閱東林卷兩畧

連至藤卿通甫宋翔生永之姪四兄弟撥筆而設卷乃寄深山矣
廿七日丁酉蚤起出胥門至舟次往光福掃墓偕家中首之承之堅臣
三姪暨孫銘姪孫亞卿舒維天氣陰陰四山雲氣或聚或散風雨莫測巳正
抵木瀆僱轎首姪乘以詣上沙汪氏墳餘人泊舟森之閣時許返舟後發
五人同飯飯後霏霏雨作已而有晚霽意申正至山塘謁大部款生先攷
榛山伯攷銅井山前 先祖攷大安里 先考攷蓋趾天好而時早就歸遠
處先行祭掃由遠而近返至洞上舟遂又屬姪輩至香雪海下泰華姪
攷處命與本家諸人敘談抵暮具晚飯五人同宿舟中
廿八日戊戌夜半水枕驚聞風雷猛雨之聲如欲壓篷遂背而弗能勝去

既而霽然四鼓後各船有聲知宿墓廬别墅者皆起矣舟中亦起窺覘
天如墨雨又漸作俄延至天明雨益密風亦狂偕同諸河摩橋 六世祖墓
展祭子姪到者只三十六人散回洞上諸船都放祇我本房四船各朝食
復進山諧同往廟弄 高祖墓珍珠塢 高祖墓展祭共有十七人嗣諧
嵾崖伯故及毛姓洞大嫂與亡婦兹故回洞上支祭三嫂趙氏柩次子琪合中
山裡祭畢時不過巳刻遂放舟至黄河致詣 曾祖墓展祭視新補種之
樹求姬至夜見生壞地者未動工遂解維下崦風浪頗壯艱於前進既出上崦
風利張帆尤速於昨昨亦張帆無此速也晌午開舟過木瀆而飯飯後雲陰
驟合雨繼如綫路轉風移帆又卸卻幸承順櫓勤酉初抵胥門回城

廿九日己亥漸霽後日和風暖兩偕楊汾蔡君号履乾者來作兄叙談
齋看北堂夜課圖乞題蔡五歲而孤廿四繆氏親課之讀今蔡已游庠
十餘年繆具以守節邀　旌矣因同至東園茶話稍晤余先裳歸督課
閲卷兒次公傳莕日小坡以壺園春晚禊詠詩見示今日又轉以俞曲園
詠日本櫻花桃詩見示皆賡和也傍晚錢芻來調卿來
三月初一日庚子晨出至嚴德少坐知偉兒於廿七日由滬趁輪北上饒弟
自滬歸里廿八日到此時早不及見遂至莊祠知仰春媳於廿八日一索得男
其曾祖命名承畯字大田是秋谷弟第一孫也至茶磨嶼顧氏談次茶
蚧山到良久出由裕城當段門穿出葑門在養竹居觀金君各拓本模搬

種以行至殷慎兒將伊園琛久不謁見賀新添曾孫之喜略坐出至錢翁家讀近作詩豪在所寫大字之菊字亦静秀蒼老憩時晌午急返館午後閱卷數十本小坡以和曲園櫻花詩見示

初二日辛丑晨有嫩日而風甚涼未幾又雨錫弟雨中來云伊如服迎蘭方大殺令將再乞改方也傍晚鏡弟來談次藻卿來云明日將赴滬薦行先生鏡弟談至抵暮去閱卷幾及百本

初三日壬寅陰晨至迎蘭家不值在其對門紙作定印名片即歸未幾云有友人在東園等候赴之蔡履乾秦膺雨也談頃散又雨午間而止放晴地燥申刻黃子伊來去後迎蘭來与之同行啜茗即好名片返迫暮心存姪來

誠至上燈去是日豹書來入塾出賀其表兄章正孫完姻之喜
初四日癸卯晴督課閱卷半日午刻饒弟來約余明日至敏德宅已請敦
甫姊並邀譜琴弟來未刻敏德遣人來請傍晚赴之入內見禮如弟婦
為裕成售去歸賬事誠頃往裕成少坐返至敏德再返館中已上燈時
接敦甫姊字條喚余明日早間到彼云為裕成也
初五日甲辰夜間曾雨晨起似霽將赴四姊之招又雨乃乘轎往晤誠
因吃早點敏德遣次來請四姊姊亦乘轎同往同見九弟婦大姪女諸人
議事少時余返館至陳小庭家小庭昨曾來不值今見之談良久到館已過
飯時飯後閱一時許再往敏德候得四姊四弟二弟到齊同談並招白主敦

陸張二君來議良久略述方散街上乾矣

初六日乙巳晴日不曾認真看卷至是伏案披閱竟日始將生童卷一律看竟尚須加圈加評而天色晴明又有客至

初七日丙午童卷之有取應發藍榜者先為檢出批斥竟有一百五十卷之多其中雷同者七十五卷抽起於佳卷乃加圈評是日陰寒多風

初八日丁未早出至覺禪寺於西園燔如二十年周忌坐少時返過敏慎見賢姝於三松堂方曬藥於庭折花入瓶侍坐其間續集付刊已見十餘頁披良久出返館是日早陽耕陰義莊春祭弟生皆往歸仍入塾傷晚甘翁來稱浒倉石來云有漢晉甎二十餘方覓售者在其房中伊為余題聽松

石林拓本作五古一章付還又有合肥吳伯華毓芬詩稿三冊付觀屬余代擬
題跋余實無暇遂晚畫卷七百二十四本事了夜有月
初九日戊申畫將生卷之佳者披閱加圈加評倉石來吳伯華詩稿伊自
作一詩題之甚好邀又還三冊而去小坡以所著靈瀾精舍記一稿示余靈
瀾精舍者在虎邱憨憨泉上因求築舍靈瀾在記小坡之夢也
初十日己酉生卷三百本事了遂作致梅壽信包札使與待寄丞倉
石寓觀古甎圖勸余購一二以為雅堂之事余以赤烏為孫吳時是吾
鄉舊物又有作雙鳳形作雙虎形者並取之雖無紀年而物甚古
雙虎並面有泉文曰大泉五百倉石又勸余收建興一甎字文極妙價亦

家日即印令其僕携送余館中余驗皆寶物矣其餘有五鳳有永寧有永嘉有建安有寶鼎有鳳皇有元康有永安有永昌有咸和諸年號又有吉富貴大富安永秘傳諸字樣又有太歲在丁酉五字則不知何代何帝而元寧三年一塼尤異返館背課畢有鶴書人豹去掃墓去也事陝午後消閒早散塾出至蔡邨家不值見森卿略坐至蕭家浜尋心香家求作馬貞到詩晤談少時至書局尋崔垞晤談尤久至徐穎翁家不值途遇心蘭立談至顧艮菴丈家晤談少時出眾題詠馬貞題也歸途再至倉石家知茶磨在儀鳳茶室往訪之已去矣御邊小庭談伊事殊不了上燈返

十一日庚戌晨歸家不歸兩旬矣晤松兄筱兒各談良久返館攜陸翁

九芝寄來新刻所著世補齋醫書六種一函並書一封課暇題朱澗孫
七年前所畫梅自書詩幅又寫楊柏卿同門之子年生摺扇全面
十二日辛亥驟暖似夏初晨出至吳署芬瀾孫已遷居閶西安冠子橋弄中約世門
而入書與漪話少頃雙友君愛以一塼托世磨治及至芙瀾閣買紙而返晴課蒔
心香翁來枉答倉石來是日為艾生妹夫寫對一副為茶磨寫詩集上簽條一
作答謝九芝贈醫書信
十三日壬子早出詣松鱗義莊春祭行禮西則族中到者已衆校款陳徵共
到八十六人自始祖祠以次歷祭凡三祠合節孝鄉賢兩祠而爲五既畢食飯
坐十席則已有先散者矣散出至茶磨館中問兒並見艾生談頃有飯後之約余

至錢公家，不值，尋於觀前玉樓春。方上甚層雨驟乾，茶敘，邀與敘談移時。稍至玉壽仙，錢翁歸家吃飯，再來茶磨。自女館吃飯而來，皆會於此，兩君皆坐聽片時。乃至怡園一遊，園中桃李紫藤牡丹之屬花開正盛，遊人集焉。隨意行往觀眺良久，與儀乃出，又往樂橋吉祥春茶敘，迫暮乃散，返館。致梅壽復信。

十四日癸丑，晨層雨驟乾。來余以新印半行盦侍硯書諸集為鄭公贈之邀至東園茗談。少時余先起，返館。祇課一生，以一生小病也。午後寫紈扇一柄，小縣書一百七十字，係汪氏孫甥女去冬歸我子常姪勳穀者。夜雷雨殊甚。

十五日甲寅，甚雨數陣，夜闌風狂似虎。晨起，錢寔詣莊祠，先在敦德少坐至莊，為無人到，余為首先出。過茶磨居，偕門投一字而不入，歸途至倉石鷹敘談片刻行途遇宋麟生邀之至汪氏談晌午乃入塾督課午後茶村來久不晤矣談頃同至許友石處因同與茶於新開茶館曰鳳雲畫舫時返寓出茶夜為履乾題北堂夜課圖填意難忘詞一調

十六日乙卯晨至謝文翰處以貝子木張硯孫詩集上添刻總簽字樣付之又君秀客來定刻書簽信封字樣自北園南直至心蘭家後略談返館錢翁曾來不值仍課兩生補作卧詢蒙曹墨琴書扇合裝訖傍晚宋麟生以陳小庭夜去來告余遂歸家告之後兒抵暮回館

十七日丙辰晌午小坡遣人來邀往便飯云牡丹正開俞石在座同看花也因進壺園見小坡並已遣人去請心蘭矣少頃心蘭來四人同坐小飲快談

爲徐秋宇爲王晴生

蔣

飯罷復往小亭啜茗而散。心蘭、倉石過余書室，又少坐，同出至倉石處，
護龍街賞奇齋看古墨，有歙者，有蘇者，但未佳妙。其間壁爲漢貞閣
唐仁齋鐫刻碑石鋪，亦有墨硯數方。行，倉石邀兩人欲游怡園，拉余二
人同去，遂復游怡園。牡丹頗盛，而桃花隨流水矣。各處一覽，坐于瓊島
飛來峰畔中吃茶，遊人絡繹往來，坐而觀之。移時起，由小滄浪山亭上下繞
迴廊，出後門，出爲畫卷至倉石寓，余不入，徑返館，小庭來談良久。

十八日丁巳。晨陰，僱舟約人同掃詩人張硯孫墓，在胥門城門口茶室候蔣步
余先至倉石，茶邨以次來，心蘭往茶磨家拉以同來，五人遂登舟，放至橫塘進
發家浜，問墳客楊姓居處，又有嚴姓婦嫗代楊承應，指其墳，則遍地草花

蔣

蔣

芙如散金發早返舟舟同行進彩雲橋而西舟中午飯飯畢抵白蓮
橋謁培德兄弟牡丹從舟來遊者亦頗叢集余等盤桓半晌微飄雨
返舟舟中兩來游客携出上塘本欲至虎阜遊憩之承上新葉之摧翠
山莊因雨不果改由順道留園之遊至則檥舟其間者亦已不少冒雨入園
牡丹亦有殘及雨傳聞有琴會則誑也雨漸止盤桓久之始歸舟至閶門遊人之舟蓋塞長善浜幾因之塞
五人皆登岸進城倉后往大葯局巷訪余過家門歸取旋出雨又密
下赴三君約于鳳雲臺再与列坐敘話雨略緩遂散余至幽蘭巷陸小
庭家不值返館雨不遲來文談至抵暮
十九日戊午寄朱謙卿來知滌卿將晉荷姻于此月謙卿出蘭貺到其婦鄭

吳氏徵詩啟轄屬題詠陳蓮舫來以一聯一扇及代友醫生懸壺字樣凡三件屬書課暇即書其扇並履乾扇皆全面也晚起雨陣

廿一日己未雨後地溼且感潮氣午前督課午後寫對四副醫生招牌另紙求鄭盦師寫香禪精舍四字雙鳳屬選虎觀齋七字匾額張得晨間送紙去來刻即書就送來傍晚雷雨大作小庭來了結房產之事

廿二日庚申酉初立夏晨寫紈摺扇各一申刻合館出至廣甫家至敏德至錢翁家皆不值至張廣楠同益祥客棧訪蔡履乾於步店不值留字而出歸家西 祖先前薦新展拜稱時出又至倉石寓治晚設至上燈散夜飯饗循例吃立夏時物買酒同坐鍾選峯朱緝甫盧桐伯皆集焉

廿二日辛酉晨膺甫來同出以鄭弟書為叙付裱以七軸併交許友君商酌磨琢錄銘並蒼石厲不值乃同膺甫在鳳雲臺吃茶移時散是日得君秀信知十六日曾有一信為洪葛所誤奇哉又得杭州許邁孫信々中言上前年借姜白石集重刻今將所借一觀越兩年而未成亦奇矣

邁孫名增号益生住杭城金同橋家有園樹臨水

廿三日壬戌晨至敏梅處元吉同偉見到都清息近有家書否問九弟婦病證已健達要還居否少頃出至謝刻字店一轉返館松泉字來看季彤伯屬寄便面午後即揮之復君秀信左眼受風熱發癢多眵

廿四日癸亥作復許邁孫以姜白石集上本寄與伊將摹刻白石象也午刻濟之弟來設上海書賈浦鑑庭來抵暮大雷雨入夜

廿五日甲子晴有小雨為趙翔之山照上題翔之舍人四十八歲小象十字
女照花東家所畫成綠十義詞餘豪出傍晚步霞姪來濟甫字來
以四卷之命之書沈絨齋先生入祀名宦祠錄十一字篆題一條
廿六日乙丑清早襆被令人從出胥門至舟次移筱兄棺甫自家中出殯琢乃
將維從先攜風后不順一路拉縴行舟中閒語頗樂山青水碧中艸木繁茂初
夏風景直使人頓眉都綠酉初抵山光巍梓黃家河酌至筱兄卜兆處工匠方集
閱屢指揮之返舟稍至洞上與相弟至黃生壙香雪海下尚將有坟工余欲往大安
里不果出自後洞有許姓築就之坟未用兩兆出售者返至舟次坟丁及匠人皆來
筱兄坟之間語遂不卿事云因發電忙遂回出居遂邀同夜飯剪燭而談

廿七日丙寅晴麗勝昨暖亦勝，晨至大安里閱修改拔屋西涼亭之工候工

匠至與黃計論栩弟亦至同詣　祖考墓瞻視一周出至舒雲峰家不值返舟

歇息并飯遇陳嘯梧亦以築坟來山下地在梓里奴々別去復移舟至黃家河

與三人同至坟地丈量以計均平之工價蓋前為培低使之砥平也五日中殿趙

返舟仍移泊湘上大安里修理一賬結算香雪海開濬經始諸人俱來傍晚

石匠作頭到山余指其至毛竹洞北修整梓臺改為甎砌步為丈量計數

約略工價令歲方向未通利也抵暮返

廿八日丁卯晨後登岸余偕栩弟至珍珠塢栩弟偕余至大安里花舒雲峰

來到梓臺下地諜葬伯昆姪孫四人同出返舟又移至黃家河與上去一番乃始

棹回城，風大，雞鳴而爲打頭。過木瀆時午飯，飯後風略小，遂竟順水之速。酉刻抵胥門，進城，返館。適心蘭來，偕至拜友，石農茶敘于東園。散時天幾暮。

廿九日戊辰。爲叔兄寫封壙石版上字樣。叔兄自撰，曰：鄧尉山麓黄家河頭，先隴在望，依託松楸，此勝盦居士夫婦藏魄之所。坐午兼丙，向子偏壬，歲值木雞，大火是臨。壙室左幽扃閟，右勝叟志石用以誌，凡五十九字，作隸書，即送家中，以備寄以付刊。心蘭又來，以所藏便面屬臨日前茶磨古篆，有不識面之湖州人金硯英來詢之，壹買也。少時子樂姪來。少時陳莘溪來。傍晚，詣濟衡來詢，以余硯英因所識也，茶邨偕謁筱來，兩處不至。

四月初一日己巳。夜來忽雨，瀟瀟聲不絕。晨乘轎至莊祠，先在敬德一灣，至則

有霞客平芝弼弟議續修支譜創始于茲屬霞客爲總校焉談時雨孟
猛侯皆預散至五點始回威氏茶磨館中茶磨以十八日之游成四律錄稿出
示又以新印詩鈔一部見贈較前印者多西圃拜序一篇談片刻後晌午雨
歇增廣照稿十之八詞共成三卷凡三十闋
初五日庚午雨寒氣候失宜殊覺萎者損矣傷晚茶老來同赴茶磨紀游
之詩倉石去余思得數句遂成次和茶磨韻四首
初六日辛未夜雨達旦有霧晨起爲濛徵灑錄出昨作詩即併茶磨
作送倉石履課曉又將三十五人詞統錄一通晌午見寄傷晚桐弟來
並街道乾燥矣永姪以他人所贈潼關蒺藜特呈於余余方患目疾

初四日壬申晴。晨歸家，與松兄話，少時出至金太史場與鄭弟談，少時返館，和倉石壺園餞春詩五律二首。申刻茶磨來，以詩呈政，談頃去。有東園之約，余將館課略了，酉刻赴之，並見倉石，共談良久。

初五日癸酉。晨至茶磨家，已他出不值。返而鄭弟來，略坐去。心蘭來，訂明日憩泉亭上之游。作致朱紫鶴書，以三十闋詞草附寄南翔。傍晚錢翁來，談頃去。酉正課畢，至東園，則茶磨、心蘭皆在，並有胸谷、讓之同坐談，至抵暮散。

初六日甲戌。心蘭招為憩泉亭上之游，晨至香遠樓會齊，同人為茶磨、茶邨、陳靖生五人，至石巖樓登舟，解維放至伯通橋，又招蒼石、存伯等，僅六人

促筆示寓間設天色晴霽午初出山塘怡賢寺下暫泊入問雲閣和尚寺在山上
遂放舟出山門外再登山岸直造憨憨泉井旁上覆以亭其右迤而上有石級拾而登
援泉之滑者曰抱甕軒又斜上臨崖俯壑者問泉亭再左轉拾級而上層為
望遠在白雲閣構舍精舍之背循登一閣倚巖而幽其面對者曰送青簃
甫登石級時穿一門其楣曰擁翠山莊蓋總名也莊雖據山之勝形勢頗佳惟
營建工程未免潦草其時先有一客雲閣方陪坐詢之朱修庭福清觀察邀雲
閣私告曰今日觀察作主人請郡守邑尊在此設席余等遂避道出由試劍
石畔過真娘墓下歷千人坐循白蓮池涉五十三參而上入大殿旁屋為客座
雲閣相陪瀹茗供客設片刻即起余等勸雲閣就彼陪客既下遂去余於

千人坐間遇姚鳳生孟起雖在同城不晤幾及十年矣鬑鬑有鬚面色稍蒼立談數語舍之下山返舟路遇精舍之客絡繹而來余等返舟午飯飯罷溯流而過撫張公祠下同入一游因散步山塘歷觀花市並五人之墓守墓楊翁已殁其子仍開花市入見西圃叔書挽之聯有君爲義士後我亦圃翁儕云云前至青公祠又入一游茗飲其中少時返舟遂歸擬進城時尚早至昇平橋六人下舟登岸分路而散到飯後楚薇杭州信附到新刻西湖百詠一冊蕉垞來不值

初七日乙亥辛芝弟以詩詞諸稾屬校久置案頭今始展卷爲昌石以唐仁甫鐫成甎硯銘六方付還索潤筆洋四元一角八分蓋計字以論而精算有誤余先以洋兩元送之傍晚至友石處受甎硯託其上蠟也後東唐處加一元許受賠以兩元

初八日丙子晨至謝文翰寓東行至錢卿家略談少時又東行至吴子周館略談
再東行至盤懽慎書種入三松堂見蔣彝問余何來對曰來看婆羅花余見
一樹綠葉知花後已過矣殊出指集七老飲酒（羅漢新）詩因話一周甲未見談事辛玉
春重諸弟皆見所話稍時即出諸和韻遊至西園池上水芝仙館再談出新
定支譜中凡例規條從豪寓約邀同午飯庭中芍藥繡球薔薇荼蘼
皆有餘花又稍時返路出盤德巷入與元吉閒話少時返館知茶郵曾來不值
頃蔣彝以新刻西園續集詩詞兩卷見贈昨葉圃以王紫詮新刻蔣劍人
詩詞集四本見貽課暇一一披覽之傍晚丞姪來以仰姪滬上信
初九日丁丑晨柳從賓卿來知其女昨晨過訪不值談少時去韓蕙卿來告將赴

滬略設去友石爲余七甎上蠟告成取回排列案頭適濟之來見之傍晚

倉石來出見之謂磚入古而爛然有光錄辛芝弟文稿

初十日戊寅晨茶郎來同至東園茶話散過廬甫同坐還頌卿出邀之

來又過吳穎芝李子明方有事尋余遂同叙談稍時散返飯天氣鬱蒸

午後遂起雨陣風頗驟旋止傍晚倉石來偕至風雲茶話伊所藏甎

硯皆鐫銘矣稍時同返伊尋不坡間話去心蘭來同叙於東園茗肴湯

伯述在座抵暮散是日吳雲翁者屬（篆）書門楣雲[illegible]曰支硯義社

余以說文無研字而雷甘翁說文外編謂研谷何阮谷字當作阮余謂

研之意義或作硜或作陘乃合遂成釋研一通

十一日己卯。昨心蘭攜來魯伯俞簋一瓶，云是通州馮氏之物，現欲寄售，託送鄭盦弟鑒定之。今作札遣人送與，人回未留，復札云此瓶源流歷歷，真甚悉，惟現已束裝，不暇謀此矣。傍晚心蘭又來問訊，遂將原瓶攜去，寫款芝郎處之件，書冩文硯作支峰彩筆芝之弟詩詞稿佳者，志以小印。

十二日庚辰。得君秀信，附來便面兩頁，潤筆一洋，係孫溥泉所倩任阜長畫也。傍晚心蘭又來，以魯簋銘拓本貽余，並有魯伯俞匜銘拓本一紙，蓋瓶為合璧者，皆為至寶。心蘭告余，今名石在東園候敘，遂同心蘭往。今名石有友名何興伯同坐快談，稍時散出，余至書局尋蓮塘，得值，亦談稍時歸，已向暮。余又至謝刻字店，購抹有佛香書箋一樣，頗覺好手，付刻。余為付謝濟維康

其已結討好返館街路上燈矣

十三日辛巳雨作復夢薇信附去馬貞烈徵題之件又作復君秀信其餘課晚惟孫壽芝詞迫暮倉石來知沈藻卿汝彝皆來蘇矣

十四日壬午天陰微雨晨至金太史場鄭盦弟服闋也少停即出歸家夜見昨自西山回詢其葉墳事設法返館鶴壽小病不出課豹壽人事稍簡傷晚出至吳穎芝家不值留件與其徒季君至清嘉坊向楊研雲取畫絹三尺今有奇又至廣前謝文翰店看碑屬乃返題壹園餞春圖詩以篆書書於圖後

十五日癸未清晨詣莊祠朔祀長例具為紱庭公進祿位也鄭庵弟已去與辛芝弟設出至茶磨館中晚設讌其初六日虎阜絕游用十八日横塘及花步即

事詣四首鞠同出訪錢憶孫於仁孝里汪氏館中晤談謨史山左諸詩及同
人唱和之作少時出與茶磨分手余至顧家巷甫田弟家爲甫田之嗣生祖母
劉太淑人開弔所用訃帖寫攝出孫主喪并祧孫某禍延嗣生祖妣皇清例封安
人蔣太安人云云此帶尊年八十二歲下注接孫稱擇於某日設奠一日即於是日
舉襄偶蒙姻世親族賜弔不勝銜感謹此訃聞其下並祧孫後列祖免曾
孫虛名行而甫田所生兩妣列爲祖免曾妣孫因甫田一身三祧而兩妣應先承
大宗也余竟見陸氏姑母爲之識切開導良久乃出過敏德問佛見家中情事
吃午飯乃返督工生課半日沈柔來蒙卿偕沈伯雲來
十六日甲申晨香雨來同至東園茶敘遝倉石少時散返館督工生晨課出中人

來結吉安里修理賬，定毛奶涧修理好臺及擇日葬，予啟姪孫事。晌午出赴
倉石之招於文樂園，先在玉壽仙會齊，至則茶磨、茶邨、倉石及費西席王竹君
已到。飯後少時至文樂，候心蘭至入席，尚少沈氏昆季，少頃藻卿至，漢泉毋々歸
季中科試不能來，七人談讌良久，散出，余買小茶盤一只，九華摺扇一把。茶磨、茶邨、
心蘭四人復入玉壽仙吃茶，移時散，余偕心蘭之步借伴家，診松兄脉，心蘭去，余與
筱兄話，傍晚返館。

十七日乙酉　破曉大雨，費屺懷遣人來取滂喜齋叢書四函去，雨甚，皆不入塾，乃
了筆墨債，寫紈扇兩柄，小匾額一面，刻墓碑字樣一紙，次和茶磨和石虎阜紀
游詩四首，成艸，飯後錄出，遂至心蘭家，不值，知是理南去，遂至藻卿家，適值漢泉

登舟往禾中送其行与春卿談頃至茶磨家錫心蘭皆不在与茶磨出回行
過春卿門復過心蘭門而心蘭見矣并偕之出至儀鳳茶敘尋茶鄰不遇
遇詹雨同坐良久散午後街道已乾而天氣悶熱鬱蒸殊甚
十八日丙戌夜間雷雨大作及旦尤猛起即喚轎出至鄭盦弟處送行談片刻
至懸橋巷叙谷弟婦五十壽因家孫生雞頭之喜無孫視為諸三松堂兒
輩姝留飯詳談及本家絡繹而至午間設兩席於堂中分西壺房另設
四席良久乃散余与鋼士合用輿夫伊後至而先歸余出將歸家一灣松兄昨夜
連〻嘔瀉大便因歸視之天明後甜睡兩時許茲已無恙攜蒙自心蘭方返館
稍時步出至心蘭家晤福松兄病情詢昨程之事不傷于此方談少時返天

又陣雨，大有黃梅天氣之意。

十九日丁亥晨歸家，秀松先知昨夜平安。讀頃出，至倉石寓，談次為其近作並

評拓吳八甄小屏八幅。返館督弟輩二人課。閱卒芝弟詩詞稾竟。又閱平湖朱

則父景行詠花詞稾二十餘闋。

二十日戊子早出，衝霧行，至倉石寓，其已將出門，余不留，至談文翰店，再東行街，

路甚滑，至黃孫寄拜時軒殁做三十週年道場，因歷年家孫婦姪皆將隨鄭弟

入都也。坐頃出，至錢卿家晤談，又至鄭弟寓，以寄輿從弟往迎大府，在途遇，不入。

返館仍課二人，得君秀信。酉刻赴徐蘇翁約於西貫橋茶室，到則翁之公有茶磨、

心蘭合席敘談良久，散，返館。伯彝來論件，旋出，交錄質堂研印甚殘。

廿一日己丑晨至倉石忍蘭處爰過小雨即返鄭盦弟來話别又以山東賑捐銀百兩洋錢肆百圓屬轉交略坐即去適家中人來言松兄昨夜又有便淺嘔疫之事今日且吐血須再請金醫診脈邀拉飯後即至忍蘭家幸尚未出遂偕伊到家省視松兄另立一方而去余至包衙前尋曹紫荃面交賑捐之款即乞貫收條為馮紫荃作成馬皮到女訪亞姊遣人送余因攜之返館俄而倉石字來約至儀鳳茶寮有潘蓮池李笙魚同敘蓮池近自無錫鹽局來廣此間鹽公所中後對門至路旁邊談片時即散

廿二日庚寅晴晨歸家問松兄病恙已平到對門尤氏楊薪圃館中敘談片刻返館課一生晌午貝彙茹姪婿來有件屬書即去傍晚心蘭來余方寫扇候客

畢同至寓東園吃茶點還寓雨同坐

廿三日辛卯晨至顧家巷雅南公處拜祖母開弔遇本家諸人處談出至觀前萬祥春茶棧與茶鄉倉石相會候心蘭良久不至乃三人先至花橋三松堂俄而心蘭至共見尊拜敘談蓋拜有約也於星論畫談詩筆間便飯設飲敘談飯後又觀印譜出西園續集分贈稱善乃散四人同訪茶磨不在館中余與倉石先至觀中雅聚茶寮候茶鄉尋得茶磨同至心蘭他往而後至皆集爲良久漸散余又買九峯扇骨一把分路返館

廿四日壬辰昨洵松兄字條屬向心蘭改藥方今晨前往洵晤遂改之返館遣僕送家中山新刻新印佛香詩箋百番併版一塊送繳尊拜韞質壺屬摹

鍾鼎文字作詩牋版式余攜女陳〻相因向倉石取古塼拓本以所藏孫吳八塼并銘文拓來

廿五日癸巳陰雨夜見寫墓旁亭柱對聯兄自作句云山峙川渟蔚茲幽宅松茂柏悅安我靈棲余嬃黄稻泛易僭一聯重寫之云峙嶺陟崦西山先相抱先塋肇吳下柏蔭長依謂黄家河頭還峙崦嶺即是我家 六世祖始葬于吳墅 五世祖塋皆近司徒廟古柏之蔭也午後又寫墓案茹對一副小横幅一又盧格生册頁一倉石來抵暮看小坡來談

廿六日甲午夜來又雨黄湖雨綿〻不已午後范久也樹恒自無錫來將北上應京兆闈秋試敘舊詢錫山事坐稍時去

廿七日乙未雨止塗濘乘輅至百花巷賀子剛姪能毅完姻者四姊不見客竹巖弟來歸坐吸即行出城至渡僧橋堍落地捐局河頭船上答久也在能相見余擬邀伊或飲酒或觀劇一敘伊云適有人相招為汪介石潘少夢諸君皆至熟者何不留此同敘余以獨夫甚忙遂設之去乃可暢談俄而介石至云少夢在茶樓難頭有與少夢之同局友及此處捐局之友二人亦來舟中不能容乃同登岸尋見少夢一同吃茶移時至春來吃酒又移時至金仙觀劇不知誰為東道主皆友以款久也者而余不與聞殊為歉然戲場過半久也始他往余同出與約明日當邀城中朋友來相敘伊力辭分路余進城歸家不移時天陰如墨急行返館已濛濛細雨邀至抵暮城中友不能邀矣余先以墨四錠一匣詩集六種十本贈久也

廿八日丙申，霽。清晨至倉石、心蘭兩處，又作札遣人至蔡邨處訂約，皆不定，乃作札致久也。渠每留一日，復札云同伴已到，今日必須往矣，余爲悵然。飯後作字君秀信，附寄貞到編兩部、孫溥泉扇面兩頁。朱謌卿來。

廿九日丁酉。晨，庸雨來，同出，余至遊馬坡巷呂緝甫新遷於此，特往一賀。旋至東園與庸雨茶話，倉石尋來，同啜茗，時散。飯後穎芝來談。傍晚倉石字條來，約云有友人何與伯者欲見余，在東園相候，少緩赴之。並有韓康侯在，同坐。何錦階皖人。無少時，徐竊齡尋來，云到倉石處不值余，得見歡矣。少時心蘭尋來，會至余飯，聞訊而至，俄而瀚孫亦至，七夫同坐園桌，相与快談，良久散。

三十日戊戌，晴熱。而閱新江元妙觀三清殿石柱題字拓本，付裱，並題跋數行。

於下方申刻得尊妹札附來大阜午橋弟信敬良盦丈來並見小坡橋刻詞全集分贈集凡八種其兩種小坡與全曾爲作序也

五月初一日己亥夜來有雨乘轎出過敬德堂去不見一人以昔日所作跋佛兒去留下到莊祠乃見元吉又見電報局遞到紫竹林電信知鄭弟陞盟年泉孫駒姪於廿九日下晚抵津兒辛弟綴還修譜凡例規條等件兩冊及伊詩古文詞稾六冊又識論務時要各譜琴弟家得晤伊有滄浪亭僧寄航所贈山水畫扇寄航吳姓涇縣人其祖柳橋諱捧掄係星齋二妹甲午鄉榜同年綴庭三妹辛巳考取中書同年而寄航遭亂出家號蓮又出其所繪滄浪亭圖索題詩茲屬以此詩寫於扇之背面遂攜歸復飯後即爲伊書之

傍晚承姬来臨睡又雨

初二日庚子夜来雨聲頗大日間時或濛濛飯後寫八尺對一副作九言衡甫孫珍屬是敎叢書題挂者又梅壽信并閱卷備

初三日辛丑晨起雨止踏泥至茶軒家自以為早而彼已出矣歸途現嫩日陰雨放晴

天熱寫摺扇一將以贈碩少愚者

初四日壬寅茶軒屬早来同至东園叙談又同至少愚家余以扇面貽之伊以吳人病亦延少愚診脈有謝意也微雨遂散作復梅壽信擠暮大雨

初五日癸卯雨半夜止晨起泥塗猶濘瀟瀟濛濛端午散塾余亦出門而驕（雨中）未定所往倉石来招至东園茶話有湯伯述王竹君施振甫許君園金葆堂設

散時邀逸歸家候祀　先慈新飯後邀逸返館持蓋着屐惝恍行也天氣陰濕風雨交作端陽有似重陽獨坐口占一詩而雨又入夜矣

初六日甲辰晨不雨膚雨來小塽以次和尊妹安羅花詩見示余亦補和一首艸艸求工蔬圃送還逸素翁書卷又雨加猛

初七日乙巳雨歇晴初錄出次韻詩並尊妹適使去而尊妹遣人來贈余者蛋條面頁畫作篆字鈞臺之筆因余所畫往還去下特以見賜感荷非常硯庭為余題天慶觀石柱題字幅亦交來午後街路乾邀出至嘉餘坊甲高子俊之表至敏德見小卿弟談頃又至錢翁家亦談頃返至倪鳳料有鉏人至則窺翁忽蘭倉石皆在陽座又有膚雨偕一友在訊之知即昨

所云江右萬劍盟劍也曾到余館未值因候於此相見出耘劬信知耘劬現

在上海與劍盟相識於是兩座叙談抵暮而散返復得紫鶴信

初八日丙午晨雨换舟着屐令人肩行李至胥門馬頭與承紀會齊登舟

往光福山一路茅舍深樹上下一碧山巔雲冒雨意未艾午刻現杲日遊騎

執到山先議黄河頭至蒨後見墓藏親葬事之處留香一切預備又看石匠刻

字之石返舟移至澗上泊遊香雪海下桐中著花視修理種墓之工為他

往西山路泥濘砌石處不行潦泊之遊返宿墓屋中 親手寫其呈之

初九日丁未雨達旦山氣仍濛既晨飯後着屐至黄河頭舒雲峰

出到令匠肩階石上坡安向為午子兼丙壬時又雨淋漓安中稍停潤上午

飯後少息，永姪去招匠改，鄒鑑堂來借與香雪海下至毛娘澗余寄廬間
別已畢，王則來與壬皆鑑堂承辦也。余又偕永姪至大峩里，先塋修理餘
事竟，余令量亭中隱心將置匾額其中，返路力倦，遂足重隨處畏聽永
姪後返，亦多倦矣。是日雨隙亦露，後日約工匠來墓處聚語。
初十日戊申，夜大雨傾盆，且有雷電，晨乃開霽，放舟舟至費河頭，舟去新墅
一帶亭子豎起石柱一對，僅得其半，泥路較昨更難于行，返舟放至鎮上少
停，遂泝歸途，天色大晴，順水而前，午刻至木瀆，登岸入麵店吃麵代飯，
後開行，抵胥門六點前一日至山塘，余先起岸返，飯乃放行李，接梅夫信
於初八日寄到，至東林課卷五百五十千錢本，少息後出至徐宗瓛翁家以石柱拓

本欲題云在鶴鳴吃茶歸途尋見之殷設良久散

十一日己酉天陰雨溼做黃梅殊甚始披閱東林生卷題像子謂顏

瀾回用之則行雨葑錄照盧遣人投贈余七律一首並錢于庭大昭所著

說文統釋序音同義異辨兩種重刻本又向書局購得鈕匪石樹玉

說文校錄一部價千八百文芸卿姪信次韵詠尊妹畫扇成四絕

十二日庚戌不晴不雨晨出至膺甫家取借梓蒼萬劍盟至膺甫云集起

不早方猶豫余因須他往乃約以午後余至敏澄近日子祥姪來數時見

之設談至大儒巷汪宅禮弟十一房眷口還遇入見弟婦璐孫學樂姪景顏姪

婿經之少時又至五層閣飯宅茶磨盤中略設乃偕敏慎梅七十八歲尊妹芸留

飯叙談良久靡撤又談少頃辭出再至層雨家伊爲余往約創盤余先至儀鳳待之移時乃至陝西會石正父郎舅二人來叙談又久之乃散返飯知茶邨嘗來不值前日作題櫻桃兩詩和鄉日本櫻花録出託小坡交曲園

十三日辛亥臨睡有月光中夜又雷雨晨陰午後復雨竟日閱東林卷

十四日壬子晴替一生課餘暇閱卷傍晚鏡翁來作常佛見信

十五日癸丑晨至莊祠先遇斂德不見又至祠先至者有數人坐少時出至碌之茶磨飯中有雲間僧所書小楷扇細於蠅頭談頃將訪鑑海僧於藕溪曇花庵曾與茶邨有約同出南行尋茶邨於闠橋茶室不見遂東至獅子口軍裝局中訪倉石見於養冰雷處屋爲新建前一進臨河推窗前望適與鐘樓相直其下艸木

昭君寄信

華滋野倉偶橋碌絕少行人因與啜茗閒談告以雲花庵之行倉石邀同出問
途而往地皆閒曠尋至安墓鑑海入山未久鑑海向住西崦灘邊三元閣中
善畫工畫筆絕方壯近因此庵無主移來住於前月元墓之諸暨僧送之入
院旋茶磨知之茲不相值三人憩坐少時索紙筆留字而出出乃西行至甫
橋頭吃茶甚適午而散倉石回寓仍同行過交讓王廟因神壽有音樂（唱戲）遊
人集焉過胡芑孫家進（玄）謁倉石有畫侍託之見芑孫及孫子勤安儉安勤安一
號琴庵亦能畫儉安一號劍庵習舉業讀頗甚又西至倉石寓門首而別返
飯後閱卷三四十本
十六日甲寅夜來西發又急東林生卷二百八十五本閱竟加圈評畢

十七日乙卯仍雨午後嫩晴傍晚歸家看松兒近日頗健兒敬兒並見平
陽姊來甥女兩來甥女久病姊往伴之兩月矣乃霍然返館仍閱卷
十八日丙辰仍雨譜蕉以代信寄航僧畫山水便面付來少時鑑海偕來
伊自山返庵見留字特先寄茶磨于館中問訊來此後片晌閱余心蘭
任處云已遷還邨住訪也傍晚瘦生茀踏歌仲媳來
十九日丁巳連程皆有雨晨猶陰陰晌午漸霽傍晚心蘭來云鑑海昨來
未見彼復頃約在東園余少傳趣之有倉石臣父四人同坐倉石有曇花庵訪
僧五古一首出稿傳觀彼良久返閱東林畫卷二百卅本粗畢
二十日戊午加畫卷上圈評竟日乃畢一切告蔵遂作跋梅奔信須明

日發寄吳小坡爲余便面上作指頭畫付來作山水極蒼遠並示近作二詩
廿一日己未上午大雨陽羨猶聞戲作題背面鐘馗絕句四首陸廉夫爲余磨畫
也又作謁日暈衣庵訪僧五古一首傷晚歲悲哀景五榴去世吳子遺人持札皆
鄒送以代帛一洋因至甘翁家甘翁云伊措來照以四洋而去
廿二日庚申晨陰至蔡邨家高梓皆他出留字而行至敦德見元吉話片時
知小卿弟全家遷進城中居平將坊巷之西返路灣去一看家具尚未安置貼妥
也步至郎劉飯館去又有慈兄課鶴去人飯後層雨來正談時君秀自錫歸出
來話舊同至東園茶敘余先行因梅壽文字到常郡孤城書院課卷昨去
今來如蒸雇之代兌啟封展閱生童計共三百有十卷幸甚不多

廿三日辛酉夜間復雨晨微霽恭邨踏溼來爲昨日之勸談頃同至東園吃
茶茲稍晴散返館閱說城卷午後暫擱寫紈扇力柄傍晚至癡翁家不值
遂至彩橋巷訪受藻卿未回晚後泳泉談至抵暮
廿四日壬戌晴晨至倉石寓已出有條留下謂北轉西增家芝停出欲至君秀
家不果返館課暇閱卷晚後作札遣人送倉石以梅舊信
廿五日癸亥晴晨至屠雨家已出有字留案將西謂北至君秀家略談和署
中友及伊自己紙扇題扇寫詩併納遣人送余假中返館閱生卷九十四本談
加圈加評晌午後泳泉來傍晚心蘭來偕至東園倉石泳泉先後來會敘談查求
視陽座給與奈東六稍敘談座中又來吳子芹啟談甚歡良久散

廿六日甲子夜聞又雨遂不止日值甲子不晴諺謂陰濕之占有人云昨日交小暑節而廿四交五鼓時微有雷聲又倒黃梅之兆也始閱董香光傷晚倉石冒雨來轉求楊庸齋畫便面百面得又有倉石自作畫並合璧便面承以見贈一日雨獲遂義盛谿姜寵借延小坡受新歡瘦碧行窩中三人同坐殿設雨適猛注庭際竹蕉極翻萬綠齊滴小池水漲幾將拍橋又須出壺園語雨圖矣散時天暮是日得鄭盦第十六日書即助復函交滬上局併寄

廿七日乙丑雨聲達旦旦尤猛注天色沉沉如未曙飯後竟日閱粵東大水肇慶府屬之四會等縣淹沒屋舍〔等數〕漂失人畜以數萬計餘復殷殷云下落而都中方以天旱祈雨昨鄭盦信中亦云雨澤愆稀黃塵撲面等語不能出

門閱童卷一百二十本，該未及加圈評也。

廿八日丙寅。加圈評童卷上，竟日。雨畢，傍晚踏泥至甘翁家，商量余所擬韓之說文韻譜重訂例，從如何而妥，返已抵暮。

廿九日丁卯。始寄倉石來邀，余同出，伊至臬署，余至心蘭家，約會於鳳池園。余既晤心蘭，即偕赴約，倉石已同杜楚生先至。吳楚生為杜筱舫之姪，現就許星臺方伯處教讀館，將往浙江，迎談頗趣。余偕倉石別，至楊庸齋寓相見，在瑞廉蒼入見，敘談移時，出至村門茶坊家，又談少時，承以畫扇見贈，出。倉石路往訪豫卿，邀復同行，至新橋巷蔡卿，訪盈第，留伊洪泉皆在家，相與快談，散已晌午，返，餓飯，作致梅壽信，併乾城卷發寄六月初一日戊辰。始晴。晨出，地猶滑。過敏德一遭，乃詣莊祠，少坐，至茶磨館中，適顧氏眉峯為艾生之祖廿週年，邀辛弟硯姬並與茶磨設遂踐，又邀敏德，後至於小卿弟子，少坐返。飯。午後倉石與潤孫來，坐未幾，又至東園茶敘，良久乃散。傍晚歸家一遭，出時尚早，因至君孝家，以晚餐，薄暮返。

初二日己巳。尤晴，驟熱，遂有暑。令收拾蚊帳衣服等，不覺極氣。午後顧庭姪、證孝來談，移晷偕去。至正塔頭觀一方，言將招貴文也。課事畢，至司前街紙店，取字帖付去，即返。

初三日庚午。今初伏第一日，炎暑適盛，與合蕃出至錢公翁家，約往觀前茶敘。與錢翁久不作此嬉，談良久散返。飯。未幾，元吉來告，繩卿兄以老病致於毛家橋弄自己屋中，今日已初四也，延余到彼料理後事，已約錫侯且僱定小舟在吳趨坊，此次余前日已與齊古先吉去，余午飯畢即往登舟，與錫甫同坐，放出閶門，賊山塘毛家橋畔即抵，艾叟、先吉已到，尚明附身一切繩卿已親自預備，即定今日小殮之事。遂向馨山嫂婦胡氏議定立後一節，蓋伯祖諫齋公文下蓮字行凡三房，今馨山還有兩子，已不敷承嗣，而先字行有七人，共史雖稱及，祇就三房之長房為主，而參以兼祧，乃以長者承諫齋大宗為重，以幼者承馨山祧為繩先之孫，繼達夫嫂之志，立為子，此係例應如是，胡氏雖頗有煩言，余與錫甫堅執此理，久之乃定。方招各局人等舉行小殮，時已抵暮，事畢仍與錫甫之舟回城，以給梅泰信初四日辛未晨出司前街取即好字帖即返豹孟病痊仍入塾曬晾物件更調未已有葉豐閣本家清瑩來延坐詢之知為大阜葉運字行葉字格非近支邀停之為辦設飯而去汲泉倉石先後來傍晚退蘭來云約倉石至東園茶敘移時赴之快談是夕氣候盛暑

初五日壬申晨出家中將約錫侯弟仍乘小舟送殯卿兄大殮錫弟因小病不去永之元吉已各自先去余獨自乘舟出門則貞孚弟已先到其餘親族先後到者十餘人告以前日議斂之說皆以為允洽午間坐三席席散即舉行大殮殮畢堂祭以後皆散余搭同侯甫姪孫同舟返城登岸分路余歸家盤桓久之返館

初六日癸酉督課之暇校刻字店寄來蒙奇集字樣傍晚倉石來

初七日甲戌晨至茶邨家以昭閣女夫人病已愈遂偕出在時果園茶敘稱時散
返餞以倉君札即加札致瞿拜併俟作書杭州郵信一許遞孫一手夢薇即撥
又撥清爨二佰祖諫齋公文下副書及稿即前日繩見撥後事也
初八日乙亥前日大風中星橋所寓舊園門外過街棚側一亭坍卻其亭
規制已舊爲吳姓等蓋閣係一方風水者祠第以修閣云載郡志屬爲檢
查余前從 巡韋門緒起以及第宅園林等門未曾檢得暇時作跋佛
見信另牋告以繩卿見諭世𡿨事晚起陣驟雨
初九日丙子晨起稍源至敏德託寄家信不見人遂至敏慎見尊姊姊
倩倉石刻硯石星緣謨頃承以新刻杭郡南屏放生池記譯成本見賜

出辛芝弟邀至綠陰雲榭敘談近玉前弟設葯室其中談至晌午留飯

飯後天陰乃行又携辛弟自撰其母子志詒志寀小傳一稿返過敏德再入

閒談見屋師竹小鄉弟稍時返飯朱深鄉自陽巷來長談去後宋稚生

來為伊位屋租事少時仍為之至西美程氏返雨而歸入夜更大

初十日丁丑雲陰氣深課暇了筆墨債於蒼寫冊頁兩幅紈扇書扇

午後寫對四副雨作於未申間有雷震一聲傷晚倉石來云深卿因躲

雨因在東園吃茶邀余會之敘談良久散入夜復雨

十一日戊寅蘊雨達旦晨霽膚雨來云深卿昨見訪不值渠往吞之余偕行尋於

道前街署棧知其未登岸不知其舟泊何處悵然余至隆慶菴拜汪枚生七十冥誕

略坐返館是日涼甚可穿夾衣兩重疑又發水天氣也
十二日己卯清早起歸家恭逢　先考中憲公九袠冥誕設供東鄰定光
寺延僧禮懺親友本家來者陪待之中晝坐兩席自家人在外到賬送儀
者共約四十餘處拜懺事畢歸家少歇仍返館遲矣
十三日庚辰陰正伏晨起仍涼至龍門橋拜汪鏡浦一周忌辰見葦魚略談返
館看家翁七十壽言卷子後加題五古一篇又題臨漢碑七種後綴跋一則又
臨完白山人兩種另題簽正忙碌未了西樵寄信來又寄到東林課卷五百九十
本信中言隨後尚有決科卷一宗龍城卷文大約仿此
十四日辛巳昨夜飄風雨今乃開霽課暇閱卷竟日不離几案

十五日壬午 陰 晨乘轎出 詣莊祠並各處謝客 摘要不及三十家 返時晌
午矣 背課不能輟 閱卷遂少 得夢薇杭州信並吳雲津交 即送書局
十六日癸未 晨至茶邨家 遇姚郎森卿揖門 云我父往廟當甚久 伴不相值 乃由他
道返 則茶邨在彼 頌文亦至 東園茶敘良久乃散 背課閱卷又竟日 敏德得
電報知伊兄 簡放黔撫 即作一函託其併芝文作答夢薇信
十七日甲申 晨詣圓妙觀 雷祖殿 觀音殿兩處拈香 遇廣甫吃茶
散後再詣清嘉坊 火神廟拈香乃返 飯 得王子方申江信 貽我蟠桃
並紅鮮果各一籃 余素不喜食 即以轉贈花紅 就館中兩房分開 蟠
桃以分送硯沈兩處 送硯之札云 有自申江以鮮果見貽者 乃海上蟠

桃也，都已爛熟，將獻南極老人一嚼，聊為預祝，因八月初蓉卿五十壽也。送沈之札云：昔人有投桃報李之事，今則投李報桃，因前月杪漢泉曾貽余與潘園李也。

十八日己酉。晨君秀來，同至東園茶敘。良久散，返館，擬課，並閱卷子。得蒼子方信。晚蓮垞來談，至燈後去。

十九日丙戌。晨出，赴君秀約，過啟德入見元吉，偕之同往伊新遷屋，在大井巷西首朝北。屋凡兩進，五間兩披廂，後有三大間空地，伊一房住頗舒徐矣。少坐坐憩中，乃行至觀中雅聚茶寮，有頃後人問知君秀已到，過現往約茶磨來，迥稚久之，見指香吃茶之人撥錢安間，又凝盼久之，始見二人徐徐而至

談少時余歸乃日已滿街返錢督課閱卷是日生卷排次加圈評藏事

二十日丁亥披閱童卷余得一聯句云老向空山濯腳狂呼頑石點頭適倉石來即以舊存紙求其書之傍晚歸家一走遲飯倉石曾有來已將對聯寫就付來隸書也上款孫瘦峯者陳滄書來

廿一日戊子閱卷洪承東以此閒決科文出示予曰君子欲訥於言二字題也文極義皇為高倡絕無沉悶詩題孝廉船結句云船輦他日到蓬自愈為識學之優者洪承洙籍正合以江蘇之差但現在決科借他人名不覺露出馬腳來了余指壁間懸者山間道圖曰是貴座師也香山閣於島寓禪師禪師本姓潘此科主考為白楦潘衍桐正合圖中一百一潘也洪聞笑而去

廿二日己丑劉邦濬祭酒之妻歸自浙江學使任所停柩寶積寺今日開喪欲往弔而餘僕病未能也偶晚再至道前街客棧尋滌卿晤之適驟雨在座因至鳳池之樓上茶敘良久散是日陰晴各半大發風

廿三日庚寅狂風竟夜向曙雨來晨起雨漸密風漸息閱童卷發排次加圈綴評語臣怙丞了傍晚得梅壽信又寄到東林決科卷且索之高閱前日得偉兒書今又得鄭弟二次來書

廿四日辛卯霽後暑料理童卷二百有奇蒇事倉石滄素先後來飯後作復梅壽信先寄七月課卷去乘間了筆墨債大小匾兩件大小對三付傍晚赴倉石之約於東園與王竹君同坐敘談後接許邁孫杭州信寄貽

新刻白石道人詩詞兩本並送余白石詩一本許君所刻先有納蘭詞靈
芬館詞兩種又山中白雲詞與此種為姜張合譜皆極精善
廿五日壬辰晨至祥符巷允錢翁家祝其夫人七十壽錢翁明年七十也坐頃
返至敦德堂知伊見家中消息又濬西北至隱家訪與君秀談見隱芝五知芝五挾其
太翁雅松之喪歸自浙江暫寓石氏歸時返館始閱東林決科卷
廿六日癸巳早起至淺濬三次縣形假館閱卷尚嫩作後詩並孫鄭盦書信文跋
夢薇借常郡志一部以託秋試赴杭者又跋君秀茶部字条傷晚茶磨來同至
東園茶敘有伊姪淩皋在從而合名至殘至抵暮散
廿七日甲午早出至祇園庵叔梅三拜開弔一拜為答客至回頭至隆慶庵外舅

三十週忌趁道良齋内第十週忌合并禮懺點考舁客接後少坐出赴課閱卷朱
瀾孫來談申刻歸家立秋節　祖先前薦新候至酉刻會齊諸人接過即出
往至察院場文樂酒館還至新歲酒席宿通返館天暮
廿八日乙未陰靈雨晨來東園茶敘而散赴課閱卷竟日
廿九日丙申閱卷又竟日傍晚洪永心蘭先後來同敘談良久去
七月初一日丁酉晨至莊祠過敏德少停與元吉同行在莊祠坐頃至茶磨館中
知明日之約茶部所若相歧遂就彼再作一札託艾生以人送去返路至倉石處又
申明所約之言返館午後天陰俄而風雨颯然閱決科卷二百六十本皆編拉
前列先加圈評閱來子屬取超等十二名特等二十四名壹等三十名其餘除遠

式外俱列附一等須照學排次之
初二日戊戌清早倉石已來招余赴約余以昨日君秀札云舟人謂菜場不能早姑
同倉石東園茶點天已飆風雨一霎大作猛注頃刻盈尺凡三四陣（閱一個時辰）始得君秀藻卿使
余聞因雨又爲展訂與倉石直飯中又久之君秀所催不謂菜之一船先來偕
倉石坐之至沈慶文新橋巷底從冰窨下登岸則茶邨茶磨先在是日同人爲茶
邨孫祝五十壽蓋先期一月也本擬清早放舟葑門外至南蕩觀荷迴至葑門内倉石
局中冰窨上設席風雨阻人竟不克東出同余免滅與候至午正君秀方坐辦
菜之張船來時心蘭亦來久矣遂即八人促坐飲酒先喫所謂點心始共一飽席
撤散坐少時并招沈氏昆季到舟放于盤溪忽晴忽雨轉瞬變異而東風之急亟櫓

不能力乃回泊於新橋之南停庵歷波波光艸色沿上城墻都成一碧映我鬚眉忘其老醜挨至抵晚舟中設席向分兩舟者至此併入一舟團坐促膝都覺不舒鋪張之此一席仍分兩舟而散余往來就舟舍舟皆在乘騮橋下

初三日己亥早出至靈福寺拜通恕張太夫人百齡冥誕略坐即返由西白塔巷繳慎從門而進至三松堂見錫圃妹壻有洪柳波因設猜多坐出風中時有雨夜急行至定光寺訪穎生見預做七十冥誕因首始將赴金陵秋試也亦略坐即返帳小亭吳錫為首權簸始來早間心蘭傷晚蔣卿皆來設得梅壽信知會常郡城中龍城書院預課八月卷已寄到金匱不即寄蘇者恐余決科卷未了事也

初四日庚子晨錢叔翁來同至東園茶敘邀廣甫而返玉泉四舅來訪余方作覆梅壽信

寄眷包去。俄而君秀與艾五來，招同往虎阜，情不可卻，候余寫完家信，交代付航

乃與二公同行，至宋仙洲巷口，仍登張姓之船。汪介石先在此船，四人坐之，甚屬寬舒。放

至山塘，揀樹陰濃處泊於同善堂外，先吃點心作飽，然後自撥摩。少時放至上岸泊

張公祠外君祠，人啟鎖而入，至水榭，荷無一花，惟翠葉如蓋，亦貼於水，水漲而透不

起也。惟涼風可挹，臨水凝眺，茗憩坐良久，返舟回棹，又泊吉公祠外，祠中荷池寬闊，此

時放花恰好，含蕊者多，有三四枝，遊人徙倚其間。余等不復吃茶，繞池一周而出，返舟回城

搖入倉橋浜北首，將近桃花隖而泊。舟中上燈，鋪席四人，中惟殉人能飲，余與君秀存杯

而已。介石、艾五揖戲，送至良久而罷棹，回宋仙洲巷，舟子阿貓頭持燈送余回廣堂

巷。彼中早已闃寂無人，惟內戶因小坡他出未閉，余頗倦就睡。

初五日辛丑仍早起至王洗馬巷臨慶菴拜端卿弟夫人六十冥誕略坐出順路至君秀家晤文五適送介石出坐共四人同話移時返館飯後寫汲泉扇寫泥金箋小對一副又醫者封面字樣一紙即送繳晚倉石來昨夕與汲泉來不值偕出在鳳雲臺茶樓憩坐至暮散汲泉又來又不值

初六日壬寅晨至毓德探疏伊兄南來消息知子宜已自平湖來預備慶壽諸事貞孚啟往滬迎接矣坐頃即返日來盛暑爲今夏所未有然已秋老虎矣午後得梅孝信又寄到小試畫院預課八月卷待閱即披閱之酉姬來

初七日癸卯晨至君秀家文五今日動身坐頃話別而出歸家省之壁臣今日起程赴金陵鄉試出與一晤返館七夕節例應散塾余因有閱卷事且暑熱憚於

遠行乃以坐定，課事約減其半，生巻約閲其半。晚飯後出，訪心蘭家，看其近作，為題紙（山水）四幅，伊以汪友竹畫花卉便面贈余，知余與有姻也。

初八日甲辰。暑甚。閲生巻畢，加圈評。豹孟文患感冒不出。

初九日乙巳。清早壽稚卿表兄來，暑天遠涂，老年步行，佩服而兼抱歉也。談少時去。即以舟伊浚余之語復之。朱瀾孫為儒寡會中一事，朱住果接司前，相去甚近，旋返。督二人課，頗擬挍龍城童巻。

初十日丙午。清早倉頭來，略坐，出，至東園茶敘，日隱風吹，返。及晌午，暑氣又熾，揮汗閲巻，不復出。汪琢來。

十一日丁未。清早庸甫來，談頃之，余方閲畢童巻，為加圈評。少時君秀同諸葛緯

生來昨馬君房余爲施正甫覓權館者余謀之君壽君秀知律生戴閑適館
以業余即遣人往約昌君丞卿來園相見於是三人先往既而倉碩之子偕正甫壽
來正甫與律生相見敘舊令尹藉相告語移時而散酷暑更甚於前誠
生查卷二百二十本律校畢傷晚即作致梅孝信明日可寄徽矣
十二日戊申封寄卷包理晨課畢即赴子宜之招子宜爲椿庭慶壽預請
陪賓之客余又爲陪賓之陪至則堂中一切陳設方懸挂紅幛錦屏等件
而所請之客壽者三人到而同坐者吳升之陳仲陶沈藻卿屈野竹友梅并余並
宜如七人席良久散復預擬十五日事傷晚而散
十三日己酉晨出三芳橋南弔宋菊存之喪一拜即返在紙店買裱成六尺大

紅塊金箋對一副携歸並前日用檀張四尺橘黃塊金箋裱成六尺軸一頂壽之軸作大壽字聯語云世稱生佛壽無量家積善人慶有餘皆以祝佛兒壽也桐甫來即去飯後將軸對聯以如意一匣壽石一座遣人送敏德抵暮敏德送信云佛兒已到家余遂往見子靜子牧夜飯始出歸逕一通問言設筵已因留晚飯飯移時返飯滿街月色

十四日庚戌理晨課畢即歸家一濟君秀安略設到家俵各房備辦祭品祀先靈中元節飯後毒日不可行延至酉初乃出敏德堂中有擬演戲法為預祝之舉略觀一二套君受屏聯有自都帶回者均已掛齋抵暮回飯

十五日辛亥蚤起乘轎先至莊祠拜　祖少傅至敏德祝佛如兒七十壽留為預應

壽堂桌上排列 御賜如意及磁銅玉石擺設等件並佛兒蒙 恩簡放點指
之後恭屆 皇太后萬壽蒙 召入聽戲當日承 賞食物兩次又 賞此
上方珍玩多品也鄉里諸人來祝者莫不瞻仰而帶之來祝之客或去或留午間坐十
餘席席散客漸少戲班腳色到齊開演時及申正演至酉正暫停將上燈設
席余遂返怕熱怕熱夜不如早歸
十六日壬子仍早出至敏德有親友本家公祝演劇之局方令木匠重將戲臺改高
尺許余復出至錢翁家稍坐茶敘於園外觀中頗風涼良久散再至敏德客乃漸
集午刻開飯未刻開檯余仍看至酉正暫停停後看客上燈余又潛行返館
十七日癸丑晨陰雨來同至東園茶話少時返館仍督兩生徒佛兒來孫謝少

坐，偕至小坡瘦碧君行窩中，遇姚彥侍方伯、偉兄，均與揖話，並坐敘談少時，偕連日受熱，風覺身疲，督課之外，嬾於行事。

十八日甲寅。晨至敏德還，沈萍楣譜琴弟共談，偉兄本欲往史稿不果，悵房中小卿、元吉皆積勞患恙，小卿十六日即未與忙事，因至其家問候之，略坐，返。飯後濟之弟札，為劍門弟撫孤一事，一子等所依恃，擬進清節堂，屬向袁董陳子成說項，余遂激成一函，因作跋，鄭盦弟書並附跋，范太史並併封託濟弟寄鄭。未申之間，查香出來談。天氣仍熱。

十九日乙卯。倉碩以所藏孫吳八甎拓本裝作小屏八幅，屬為題跋，先有徐窳翁、楊藐翁兩家題，余繼之，有附和處，亦有翻駁處，乃各衍數語焉。未刻，施正甫來申刻子靜姊來，帶到都中張九芝信，啓封中有致甘昀書及白夢薇信。

二十日丙辰，晨至閶邱坊巷諸葛律生家，致昨正甫話，回至吳署西雷甘杞家，致昨九芝信，後片刻返館。銅士去歲所生一女殤，兩塾學徒皆徹（撤）讀，余以暇了筆墨債，寫摺扇三紈扇二，又作答夢薇信。晌午以後天陰釀雨，黃昏後涼風甚緊，間又出至昌石家，不值，至敏德兄小卿談次，雨意更濃，遂返，返後微雨，傍晚昌石來。

廿一日丁巳，夜有雨，晨乃涤茶姊某至東園喫茶點，返而昌石來，余以八輓跋稿呈政，午後課暇，即爲書於幅，層雨來，索我前年爲許星臺方伯代作送伊兄入都序，駢體長篇，當時未用，茲錄出，擬以呈伊兄也。去後連寫八幅告竣，天已將晚，計共八百五六十字。小坡以經訓堂叢書殘種五本見示，有人索售者

廿二日戊午晨至敬慎先濟錢小翁家不值至三松堂見胥妹及辛春孫弟談移時出赴茶寮之約於觀前茶樓則錢小翁茶廳詢在茶寮云倉君來而先去少時錢翁亦去三人談良久乃同至宮巷酒樓小酌得炒麪一飽又至觀中茶館閒敘又移時天氣頗涼遂散返館課一生昨畢氏叢書中倩成影鈔夏小正一種

廿三日己未昨辛弟面交修譜之凡例及續訂規條屬再詳審而錄清之今為擬管飯及膳兩來移時金匱廣文殷叢遠甫如珠來余猶次到金署有閱文未與見面焉貞烈女徵詩一事承其提倡評定久矣叢遠甫舉乙亥秋榜而其為金匱教官逾十五年矣貽余所刻所知集時文一編伊兄逴甫崇祀名宦錄一冊逴甫諱如璧官河南陳留令調署舞陽令候補直隸州加知府銜賞戴花翎卒於南

陽任所又江蘇學政李小湖先生聯琇請祀名宦錄一冊談頃去傍晚即至藩署
前舟次答之答贈以去歲所刻書數種小談少時因聞雷聲而歸然及岸卻
回家一走稍停即出遇微雨夜深可觀燈火臥後雨声乃大約半夜矣
廿四日庚申嫩晴錄莊規矩午後得君秀到金署信即裁復之又得鄭盦都
中信夢薇杭州信傍晚茶磨談來稍時至東園吃茶又談移時茶却期而
不至返館謁卿來談夢薇書中云浙書局中新刊三通及玉海又精刻
國朝藩部要略一書係壽陽祁相國家舊藏版本校讎尤加密
廿五日辛酉晨至敏德途遇錢翁將到我館中与之約余至敏德遇偉兄他出
見宜靜兩姪談返至東園錢翁与膚雨在同話蒼石亦至移時錢翁就我館

中換借書寫去後背課。申刻茶磨來，仍約東園茶敘。伊先往，未幾倉石來告以茶磨所在，遂往君余理課事粗畢往赴之，有王竹君、周子和同坐。未幾又來茶磨之姪淺泉陪座。又來李筆漁、許文伯，又來金心蘭，那座合談，抵暮乃散。汪氏竹林過我館門而別。子和攜漢晉甎拓一頁來觀之。

廿六日壬戌，日陰風涼。至蔡卿、洪承厲坐片刻，同至婁門錢公館弔留伊夫人之喪。留伊久居靖鄉，故其夫人殁於錢氏也。出迎面遇茶磨、倉石亦弔喪，知茶磨在三多橋茶樓，欵與相見。少時邱、吳二人同回，同憩片刻散。余與倉石一游心蘭寓乃散。到館，錫存弟來。午後寫　先塋大安亭匾字樣。查子伊來，與之同見小坡，初次敘談。少停即去。承贈余高麗紙一幅，又寫定先考彌勒佛龕上下對字樣，抵暮親攜交漆工處。

廿七日癸亥。晨札致偉兒，韓媼回，札付還諫甫公交下三房議嗣字稿，即照繕之。

來。李陸揚甫（澹盦）聘室黃氏遺象，介雷甘翁索題，書是五月中事，今為書篆九字

於象首，又題隸書數語於象後云：江夏名媛，鍾于女子，秀挺綠窗，徽揚彤史，

許嫁雲軒，未嬪而死，曇花在鏡，皓魄（沈水）畫眉之筆，傳神奩（紙）上衡情深，此恨曷已。

嗟嗟，長簟夢痕，黯歷不起，安仁之悼，三十有三年矣，此種余不存稿，聊記于此。

偉。晚自筱兄札，余本擬往敏德，遂往，責偉兒直弟設色，抵暮留晚飯返。

廿八日甲子。晨具衣冠祝女小坡三十壽，不出。見邁廣雨來，談斷斷者久之，同出，余

攜侍繳甘翁處，即歸家，以昨話與筱兄商定，遂復至敏德，偉兒已他出，留字條

訂於三十日。穆橋來，此兄弟般人小酌敘，少時返。饋錢卿以曲園新刻茶香室續鈔，遂來借觀，遂於晚時展卷。稍後伯兄札屬再札致偉良譜弟。

廿九日乙丑。晨，還饋儀，送札富仁坊敷家巷，為變余出朝占，遂至劍光閣書坊買古文觀止一部，備鶴孫讀。是日鶴孫不入塾，翰孫身金入塾，仍課。又會君藻卿兄，後來寓，敘君為通畢，散。間拜送來育嬰一元會冊，屬按族中勸捐，蓋育嬰堂經費支絀，因立此會，每人一元，係眾紳公啟。

三十日丙寅。晨，至敬德，筱兄與余偕運。是日午刻，穆橋、敬德為偉兄作餞讌。年譜稿弟亦有此舉，余到，示錢弼弟諸來，將偉兄捐去，設定彼處，早集早散。余留以俟穆時濟弟來，又穆時筱兄來，遂邀人偕請偉兄歸，並請年譜

粥弟同來午正皆至乃設席內廳入座吳弟以岀遇席一偉兄二年弟三譜弟四
直弟五小華六濟弟復吳召余爲主作陪兄弟八人也偉兄因連日赴飲餞
之筵厭於肥膩另備素肴羅列并陳設謹良久歡敘天倫之樂散時
秋暑又增殺食良多乃返館倉石來抵耆元吉來
八月初一日丁卯晨起陣雨初止乘轎出先至敏德堂偉兄他出特爲送行也遇譜弟
沈年楣同談大雨又作偉兄有他客出陪與宜靜鵝姪談頃雨停乃至莊祠見年弟
安置修譜凡例及規條稿至敏慎見舜琴以刷書及一元會冊呈閱略談頃返館之
中學徒皆未出飯後遂出街路已燥歸家與松兄藻兄話良久出遇盧甫於友石
處邀同茶敘倉石亦來共談至晚而散

初二日戊辰晨雨弟徒皆入塾為各理教課著屐持蓋出至醋庫巷拜賀茶邨五十壽雨止留飲坐弟席一席仍是茶磨心蘭倉石藻卿與余諸人以顧蓮士坐首座茶邨自作陪焉少焉酒闌大舉弟席錯綜易坐良久方撤天霽日出余借茶邨鞋而返鞋只寬大行走不便返館為弟徒講書良久

初三日己巳雨驟連而下為茶香室續鈔因參考懷小編浪跡叢談諸書

初四日庚午程來雨勢瀟瀟達旦督課鶴書始讀古文翁書始讀左傳皆是日開卷雨緊緊至午後開霽氣候燥熱傷晚至敏德又遇陣雨街路已乾大半至與小卿元吉談知偉見起程之事黃昏又雨

初五日辛未大雨微曙猶未絕黎晨起赴往平橋節孝祠陪祭雨方甚待

之盉猛汪遂羈絆，去他出，只課鶴孫作小坡，以匋銘拓本屬跋，跋罷為沈仲復

耦園中所藏余審定而跋之，以為周宣王時物。晚錄鶴孫出，雨止。

初六日壬申，晨嫩晴。心蘭來，云約倉石于東園，遂往候。頃而昌石亦同，敘談。返

飯，為吳仲英題續古畫象冊款後八種，裝屏四幅。余為女孫題數行

係。晚李笙魚來，有事見商，談畢而後及金石。作陸子靜信寄上海。

初七日癸酉，晴爽。作八種跋，以次而循。晌午解館，一至昌石處，不值，遂歸家。

屆　先妣生辰，作饗，在家午飯。飯後至對門尤氏與楊芬圃閒話許久，不見

矣。返家，又出坐車投東至錢翁家，不值，云往觀前，因尋之。返廣雨茶磨碩

庭，而錢翁仍不見而跡返。小卿弟在雅聚吃茶，同回。敏德適接上海來信同

拆閲之坐頃返館是日見簡放學政單江蘇放王先謙陸鳳石山東

初八日甲戌發兄送來彭訥翁為属題巨卷一件展視共圖四彭文敬公暨六公子合家歡小照名曰山房課讀圖昔南昀公里第有一柏山房故慎甫題一柏清芬四字隸書時文敬官京師全家隨侍六公子為訥生春生芍庭榴仙菊橋艾圃也今去作圖時五十年矣圖後題存已十餘家茲属發兄為余題而發兄邀余捉刀飯後徐子雲來贻余重刻勤節樓題詠並圖每部兩本凡十部属為分送談片時去

初九日乙亥晨茶邨東談片時欲至倉石處余偕往至則不值留字而行分路返天氣又熱俗所謂木犀蒸也

初十日丙子晨錢翁來携借觀之書來更换遂至東園茶話膺雨君來
知伊西泠之行定於明日移時散返復小坡札來知香嚴翁痛革伊當往
睬勢難挽回云云思聆為彭園卷題詞菩薩蠻所措詞傍晚課畢至通
怨見玉泮游蘭續還一元會冊談至抵暮返
十一日丁丑昨作跋夢薇信晨携出託膺雨帶交途遇心蘭昌石約子東
園茶敘兩膺雨不值昌石將有奉檄淞滬之行行有日矣散歸替課
之暇以家叔數劍跋七百餘字寫入幅上半日方畢即繳小坡傍晚承妃來
携睬三省頭場題係電報局中譯出者慎天宴能容之三句子華後於
齊兩章孔子嘗為委吏矣一節畫放冰輪萬丈光得光字江南子夏曰

可看出之。○ 而矜不能。子曰舜其大知也與。使天下仕者。○ 王之塗。出尚吾
曹分外青浦出學浙江：夫子何為。○ 使乎使乎。子曰吾說夏禮不。○ 吾
從周。公孫丑問曰夫子加齊之卿相。○ 動心否乎。濤白雪出來的來字
十二日戊寅。晨心蘭來，手携三件，一徽髯姝，一致小坡，一扇，余題四字於其
款。作畫幅上，回百齡眉壽，遂復。○ 東園茶敘，稍時作跋章款之，借將
託昌石帶松江，途次得梅壽君秀兩信，並閱卷，備即作覆信兩封
叢去，寫仲英屬題之跋入屏幅，際晚成其半。
十三日己卯。晨寫完昨屏幅之半，飯後寫小對一付，又作李新之扇，屬寫蛾
術軒敘跋，該即寫上。茶部來談，片刻去。訪倉石，約在東園，余料理館課而

甯仁字來閱伯娵來談移時去乃同出赴停雲茶話之約倉石亦在天氣燥熱茗話良久同出分路余至甯仁兄小卿元吉議繩卿兄安葬事暮後

十四日庚辰昨晚食菱而滯且有痧氣亟治之而睡向晨雨作起身天涼人適兩身子微倦小坡爲余並便面與集一錄壺園錢春詩一書貽余詩皆七古也又以錢春詩寄心蘭屬上傷晚仰娵自上海歸來談迫暮乃去中間倉石來余作致章穀之信並送以書穀種託倉石帶至松江面交

十五日辛巳霽早出至敬德堂與元吉同出至觀門口分路余至莊祠與辛弟話伊先去余至錢翁寄閒談又同至玉壽仙茶敘晌午乃散歸家午飯後兄偕永娵往炎福昌與松兄話承鈞娵孫攜出伊父鄉試改筆文呈閱爲未送

先生受余緞評紙尾敬彌勒佛龕題聯於鄭寺觀自鳥返去為人題掛返寓松
兄小睡更無人設邀出由養育巷行過茶磨於友石處方對酌適有陸曉雲者
亦設天寄見茶磨於酒邀陪友石一律起句云君是高陽一酒徒市中大隱見真吾
盍茶酒契也君一飯起拉余至茶寮云與同人有約少時倉石來蔣心蘭來余為篆
敢小坡房西一室畢心蘭雲麥畫室園假春面設次友石曉雲皆來吳穎芝亦
來園從園桌談及倉石來巷南口陳恒昇家有小擺設盍律撒之於是先後皆往惟
倉石別去陳受擺設年盛一年有十三桌諸物亦極精多用物宏矣返館飯鑒士設酒與
張房諸公賞中秋既而月出牆陰衣影離離如畫倚窗坐對移時就睡
十六日壬午睡至半夜醒聞雨聲晨起瀟瀟疎疎簡練不已飯時筱兄來邀同飯設

少碩吉羊芝文以修譜之凡例規條來，承囑再加參酌。

十七日癸未。清早為雨阻，而漸霽。只課鶴壺一人。晚時將凡例規條更改，爰重為繕清。孫葉卿送還，倉石來，云臥甫屆傳權伐之諸葛律生屬女於此月底為出蓋，居停姚翁有言設，倉石併臥甫兩辭之矣。課事畢，遂邀律生假招之出，茶話於收鳳，並邀倉石屏招之同飲，有上元來王寶卿（名錫蕃）者，善鐵筆，同坐談。

十八日甲申。倉石將起程，本來有約與小坡一去，因同人屢留，待寫庭前木犀香矣。略談即起揖別。而吾課畢了筆墨債，寫摺扇二，一金面，一四寸之一，又寫屏四幅，每幅四行，每行十五格，撲筆天暮。是日午間承之姪來。書

十九日乙酉。以墨條潘落款，屏上又寫小對兩副。聞香巖先生談世俊例寶

葉氏殉之自截一指以血調阿芙蓉膏中吞之遂無可救其節烈亦足以風世
矣傍晚偕家兄松先後又設仰姑適自歸山中問以山中事暮返館
二十日丙戌晨至敏德兄少卿充吉談片刻返館藻卿來略談去章翁之偕表景
五之子來共談留之為景五設後僅遺孤寡擬於知交中查捐善款如月
錢翁為文為會已由甘翁寫啟屬為録募啟之擬刻葉蚊翁所輯賞奇集
謝店寫樣劣而多誤竟不能上板擬排次之分已梓與現存各為兩卷作跋
君秀信寄來孫溥泉屬書條屏便面等
廿一日丁亥檢出從前郢行日記稿曾呈錢翁甘翁閱過者再自閱之並商量另刻
店因後册飾閒字剩語子雲來談至晌午留飯而去稍時復來少憩

廿二日戊子成五古三十韵題彭文敬公山房課讀圖即錄稿送筱見閱筱見以前所作和我屬為斟酌余就其稿七律幾首改為五律另添排律幾首合成四律半首松江章韵之自金陵鄉試回過蘇見所設幾時與之偕訪甘翁又設餉時同出分手告以倉石之事先將跋書中意面述焉

廿三日己丑晨歸家一走與松見筱見話少時返晌午游滄本家渭老拉來為齋門租房事彼此久之傍晚與出赴世約照過敏德少坐遂偕小卿元吉出至宮巷約會至觀中與渭老茶次細談鍾與至壽來斷斷久之余先起回飯暮

廿四日庚寅寫山房課讀圖詩入手卷作隸書甚累力傷晚携回家中首姪暨姪自鄉試歸皆見之余以昨渭老論租房事告筱見叙之遂出得程明甫文

從庚東來信，言到滬買之，充珊瑚記念佛珠。

廿五日辛卯，作復明甫丈信，飯後仰姪來，爲余結布鞋一緉，時定西宋皮迎堂片時去，追暮至柳巷姚少侯談，公館晤諸葛偉生略談返。

廿六日壬辰，黎起，襆被舟子來，肩之至胥江舟次，候蓉覺桐弟首之、仰蓮、丞之、三姪承悌姪孫來，同舟往西山掃墓，酉初進西崦，先詣黄家河頭曾祖墓，祭畢舟泊澗上，又至香雪海下毛姓澗獨覆山淺路近者，天已微雨，回至墓廬，與本家諸人叙談，夜宿廬中西房，凡五人，筱桐二人宿舟中。

廿七日癸巳，夜來雨，黎向晨而止，會齊敦德許人，將詣各塋，稍待從容乃行，山路已半乾，由廟弄五世祖墓進至真如塢高祖墓，又兩至三伯父墓，祭後雨遂遊密祠稚弟竟不復他往餘人至大敵說穎生兄墓回至石衔上大伯父墓雨下如注通身衣履皆溼而祭掃不能中止淋漓至祖考墓又至先考墓墓上修改亭亭將懸匾額曰大安亭亭下甬道易葬大姪孫承啟時已下窆仰姪在彼督工遂爲合祭祭事既了而雨未艾也出至墓廬憩甚矣歇息少時午飯飯後雨有歇時乃入別墅眺覽逕許愛愛敍談俄而出領香與辛弟玻翁譜上凡例規條寫摽樣一過晚後雨入夜山中桂花方盛山人攜花易錢在勝於城市爛若金粟萬斛濃香

廿八日甲午中夜風雨又作聽之幾不成寐黎明起會齋本支三十餘人詣河亭攜六世祖塋祭畢潤上各舟以次解維大風阻之不能出港退泊西嶋

浪花捲白仍衝尾以艤稍時皆向泊澗上風陣雨陣大似香陽諸人畫筆作
有彼此間談而已晌午雨止談現落日雨風息遂發山路易乾與辛弟暨嫗
與孫輩數人游司徒廟思無子來言風勢已息可以開行遂返舟相與解維
出港風息全無波平如鏡但時已酉初僅抵善人橋而泊聚宿舟中
廿九日乙未天曙放行舟中皆起已抵木瀆登岸吃胡蘆遂返舟後啓已刻抵
胥門天色晴霽城中街道皆燥余遂歸則館中皆出掃墓矣湛泉來遂
自秋試後頃去年飯後出至茶邨家不值少坐至書局晤蓮垞談稍時至
徐蘇翁家又談稍時回行至儀鳳遇心蘭方與陸鞠樵者同坐因共敘談
知鞠樵蕭山人工畫現寓新橋巷浙紹會館已而昌石亦來詢知前日從

滬上歸少停數日乃往松江也三人暢談抵暮乃散
九月初一日丙申晨往莊祠貌遇敏德少坐到莊見許族人敘談辛弟述尊姊
命余往見余出往茶磨館中辛弟遂邀房招茶磨同至花橋便飯余至井
閣則茶磨尚未到館乃留言為約經諸三板當見尊姊適沈旭初來共談旭
初先去尊姊言現在修譜派以鍾瑞為總校雲鳳為分校籍佐莊臣莊副
之不遑而彙各支總所分纂余不敢辭談頃姊往上房辛弟邀至水芝仙
館茶磨亦到敘話未幾遂擬午飯硯庭姪亦出同坐相與小飲余與辛弟茹
素稍待飯罷復略談起辛弟同行至觀中雅聚吃茶遇熟人三五硯姪亦
尋來快談良久乃散余復到敏德少坐適接子靜津（滬）信因擬覆為回館以君

香泉溪信追暮昌石來示我去月在滬上印景之作

初二日丁酉謝濟榮來同至孫賞堂買頂市毛太紙兩塊備印壺迦查子

伊來賡弟來小坡亦來談匆匆鮮暇而渭坐妹來兩次晚歸殷叟言於筱

泉為齊門祖居事議送人有成說矣

初三日戊戌課暇寫七尺大對一副汪雲峰郎姝常吉席用又七言对一副

悦巖兄為香巖和尚索寫茶邨來約至東園少倍赴之有昌石程伯陽

在跑而窳約心蘭至陸韵樵亦至分席接談久之返館暮矣

初四日己亥替一人晨課畢至寶積寺偃卿兄葬後安靈設供特往一拜因留

午飯飯罷偕茶邨至觀中雅聚茶寮坐良久出觀過來顧買醬飯各一兩

至觀中尋茶磨不值，遇人云茶磨今日他往不來矣，遂出觀至宮巷南茶村分手。余返館理晚課。半時許陸葯樵曾來不值。

初五日庚子，晨起寫對一副。昨曾約心蘭不至，遂至其家偕之同至家中，為松兒診脉，適姬歸亦有恙，併開方焉。余留少時到館，晉之姪到館，權館之吴小亭交卸矣。悅叢兒來。

初六日辛丑，為謝濟棠寫和義公所四字門額，又側門額曰護國祥院，又作和義公所記一篇。傍晚，欲樵同龔廷孫來坐談，而心蘭有約在儀鳳，遂同往啜茗，少時心蘭乃來，又有廷孫之友鍾海平同坐，坐良久，余有他客先返。

初七日壬寅，晨至茶邨家，邀與偕訪程伯陽，適茶邨他出，郎君森玉引余至

十梓街姚氏見友竹及伯澄笙廷森至去俄而蔡卿來晤同二程公出往富巷
飯蔡日定做英欽因至黃詳春茶樓快叙良久分路散余一灣致德處飯作
致君秀信附寄去壹八本傍晚仰模來攜鮑氏嫁女所用粧奩冊若波
波有大字遂為寫四篆四隸又寫纏卿見墓碑字樣
初八日癸卯黎明起即詣松鶴莊祠秋祭余隨班至則後祠已祭過方祭節孝祠
此後過於向番峯行路遠者皆不及趕上以後絡續到去不少合族共到八十二
人俄而四祠及鄉賢祠祭俱畢即合食飯餘先後散出至茶磨屯氏館中易朝
晨方與舅點心後片時出至致德與小卿元吉又談片時出至蘭言堂汪氏賀雲峯
郎妹帶完姻吉時後晌午前發轎出亦出至新橋巷浙紹會館飯後湊韵擲不

值，至沈寓，洪泉他出，見藻卿，略談；至心蘭家，復見，略談；至倉石寓，不值；回至許友石錄篆變譜。總適茶磨尋到，借入東園，倉石、心蘭皆來會，遲吳松生、曹與谷同飯，快談良久，傍晚漸散。余復至蘭言赴喜洛程席。

初九日甲辰，不風不雨，重九良辰。韵樵贈余畫石一幅，有蒼莽之趣，而極似壽星形狀。巳刻，茶磨偕胡三橋來邀余同出，余以節日遊放船同行，至倉石寓留言，以約三人先至王家巷口酒樓，以應登高之意。樓係新起，裝摺布置頗好，樓中間一座額曰"群仙高會"，又曰"坐中佳士"。少時，心蘭、倉石、淇泉具至，六人團坐飲酒，指發笑談不已。移時下樓，又至怡園一游，遂登小滄浪亭，即下。淇泉晚去，倉石繼散，餘四人又於樂橋茶敘，晚乃分手。

初十日己巳有西山之行清早出胥门馬頭預備姚全福帶常熟船工黎里來船三
四兩姪女偕周紫垣坐之亦往西山先後開行余至横塘家成醬園接地師朱菊生來
船同行午刻抵木瀆略艤舟黎里船銜尾而進一路張帆申刻抵山泊黄家涇船
坊後覺先於初八日與仰姪殿少芸來山此時皆在壙所邀往見之一切齊備為明日
安窆之事後見邀出見菊生舟中余獨拄杖詣大安里　先塋瞻視徘徊出遇毛炳澗
一視返黄河頭舟次天暮六人促坐晚飯叙談少焉月上歸船移至澗上墓廬門前泊
姪女暨紫垣宿第三進内菊生與余宿第二進右房間壁待猛將鼓吹喧闐終夜
十一日丙午晨與山鶴与菊生至毛炳澗看松麟並穴生壙穴立辛山乙向酉兼
酉卯分金戊辰菊生前年來看即以内分異向為言今則改立戌山辰向兼乾巽對次

大爲興作而已葬之兩柩亦將還穸余大爲踏勘菊生西園所視乃擬仍其針向而不用內向立辛乙兼戌辰而余先弟穴移於後數尺其已葬者作品字式是亦可也余拈酧之經至黄河頭三船並艤請菊生及叅夜覓之船余至新坟踏底將發返舟晌午同飯〻後一齊登岸候及未時三艘趙游人之柩登位菊生正向極詳細諸人眼光相同乃定遂設祭展拜事畢兩姪女欲詣三伯父墓仰姪引之與春餘人在墓旁繞棺踏作一時許班乃畢偕少芸繁垣遊司徒廟觀古柏少憩至澗上遊遊隸園時仰姪返自珍珠隝先往新坟餘人徐步以返黄河頭踏第二班拜墓畢仍合坐晚飯分船回墓庵宿

十二日丁未開房空閑秋晴皎集兩夜都未安睡仍早起襆被下船一艘先發再至黄河頭過船談話乃開行與菊生閒談近午抵木瀆泊塢邊棧下託棧友爲菊生僱小

船送歸成灣船改途与菊生午飯乃分手余獨坐前進張帆如前日行甚速
未申間抵胥江登岸返館樓金還寓來看院課卷少停歸家晤松兄直日多居
笙稼時出邑儀風恩蔭有约不至与倉石同敘抵暮同至小坡處乃散
十三日戊申始披閱東林卷午刻渭老姪來留与同飯姪偕女一孫君恒榮等十三
者上城飯後即去江南鄉試今日放榜近由電報回信寄速閱說蘇城只
有曹元弼沈維驄李丙章三人副榜朱文勳一人順天於十一日放榜聞
蘇城有張一麐王同愈兩人
十四日己酉閱卷竟日埋頭不出回君秀信錫金兩縣中者九人
十五日庚戌晨出詣莊祠欣悉恩存姪中式第九十八名因是徽籍此間不報

閱金錄始知之是日街上有祭壽露護龍街極熱鬧奴奴即歸並為閱卷不敢延緩也前日閱金匱今已換姚棟雲令知縣令乃被劾矣

十六日辛亥豹壺病愈入塾讀課月餘矣昨為齋門房屋事至觀前做文易羅緝半日至是始將東林生卷閱竟

十七日壬子生卷上加圈加評並檢校其雷同者凡十四卷共拈在四卷一一摘出竟日乃畢飯後至穿心街口鮑氏分姑孫女嫁後回門賀喜也浙江榜以十五日放寄蘇者有俞陛雲吳寶鎔查燕緒諸人

十八日癸丑晨心蘭來承畫便面墨菊一頁相與茶敘于東園散歸於東林童卷不復出傷晚韵擬來

十九日甲寅課晚惟閲卷傍晚茶邨來云約伯陽在東園談時得淩麐遠揚州來信中有致倉石一函展畢即至東園伯陽與吳帝明生與吳親王姓者皆在園坐敘談良久始散燈下復麐遠信

二十日乙卯重卷閲竟始加圈評諸葛律生來午後心蘭來有伯陽屬余書扇面先屬伊作畫畫就付來傍晚君秀自果園來詢其事並知伊已為伊從任姚令所延以閲聘將失過見因同至稼軒談喫同出茶至倉石處交淩信蘇傳律生之話留字而出與君秀至東園茶敘快談抵暮方散卷子之加圈評頗有脫閲而彼要即日交卸矣

廿一日丙辰趕緊料理重卷畢又摘出其失拈雷同者十九卷遂作

孫梅嶺信飯後包封叢寄以了此事共重會共三百五十卷故八日而告
蕆子雲來談頃吳子周來俄而仰姪來以次去矣天暮矣
廿二日丁巳晨至嘉餘坊弔趙魯沂之喪略坐遂至敏德問知近得伊兄信前月廿
九日在常德舟次所發坐頃至謝刻字店付字樣遂至君秀家預約晤談過王春堂
家至因出茶敘林姘飯亦至並有君秀弟鏡人同坐少時余先起至敏慎因君秀之言有
取手摺事遂留與洪先生柳波同飯飯後得辛弟函說旭初藏摺以出至
包衙前歸公館為恐存紀館中賀其秋捷喜談頃出再至濤家一轉與君秀
同出乃返館迫暮蓬垞來問伊族中有三人同榜談至曛黑去
廿三日戊午晨瘵病日喫藥店人來合齋滋梅嶺以接到卷包收條寄來

余隨筆寫一牋致君秀，君秀於今晨赴復也。余將以十四年前所作虞烈婦詩及徵友同賦之詩付刻，以附貞烈編後，因錄清稿。

廿四日己未。虞烈婦詩有添入者，為裒錄五七律兩首，徐賦秋金縷曲詞一闋，皆余追代，共計詩九家，詞兩家。傍晚馮來，即付之。昨得鄭弟書，並寄教順天鄉墨一卷，弟主考所取文也，即裝訂之。

廿五日庚申。曙時小雨即止，出詣護龍街關帝廟拈香，為議改生壙事求籤，得九十七籤，上吉。擲再占一課，至馬鷹甫家，彼不以服，未果。至定慧寺，彼兄為三嫂安靈，建道場，特詣拜坐，頃之歸家。與松兄話，晚飯，隨松兄復至寺中，徒人聚談，午飯坐兩席，席散。余因逢秋姪晨來，為其兄海秋姪完姻

李庽余之友家遂往見貞弟婦道其情緣遂至張留仙家為之傳語吳留仙論移時返路復至言於二弟婦乃向俶慕矣白君秀雨信

廿六日辛酉晨預寫一牋至旭初寓果不值留牋而出繞回館茶邨來招至東園茶話有伯陽心蘭同坐陽座任立凡來談談及無小照心蘭力言立凡畫筆之佳遂與有約既散歸督課作復鄭盦弟信寄同伊主試出闈後信並寄來順天闈墨傍晚仰姪來正話間立凡乃至摟云繞吃飯為余畫小象僅有卅毫而天黑矣

廿七日壬戌夜來不知何故忽患吐瀉始而吐瀉迭發繼而上下齊奔屢起冷甚添衣裹被遂不成寐迨倦極睡去醒時已晏起身患已瘥而神情疲苶枯坐

不作一事稍時永姪來歸告家中人午後仰姪來視留仙來覆前日之語語時立
凡來為余畫成小照潤色至暮乃竣是晨予有沈旭初石成伯傍晚又有朱諤卿子宜姪皆來
廿八日癸亥昨早睡甜甚夜半大風窗戶盡開聲大震幸晨起非亦蘇矣辛
芝弟心存姪先後來晌午仰姪永姪又齊來相聞仰姪為余致留仙語於大井巷
廿九日甲子晨起神氣甚爽遂出門至敏德子宜之所並有子祥姪來蘇暖房
收拾添一友曰萬伯南又張聆臣亦來蘇一同敘談少時由後門至大井巷貞
弟婦處商定留下一函段張處乃返傍晚翁稚蓮來偕至小坡處設
三十日乙丑前日大風微寒令文回和永姪來以戴仁甫自中州帶歸之汝河
帖索售係新拓本甚模糊不足觀午後茶坊來約於東園余方為友石

寫對寫畢，趁之同座為伯陶、蔡磨心、閬共五人坐圓桌快談良久返。以顧庭

媿札留仙手，前有札來借，晚又自來面談。謝店人來，鄂行日記刻就一卷。

十月初一日丙寅。早出莊敬巷，少坐，吃點心，仍由後門至貞弟家商定說話，取

了物色與元吉同至莊祠，元吉先出，余少停，至留仙家候其起身，出見，交

付物色，並致吉翁，遂即取其回且收條而行，至敬慎見尊姊，並見辛弟、碩媿

會話坐少時，至鎮翁家即回至犬井巷叢話，遂并如同午飯，飯畢返至敬德致明年

弟之言，天暖甚，嫌衣厚，少停至觀中，與春喜赴錢翁之約，邀人齊到

茗敍良久，出觀散，又至叢司空巷簽心梅課館，與約明日返，路遇永定

寺進內視主竹君病，移此靜養已久，疾之減甚，遂余見其貌頗瘠，竟

減其半矣出乃返館（牂碩之）

初二日丁卯仍早出往亟暇池梅家候其起身占課得訟之遯爻云坟墓平安但有肩穿路不宜議修改可也余所欲改者謂內外尚不同亟穿肩之路竟不可過返因街道甚滑不他往遂回館豹老又小病不入塾

晌午立凡來為慶寶送信中附造象拓本二張加跋以寄贈

初三日戊辰清早霧重而雨冒之歸家與松兄衛姪話移時返館松兄壽堂中來有聯屬余撰書余適因吳清卿副憲假歸昨見所邀撰一聯句借清卿出名即書之永姪來以尊姜之表姪完姻求書聯湊巧亦即書之句集易林也子祥姪來言明日將起程赴滬并告辭少坐去傍晚

御炮來餓而茶磨來邀至東園則心蘭在焉設食以松兒膏方求改

初四日己巳夜來大風後有陣雨晨頗寒而風雨並止矣預約同人為泛舟之游至胥門外會齊伯隅茶磨茶邨心蘭五人登舟往虎阜遊雲阜步過十月朔而與余等可謂背時抵山塘又飄雨泊怡賢寺入見雲闊上人惟伯隅不相識通問敘後啜茗移時窗外階畔殘菊猶有佳色返舟呼酒徐斟四顧無人甚覺閒適飯畢移棹至正山門下登岸雨過風狂面以搭級見憨泉亭上擁翠之門別開於谷徑闊數平石級寬整可以昇轎登之抱甕軒三楹已易其向較為得勢楚草名者方取舊時擷寺所勒訖虎豹熊四大字刻石將移築石垣於正面工匠未已此時茶磨心蘭不及屽

伯閑茶鄉夏上五十三參去余獨自俯鑑憨泉小憩其間尽至真娘墓下
在路菊石上觀昔人題名加意拂拭之一處勢筆是政和年間一有德祐乙
亥云云按德祐爲南宋帝㬎年號祇此建元一年耳候孫君下同指而左
重建短簿祠已落成從所謂之東山土地廟凡屋兩層左右翼以廊有
從師徒之人守之瞻仰一周而出返舟迴棹至姚家弄口憩蘭上岸盼晒一
家檥候之回而解維回吃晚點暮抵胥門城中路滑各散
初五日庚午枕上覺寒時有雨聲晨起天宇漫漫細雨如塵俄而成片
如絮竟下雪矣交冬氣太暖乃終五日而雪來天誠不可測也爲友石
聯上寫長款又爲元吉寫屏四幅又爲吳愿翁寫軸心一幅午後雪止

初六日辛未晴寒具衣冠將出適得家中言陳玉儀郎周歲因即備儀先至金獅巷道喜少坐至南倉橋巷吳清卿不值過伯潤家門叩而入亦不值由东廟西西北歸家觀仰姪為松兄預做七十壽一切齊備居晌午回飯傷晚心蘭來告言亦凡午前亦曾來不相值余遂尋于东園得遇坐頃之返燈下作致君秀信

初七日壬申松兄壽早歸稱祝並為仰姪接待眾賓賓惟至親近族仰姪肅請而來午間內外共坐六席申刻遂漸散去别兮為熱鬧之事眾賓不肯留也院晚余亦返館

初八日癸酉晨在東園獨自啜茗因與亦凡有約也坐久不至乃返館課傍

晚伯陽茶邨同來談次云與忍蘭約乃先後復至東園少時立凡至即先
與返館中將前日所畫小照加些句染並補景爲作倚裝植杖而立傍
一垂髫者手持桂花以獻取香稽之意
初九日甲戌寫扇一頁並晨課畢出赴心存之招並廟學子暮安徽會館
心存寓廬女中談次出其硃卷少時與霞客王笛春暉對重諸弟陪其師
洪柳波入席談次南田第來並邀入座酒半茶磨茶邨來此遊觀即去
撤席後余等亦一遊滄隱園是跡不至者十餘年矣少時散出余又往見
茶磨茶邨于五畝閣談頃返中途往返皆在致德歇腳到館天黑倉
石歸自太倉所次來范梅壽自無錫來前日孫溥泉亦自無錫來皆不值

初十日乙亥夜有雨晨起止踏泥會梅壽于盛家浜得晤談次知溥承在道芬衖德真容寓因往會之寓主人辭以未起遂不驚寢而返心蘭來言頃倉石又來訪君仍不相值余方作札遣人致之果言他出也心蘭携來与伯陶茶邨合作畫幅贈雲間士大者屬為題右端畫作瓶梅植石傍綴水仙因書歲寒清品四篆字款中將三君敘明之又寫對兩副一八言一七言任立凡畫小照倉石為題篆於額曰香禪精舍懷尊者世臘六十有三小象

十一日丙子晨至南倉橋與伯陶茶磨茶邨約於桂春茶樓先後皆集乃偕茶磨到對門吳清卿家又不值其僕奉主人預告語以所刻說文古籀補篆書孝經兩種貽余兩人還至茶樓再談出至西小橋分路返飯

韵樵曾來未值飯後又來云已來三次甚為抱歉少時鏡卿來又稍時昌石來招至東園伊兩郎在彼至上燈散午間得君秀信屬余信題作鄭盦弟為金選銘缺已選吳俊卿君灼係雲南人癸酉科鄉薦由曾內閣中書改捐知縣君秀舅幕席蟬聯知吳君現在都中託一薦也

十二日丁丑晨歸家啟松兄咳嗆未已又感瘟氣有程怡亭前日所開方屬其試服之返蘇為君秀將作函託鄭弟仍由通縣寄都夔秀來談餘閒為子宜畫雲條屏四幅

十三日戊寅昨林翔殷來有屬寫單條晨即書之又閒於楷課之次連寫三幅一贈伯陽一贈韵樵一至所屬也昌石兩次來約游

伴傷晚孫濟泉來談言明日將往無錫搬眷口來俄而心蘭來偕至東園茶磨晶石蘭皆在乃商定明日游事

十四日己卯黎明起即出胥門令人携酒瓶隨後至于舟次仍在第一樓會齊心蘭倉石與蔣歟卿昆仲茶磨後至乃解維往天平山抵木瀆所泊舟登岸行不半里有鄉間人勸乘籃輿去余方進支硎義社種善分局中座凡三層內設義塾一切斬新窗明几淨旋出登輿輿夫少御人余與茶磨兩輿以三人舁之登洞子門余獨不下輿乃兩人先舁而過再舁茶磨過高義園外楓樹參天叢篁未落其丹黃青綠深淺疏密相間晴日烘之令人眩目進賜山舊廬過恩綸亭上高義園由側門出循石級登三陟阪至方勝亭蔣氏兄弟与

蒼石淺一綫天而上余欲茶蘭二公不見尋於白雲館舍已在無山閣品泉開閣中之窗看楓葉尤佳三人既同同坐小憩少時下徑循石級出登天平路之門余與大將入范公祠堂瞻歷代神像出祠而東踏葉蘇蘇然過留雲古剎復至高義園門外諸人會齊欲游無隱庵舁夫不肯遂過覓鶴橋怏怏然返其時天色未晚已返舟中別無游事遂解維而開尊快飲飲與不飲者各半迨席撤已近胥江茶磨嶼後寫詩未竟舟已抵岸諸人進城各散余過道前街訪隱韻樵於客處樓頭略談少時返館

十五日庚辰晨出至敏德處還予宜元書屬寫條屏兩堂並寄偉兒黔省信編為壺園第壹號坐至莊祠閱少棠言知預約之茶郵已在橋

東茶館往晤之，為承銘姪孫求親於周伴芳之女，倩茶邨作媒，託其送帖
既送過，與之至山輝棧，女媒樵倩砥藹人也，適伊姪亦自莊祠至，藹人取
出周家預備之庚帖，即付伊姪。余又至閶邸坊巷送許篤律生權館備
金遂駿特過倉石寓，又代送備之收條，遂返館。已晌午，得徐篠翁札，又陳景
山觥。余宜興砂壺傷，晚作跋君秀信附寄

十六日辛巳，又晨出至伯陽寓，贈以砂壺、徽墨、洋布手巾、自製詩牋四種，
先以篆字幅見友竹，約於桂春樓。余至茶邨家，與之偕至桂春，友竹、伯
陽先後至，茶話良久，伯陽將返虞山矣。余先起別，回館。養竹居派來
楊濠叟書招本凡十八種，各種俱備。今又送來先售之冊頁、軸聯十二種

於王弇峰尺牘冊、靜香女史畫蘭冊、梁山舟書聯、范引泉山水冊，皆真蹟；
文衡山楷書冊、缪雲臣畫列仙冊、錢梅庵書軸皆佳。又書三種：曰吉泉滙、
曰書畫鑑影。余假與小坡讀畫鑑而去，取之。傷晚，查子伊來。
十七日壬午，閱採諸課，雷雨頃。傷晚，心蘭來，云曾涂遇伯陶，説今日偕
茶鄰到此，果否。余云且俟之。談論昨見之書畫。伊先往東園，云尚要到周
陶齋家一譚也。去後吳穎芝來，談文硎叢社事。去後乃往東園，見心蘭
獨坐，程敬二公子至，俟至上燈後散。以三橋、秋農合作江南春圖屬題，
携其手卷返。是日又得君秀信。
十八日癸未，晨至長春巷探吳蓮生夫人之喪，蓮生官上元司訓，已閱

病亟而歸見之与略談旋出歸家松兄近日安好仰桂行將赴滬少停
返館午後昌石來先至小坡處借來同叙談養竹居又送來册三本惟
頤耕石小楷絶佳留之并錄前日所見下品選之凡十種
十九日甲申晨至友石處即返晋謀錢省之來養竹居主人也傍晚仰延來
告言今夜登舟赴滬矣蘧坨來有事見商並貽余新刻孟麓札記八卷
書係嘉興沈銘彝所輯昔年蘧庵丈付刻而未竣華卒楣歸其
版及其稿本欲續成其事又去吳他往未了以託蘧坨近乃蕆工焉
二十日乙酉雨蘧坨屬至園邀怨見四妹蓮妹意未能如願与濟弟談少時
返昨得伯隅賜我孟石清卿贈我篆聯各一將并之凡所得小篆付裱池

午後徇館僕之請寫堂軸一大幅撲筆即爲去付裱矣元吉來

廿一日丙戌晨衣冠出弔李子明太夫人之喪於柳巷略坐返督課至中刻又出至迎蘭家至寂翁家各少坐至画局吞蕉垞不值悵然出至茶村家其郎君在方成一文觀之說起伯陽尚未回虞山因至其寓老嫗應門答言在桂春樓尋於書場中始晤略談即散

廿二日丁亥晨至寶積寺拜姜岑公應伯祖妣錢氏百齡冥誕坐片時至觀東萬祥春茶樓爲與伯陽約在此久之乃來言往訪茶邨不值故遲也茶話移時余先行至啟慎尋玉笛爲松兄求開膏方不即有而時已晌午草草出欲留余飯且至王松堂見錦姊丈逸柳波在座同設共飯飯罷辛菀邨來爲孫出

少遲仍先行，將歸家，過亢翁門，又進去略坐，復追到家，則亡婦忌辰作饗已畢。與松兄、復兄話，頃出，過雷甘翁家，多時不見，談移晷，過甘澗壁間孫溥泉新遷居處，雖同治而溥泉病不出，由蓉裔巷返，復遇柳巷李家出環伎從厥備燈，後方知銅士夫人四十生日，夫婦皆出門避壽。

廿三日戊子。晨至昌石寓，以香禪精舍圖卷託轉求蔣苦壺題，即返。只課生。已刻，茶鄉來，云偕伯隣在東園同飲之。少頃昌石亦來，敍談，因有廟前戲園之約，余姑回，復理晨課，畢乃就昌石處，會齊三人到彼，戲場未開，坐以待之。未初開場，余等以麵代飯，酉初戲完，四人分路散。是舉余為作東。

廿四日己丑。寫自題小象二詩，題伯隣畫石一幀，入幅中，補作十月壽飛楓紀

游弼首以江蓉字為韻一生嬰嘉酒歸仍課弼生飯後香子伊來

廿五日庚寅微雨李劍泉來自金陵幕中試筆頗有文代求贊

略談去後即同金陵巴倉石為余題小照觀文來小略談寫對四副紅

臘箋一本色箋紙三

廿六日辛卯耕坡弟婦汪氏六十冥誕余往拜問訪敏慎宅中乃在府

前就橋巷瑞蓮庵一徑走去遠哉遙遙到彼坐息片時返由周雲峰處

所過許久不見進與敘舊知夏秋之間患腹疾幾殆數月不出戶矣

坐片時觀所作畫又片時出行至敏德適飯時遂留飯歸時又飄雨到

館以昨磨之墨寫大屏一幅小對一副復與小坡談

廿七日壬辰　又成次和倉石霜楓七律一首併錄出送彼林季玉乘午後頑庭姪來謝傷晚尋菊推進於客寓以宗幅贈之同出茶話抵暮散

廿八日癸巳　晴早雨旋止倉石來昨以伯陶畫石求題遂引伯蓀卿畫石巨幅來命倉石亦加題焉同至東園茶敘且談時君秀尋來蓋緣自梁溪歸也談次倉石先去又有茶卿尋來共談移時又有永姪尋來迨返館已晌午矣茶卿攜來鐘鼎拓本五十餘種揚手李姓索價歸還之永姪攜來造象拓本二十餘種余已收有十四種亦不罕見迎作寄鄭弟書為君秀屬商之言即由君秀於家戴穀甫書中併發

廿九日甲午　昔在同治己巳石梅孫丈喜始捉孫曹倩同人敘芳或畫

小幅各種近君秀合裝小冊甚精屬余加題余欲作人畫意總括作七絶四首即書冊後敏德遣人來邀云有話面商飯後乃往見小卿元吉与師竹相商遂坐移時微雨返館仍督課書寄仰如信

十月初一日乙未三邑尊於試院中合考縣試闈通共有一千童生昨雨不甚幸惟風大進場時頗寒耳晨至莊祠坐良久返至敏德又坐少時同飯申酉之間倉石來約至東園茶敘有善篆刻者鍾樾生一号煙蘿者同坐杭州人也既而忍菊尋來以余求畫便面三頁付來既而曹胸谷來五人同坐余先起會了茶東返館仍督課

初二日丙申欲理晨課後出適淩子與自杭州來略坐同至倉石寓所談

片刻子異往東舍訪西邑君秀家略談乃歸家盤臣姪三十生日並預為其
女朔歲雜祝道喜親友來者不少坐四席席凡七人時已申正稍戰鬥酒
尤未已也余先出至謝文翰前催索修啟至儀鳳赴子異蒼石之約已先在
快談至暮返館知溥泉來邀夜飲遣人往辭之得鄭盦弟信
初三日丁酉答子異於道前街象星客棧贈以去年所刻書四本此書
極醜少時蒼石來子異方為倉石跋孟鼎拓本屬稿敘以趙撝叔悲
盦居士詩牘贈我兩人同出倉石先別去余偕子異至心蘭家不值乃
遇於途即別去偕子異至玉局伊尋陳少舫買茶五種坐頃至諸庫
巷伊尋楊庸叟余至茶帥家不值見森卿略坐同步入[illegible]至庸叟處

同談返已晌午与子兴分路時復有傷晚之約返館督課傷晚心蘭來
言淩吴二公已在东園遊迎同往又四人快談至暮
初四日戊戌理晨課至晌午歸家為亡婦作饗飯後即出至君秀家不值
至溥泉處伯聰談少時欲出茶敘後至門分恰遇君秀引高復卿及一陳
姓者同訪溥泉寓復至其處少坐乃出在儀鳳快敘復卿本金匱周家少
時陳公先去蒼石恰來同坐与溥復二人敘同鄉繼而溥君二人先去余偕昌
石雞頭畢起已上燈矣返館子兴兒為余題便裝小象作一詩送還
初五日己亥昨敘德來邀請兩次本擬晨去因雨而阻遂以稿來於是去
子宜媳婦有面問話徒着惱耳留吃午飯与師竹閒談大井巷貞節婦又

來遊遂趁便攜去則爲孫青峯之稿時返館治子與爲蒼石所摹孟舟拓本上題跋欲錄之而還蒼石偕子與招同茶敍因雨遂辭焉

初六日庚子雨晉姪到館告余徐筍心以驟中身故起於前晚在王家館中昨晨送回其家今日辰刻竟逝矣錄淺跋出余亦擬爲之一題遂傷晚蒼石子與同來子與爲余寫對付下遂走泥塗茶敍於東園良久散

初七日辛丑晨陰潑寄以吳清卿所著說文古籀補中備列孟舟中字摘晒而爲跋料畢遂入邀還元吉姪孫來話以緒前日之局傷晚凌長二公又來凌題貞烈編一詩付下爲倉石書聯出示又約茶敍壽之而歸家與松兄商議筍心故後教讀何人設少頃返已暮

初八日壬寅。早出至塔兒巷，友莊姝處賀嫁女陳氏喜筵，由後門至長弟婦處談喜事，至敏慎見平弟有語，邀至蔣稚卿處賀嫁孫女周氏喜筵，至茶磨館中，適遇曹廣生允原，有文稿在茶磨所，敘談各譜，皆美談。次知自鳳陽歸中白又將往矣。同出，余至留仙處談喜事，移時至理弟婦處，談昨遣媼來問之話，出復走西北至閶邸坊巷諸葛律生家，請其到館之話，出復西行，回家裡午飯。已過易熱而吃了，移時出至諸文翰刻字鋪一遭，乃到彼館，僕云有客在東園相候，往晤為蔡艸心、蘭倉君三人敘談。際晚雨散，撥加跋于函，并紹本搨清卿古籀補語為本。

初九日癸卯。昨心蘭約共至子與處，到彼已出。返，途遇三人，偕行矣。予為卧余題伯深畫石已携到余館於是心蘭邀余茶敘鳳池園之桂子亭他去傍晚子与渡來余館邀余茶敘東園而心蘭不至上燈後返小坡邀晚飯立凡為伊畫照在座也是日楊恂卿霞客弟來皆看房寫待

初十日甲戌晨至君秀家略談有傍晚之約返館課午後留仙子與先後來談頃後先皆去送之出遇君秀偕潮泉少坐即偕至鳳雲書堂茶敘上燈時散作題心蘭畫石用蒼石三疊詩韻三首

十一日乙亥課事之間寫子與要我跋於倉石幅上地窄而扁長作密行凡六百字良久乃畢子與又為次東另題天慶觀石柱拓本一跋[illegible]

荃緒硃卷讀之中淛榜七十五名夜起稿致蕭縣廣文王侑三書

十二日丙午晨課畢出報與溥泉君秀有約先過君秀同出城至渡僧橋西溥泉已在酒家獨酌矣坐下三人同買羊麵喫之遂赴大觀園觀劇坐樓上東箱觀至戲將完出過渡僧橋下塘溥泉在藥行買藥六種由金閶過渡進城市中皆上燈矣分路而散返館晚飯是日頗寒惟促坐觀劇殊不覺耳

十三日丁未晴寒如昨且有風膝寫王康文信晌午錢翁來

十四日戊申晨歸家一趟即至通和問候穀周妹所生腦疽情形未定坐少時出至君秀家又少坐返館課事迫甚日間作寄伯兄信第三號

十五日己酉晨往莊祠先往殷穗一轉到莊芥卿已先在候余為承館延孫締姻周氏病迫至陸泰春帖作為拜門稿時同行余至留仙家來起倩語

江蘇子匠初刻

雨行回至福利字店晤君秀家回家午飯、後至浦承廣君秀亦同同敘良久散余歸家伺候夜間祀　先高祖冬至節晚飯後返館

十六日庚戌陰早至莊祠冬至朝拜　祖還見本家各與賀喜至蓀葭巷補賀查滄甫鄉峯喜遂後北至三松堂見蓉洲侍坐少時歸路順至錢翁家不值遂歸家拜　祖賀喜吃冬朝飯雨出買時憲書一本至養竹居購杰吉金拓本六十種價洋四元還遂路再往觀至錢翁並遇辛西弟子姪等數人游觀略坐先行又遇徐家翁於途偕至賽金閣茶敘後金君掌吸抵暮返館、中以今夜遇節方將祀先蓋按吳節氣在十七之子初始今夜為冬至夜明朝為冬至朝也

十七日辛亥中夜雨竟日不止久晴氣燥麥隴可霑得此頗稱甘澍餘
淩子與孟舉跋於余所藏拓本大幅上凡六百餘字大并卷送柯儀等來一
觀愛之而即分爲男女兩宅賀儀即送去
十八日壬子雨止風多天色陰陰有釀雪意餘題心蘭畫石三張訪於幅
後並和茶磨黃三則傷晚街路可行攜件出未至心蘭家即過茶磨
伊遂同行同往其心蘭不值留件出又同往訪承家次晤道芬日失迎並
聞藻卿眷屬何日起程赴吳淞知訪承亦有滬上之行茶磨出其茶磨
在杉濱樓茶樓飲談移時散有求題詠三件交其
十九日癸丑地溼知夜又雨天仍陰乘轎至東麒麟巷賀吳誦翁嫁孫女喜酬

晤廖澤之，為加題跋，午後至定慧寺拜小白外祖三周年，坐憩片時出
遂至前步貢院前，知明日長元常昭四邑初覆，號舍中已人頭濟濟矣，隨便
至玄妙觀購法帖，春灘邀往茶寮，商意者，至直街文陽樓坐憩，店主素識，有以畫易
去之議，議不成，遇茶妙蓮士，約其再會於[illegible]，遲晚因在臨溪坊茶敘，設上燈
散，返館，燈下成趙君碑跋三則

初四日戊辰，晨往北街弔吳省之妻，遇清嘉坊間君秀已先往，省之乃君
秀之姊丈，遂獨往存被見君秀，坐談少時，返往還，皆過錢翁家，而翁則未起
緣別他出，皆不見，又過倉石寓，詢其與茶妙同出，遂尋于儀鳳，見之，同茶敘
良久返館，得梅秀到黑龍信，知久已自都返黑龍矣

初五日己巳晨未起而錢翁來先在儀鳳吃茶即起就之稍時散歸書病愈入塾儀而倉石偕正甫至示我散氏盤拓本軸先有楊庸書淩子芸兩跋又屬綴跋空處得夢薇復信言庸甫久羈杭城無所就借寓汪梅生處云云信中附到新刻板扇雜錄一卷夢薇近著也

初六日庚午晨至茶館家坐頃偕至時景園茶敘稍時散返館作楊大眼造象跋一則長至五百餘字殊太漫衍傷晚君秀來招至鳳雲書寓云已約溥泉矣則尚未到余往邀倉石亦招之出稍時溥泉乃來上燈散

初七日辛未巳刻旭初來云前日至來一次不值而余并未知也設次同至小坡處看所女指頭畫對頗佳有人以李申耆先生養一齋詩文集見售者

廿九日癸亥作致鄭弟書附送濟弟託寄又作致夢薇書問膚雨蹤迹赴杭已百十餘日杳無消息校撰之跋鄧子山先生詩牋後先錄葉調生丈所見詩錄跋一則先生青浦人寓吳門多文字交

三十日甲子晨取回付裱造象拓本四幅其兩幅舊裱者已有題記擬點綴跋其上楊恂卿悅菽兄皆來取寄書件去

十一月初一日乙丑昨作致偉兄弟西覽書帶出並致德宅中並致兌兒納史

補各故像濇洋人元為小卿元吉設片刻至莊祠先塋已十數人為華芝霞君弟設片刻至茶磨峰中又設片刻至余衛山寓詩文草稿冊二冊本是甚殘今冊更殘勝矣稿多塗改而書法行款上筆筆妙既見

停雲本色出茶磨君付余携歸細玩畫遂返館已晌午督課畢傍晚濤來敘遂
往鳳雲處茶敘抵暮返
初二日丙寅連日濃霜凌曉嚴寒冷以後則逾暖也晨歸家即相見近
日安否並至對門劉園尤氏館中談少時以其同里許壬匏起所著珊
瑚舌雕談八卷新排印本兄贈携回館只課鶴兒飯時得留仙札飯後偕首之
往長春巷弔吳蓮生夫人之喪遂至吳井巷訪留仙札中談少待返途遇
倉石正甫曾至余館中不值乃在儀鳳處茶敘心蘭亦赴約來同快談良久返
知旭初君秀曾來倉石常到辛坎柯處賦張篠峰綠雲館詩
初三日丁卯倉石過遣人來我園令趙君碑舊拓索于孟昇拓本去余於課

廿六日庚申晨欲歸家未行等芝來談移時兩生皆入塾遂不果改而梅壽來又談片時云昔日至自梁欵現住倪謝畦公館中去後君秀來略談少時云約梅壽於午後至觀前茶敘並約孫溥翁也午後適留仙札來告伊處擬做彌月回門之期遂至大井巷晝芝望東北至錢八翁家招之出同到玉樓春因君秀早到後次候梅溥二公不至錢翁先去又少停天將暮乃起至碧鳳坊巷倪公館復代一轎遂歸不數武恰遇謝畦與梅壽從六廠處觀劇回因邀三人同入貫公館彼此未也還往尋是初更方坐談溥泉遣人言已在茶樓候敘遂辭謝翁又至彼溥泉與朱蘋洲同在五人團坐敘談時已上燈余欲先行溥泉云與梅翁有攜酒之敘乞同敘乃偕至觀西源興樓餚品嘗羊腰為最佳良久乃散

廿七日辛酉。理晨課，寫便面一頁。晌午出，昨與陸人有約也。至君秀家，已與梅壽出城矣。追蹤而往，至渡僧橋西茶坊酒肆間尋之，皆不見。因徘徊望之，二人乃來。返在余後，遂進大觀園，擇廂樓坐地。戲已開場，而溥泉、蘋洲不至，喚手麪來喫。又移時，溥泉一人來，問之，蓋蘋洲不出，乃喫飯方出也。但坐觀劇，晚散。是時梅壽已僱舟艤河干，今夜即返，是果熟矣。相與尋見艤舟，旋至山塘，換繞上聚福樓徽館小酌，餚六，以羊為君，鍋麪亦羊也。席散，與梅翁分手，餘三人進城，布路而歸。

廿八日壬戌。晨出，至西百花巷弔王正帆之喪。少坐，至間壁瑞卿弟家，唁五卿弟之逝，停柩寓中，為未開弔也。擺渡歸家，則松兒、筱兒尚未起。少待，返館，背課不出。

得鄭盦弟此月初五日都中書

廿四日戊午上午精課下午出門至大石頭巷沈旭初家不值送以新刻新印書一部十本至吳大年巷徐子晋家得睹其新得漢陶瓶丹範憲齋所贈也石銷觚而裡邊有子執戈形是鐃康鄉二字憲齋筆迹一長身而呆廿口泥極冷細制尤古雅下有三足々邊有一眼不能儲水不知何用通身々字肩際憲齋剡君宣子孫四字左行徐老謂此瓶當更在漢以上憲齋視學秦中得之甚夥筍盦姬亦得廿一余聞其事因就徐老觀玩畢徐老出所著前塵夢影錄付閱多誌生平所見金石書畫暨紙墨之類間及若舊聞軼事隨筆之作也余攜以行至南倉橋吳誼卿家不值至雙塔寺前試院明日府試頭場士子雲集余直入試院門進至宅門以兩冊

過趣談人不可勝數總而與藝庭後皋出緋桐於舊書攤上繙視久之々購皆不果乃至巷口小茶館坐聽陶仲平歸自津沽犇往相覷亦來話舊據云曾到我館中不遇而余未知之談至天暮余先起在貢街復遇許多人而余所欲見之譚卿亦以遲遲就去坊板橋茶室略談乃散回館天暝久矣以滌卿字條邀余至鳳池不克赴矣

廿五日巳末晨至敏德答仲平步不值遂返背課至傍晚又出為滌卿將挈眷往吳淞差次須緣亦有滬上之行特與送別也乃見季皆他出僅見狂盦略坐亦可矜也出至鳳池尋滌卿始知其未必仍在彼然不知其寓處舍是亦無可尋也悵々返又是昨晚返時

亭妹夫之女也男宅穀甫牀之孫和甫弟之子因姊患腦疽合家寄眠改迎娶
為人馨通懇毫無舞動不必去矣返路至敬慎見寄妹談昨汲泉之語坐片
時回館鶴去感冒不入塾祇課豹老傳晚至濟泉處
二十日甲寅晨雨濛濛至大井巷問預備喜事情形并晤見師竹知接黔信
偉見松舫月望日到黔接印任事矣雨漸密冒之返館午間洪丞來抵暮
張燮下帖請明日晚酌作札辭之
廿日乙卯張燮又來邀改為午酌余仍吃飯而去既至仍復設席邀子
樂姪來同坐之先是媒酒邀為請定匪糖夫善領開取送親等舉據
出天已晚歸路至大井巷交代各語已上燈矣昏黑返館

廿二日丙辰。清早乘轎出，做媒人，先至男宅大井巷，再至女宅大儒巷，仍回
大井巷男宅，一切晌午坐席，席散即往備妝轎，余與子樂姪至女宅
又復坐席，轎到良久，席散催諸色人等事事作速，返男宅候轎
入門，交巳合卺。海秋姪偉張留仙之女於申時結親也。良久，大禮畢，候
至酉刻排筵，祭祖，余同班辰拜起，即行返館，天昏矣。
廿三日丁巳。晨，心蘭來，同至儀鳳茶館，稍時散，至君秀家，不值，至通慧閣，玉
琳病情醫藥得力，有順機矣。返館，看了生課，晡時為洪永寫銀匯上
陽，數金字樣曰：密書題豆蔻，破律辟檳榔，蓋此二物之匯也。又為惕卿
轉屬書小對，荷傷晚。溥泉來，同至鳳雲茶館，抵暮散。

拈香坡公象前徵所供品兩盤

二十日甲申晴旭照雪晌午漸釋檐溜有聲入夜檢趙蔭書見後貴大略又詹雨樵來西泠秋刻侯鯖詞為鄧筠臣嘉純空一切盦詞合小甫廷璞瓊華室詞宗慷吾山窺生錢甬詞邊些潭保框劍虹盦詞吳晉壬唐林橫山艸堂詞凡五家故以侯鯖名也亦觀其略

廿一日乙酉檐溜聲達旦不絕蓋消雪繼以下雨也晨見雪已衝盡天色陰陰茶磨題余小象有維摩天女又何人之句下云請下一轉語余為措詞曰漫把維摩天女問香禪居士又何人付之一笑今復錄孫秋籌造象記跋入裱幅㫖邊際原稿三百字節之存二百四十餘字昨借者

都賀鄭盦弟信又通甚令緒復黔省貞孚弟信又敍德

廿二日丙戌晨晴微陰至心蘭家交王福興定印条片回行至富仁坊巷為子靜三十生辰並賀其得發喜留午飯有帽兒戲公分客有不去者盤桓至傍晚戲未開場遂返館

廿三日丁亥晨茶邨來同至東園伊約屠李蘭莊談頃鏡卿至遂壽坡之敍不到為歉談頃君秀至云前日自錫回家餘人逕自先去祇與君秀敍久因至余館寓茶而去年役餘年飯先遣人將襆被衣帽等件送回家乃詣鋼古出至倉石處略談至諧琴弟家有小病視之且為君秀傳言承其隨繕一札付余又承以文恭公實遺訓一冊贈余回路至諸刻字店取倉

十八日壬午不知夜來大雪晨起已積寸餘乾燥之轉機豐盈之佳兆
姊巳刻乘轎出到西百花巷西口用式卿弟之妻少坐易吉服至東口賀
衍穀姬回門之喜即前月出發吳氏者見和甫弟孫發即詢四孫昏病
情略定少坐即返背劬孟夫人課鶴書在通怨迎雨雪不止
十九日癸未雪後新霽邀集同人來壺園為坡公八百五十歲生日作壽
晨先遣人各處速客適有庸甫自武林歸來不晤四月餘矣留同此
集因談赴杭後事晚而蓉鄉倉石心蘭以次來蔣公頤不至倩倉石復作
札力邀之乃來袖中出一軸為改七薌橅六如東坡笠屐圖時已晌午會邀
肅具杞鞠為酒及茶饅花豬肉玉糝羹玉班師等物辦者則有福

建伽南線香四川安息棒香兩種乞錢卿萱庭不至乃就六人先
行展拜設筵懇象象前席半而萱庭至然錢卿先有札致伊遂
爲不赴矣遂添一座罰萱庭先飲三巨觥伊爲余題小象帶來杭
於船上送到昔日曾徵所寄趙撝叔仰視千七百二十九鶴前樓甚開
姿凡四集集各六冊余復查及寄與查四十二年早已包裹信寄即父
與心蘭見華籥中有舊扇摺寫宗男畫即作水墨一幅不知何
指壽倉爲之罨跋云乙酉除月十九日爲坡公八百五十歲壽辰適瑞雪
紛霏與於穆麦時同人集壺園祀祝坡公作詩以紀鴻泥即仿香禪居
士壺并属同人題句云云此扇遂成佳話已而諸公先後皆去余復

價洋一枚。余復之石處，將開春聯店，屬書聯四副，爭刻作復夢薇信，發去。即書春聯，又書致梓堂、誼萬同鄉匾額。者季子、心蘭來，至倉石已到東園，邀往同叙，赴之，亦抵暮散。

初八日壬申。補寫昨季子之件，換紙一副，爭從錄圉令碑跋，又新裱自莊魏造象跋。餘季子茶磨來，云心蘭、倉石及伊克洋庭均在東園矣。赴之，倉石未到，仍抵暮散。師竹亦以春聯店對聯兩副屬書。

初九日癸酉。書春聯兩副：一八言，一七言。又寫一孖跋于大拓本幅上，又作孫秋生壽造象一跋，爲彭芍庭中丞處屬題。攜回籍，明日入城。

初十日甲戌。晨出至敏德少丞處，遂至寶積寺吊徐鶴侍心，又至五陞閣吊硯

鶴人夫人兩處皆開衣也各少坐返館督課從減傷晚又至通慇問玉
四叔病適陳慵叔吴白棠兩醫同集聆其論議殊甚開方稍晴出擬
渡歸家與叔兄假兄兩小孩返抵暮回館桐弟昨日名來我館中
十日乙亥小坡之僕以周憲影拓本乞題跋只三日已來催問擲還之
又有鄰人以初印汲古閣本十七史索售名還之翁君來云紹賢藥在東園
同赴之傍晚又有蔭生彝堂來約往東園有嶽於本家蔚堂拜祖吉卿
妹約同看語一日間兩次奉邀焉中間督課以君務課報來信
十一日丙子晨至龔揆賓書紙店從文翰刻字店即返又寫春聯兩副一云
寰海風和齊拱戴歲朝日麗恰迎春一云天上戴生璧圓元夜月域中共慶歲朝

春因明年元旦立春特著明之昨君秀寄來題貞烈詩六家鈔入格子中以便即付續刻聞說四舜病甚口糜牙痛至不能飲食而腦疽未已也

十三日丁丑晨至甬道上慰問四舜病情云有婢宴滅坐次遍家又少坐回館至昇平橋勿爲撲跌露地眼鏡完善而磕傷鼻梁血盈于手按之至館以鏡匣之破處血津津未破處發腫牢掣微疼急以白蠟按之片時血減而並黃出水恐腫處有後患因不擠所破處之倉石為余重刻一百八峯中人印因峯宜從坐為正力索者須刻一朱文一白文皆改刻成

十四日戊寅春傷避風不出疼止而腫及面部成散氏盤跋一首篇長幾及六百字傷晚作寄伟臣第五號信并賀年喜

十五日己卯晨乘轎出至敏德叔文寄伊丈信至莊祠族中諸人皆動問鼻傷而糗仍浮腫也坐頃至茶磨館早出去矣留字以行傍晚茶磨來約東園茶敘赴之商爲坡公祝壽定於寶積寺禪房

十六日庚辰雨糗仍浮避風不出鈔徐寬翁荊塵夢影錄竟日傍晚倉石來略坐携其所爲余所刻名印去即〻章暮即還是日桐弟來

十七日辛巳早晨茶磨來云寶積禪房非坡公壽其寺不果余云原擬即在東園請設就現坐之地如何議定乃至東園茶敘遇屠季蘭同坐談良久散傍寫散氏盤跋於拓本帖上爲存五百字有奇傍晚溥泉遣人約至鳳雲亭茶敘時適接夢薇信稍停赴之上燈後散

石託訂印譜二冊至清嘉坊春暉店問君秀他出以譜琴札交成伯取託
重裱之醉春園歸家夜祀竈宿家中與弢兄弟媳閒話
廿四日戊子料理些事乃出至南頭先到館中少停至心蘭家不值至貫對門取
定印名片來即至汝泉寓未歸至茶磨家見其老嵩園茶敘良久取代買
東腰料返館再至王福興取洋即好名片回至館中午飯飯後至茶部家談
片刻返至敏德又坐片時返至君秀處又不值歸家後君秀來略談即
去仰姪歸自滬為我買東洋印色一盒託久也自錫山來信貺我參都精
刻方式發樣罩盒一個大壽山石二方一副晚飯前後與仰姪敘話
廿五日己丑晨出望朱至通總尚四朱病病情並定而胃納不開與濟之詳

詢稼時至錢翁家不值遂至敏慎齋妹芳望余往扶杖出設次示余預作
明年重游泮宮詩七律四首並以石章大小各一方屬稽倩倉石刻重游
泮宮一重游泮水垂詢松兒老態承以鹿胎丸羽丸見賜並留余侯至午刻同
飯因後敘談飯後再來至養竹居內新鐫拓本為紙又至觀東侯駝子家
買孫刻小字說文又猶南至大監美茶館尋錢翁同逯遂同聽會書良
久散又至敏德一轉又至倉石寓遇雪蒼沈郵齡詢之陔生之子也少年風
雅有江曲書莊圖索許人題設次同出歸家
廿六日庚寅大風嚴寒天霽甚晨秋日呵凍寫挽王桂樵進夫人汪氏代汪甥
德孫筆也少時至石君叟又春聯店与君秀間設稼時至館中料理年事小坡以

麥坡新詩見示午飯後往丕老義和復與錢翁同坐殘會甚風塵甚雜當勉隨場散出在北倉橋春醪店遇仰莊同至道署巷買玻璃小燈一盞可置于案可懸于路歸家我祀
神過年三華人都未齊僅得十人
廿七日辛卯晨出北風甚大街上皆冰行至觀前同步至清嘉春醪店茶座返養竹辰來倉石來午間　三伯父忌辰作饗展拜飯後復出暮與三茶舍與昌石娟有約至觀東茶樓尋遍不遇獨在如意閣憑闌啜茗待之良久不至乃歸　作復謝范久迪送物信
廿八日壬辰晨出至靜心庵拜秋樵姑祖廿年冥壽賦悲季玉姑父竟于今日寅刻去世遂詣通總已纔纔經理喪事賬房中付觀報喪目為協

出拟受拜父有自挽句云非仙非佛非儒廿四番花事闌心天上傳呼我欲乘風歸去是夢是真是幻七十載春光彈指人間游戲誰能繫日長留卿由香去之小香屬余取奎上匾字余曰星隕吳中詩弟傳遂言因曹孫行只有嚴出孫寡穀生有二人命欲嚴回入屬高之族中國之之不可也移時歸飯後程友竹來以伯偶寄到為余畫冊葉五張坐頃同出余至老義和聽會書書已閉而今日完場故來臺而說書之人散時遇錢翁於人叢同至王壽仙茶敘片刻即散已上燈歸仍徐步

廿九日癸巳晨至養育巷吃朝點乃尋膚雨未起尋倉石恰遇茶郎三人同至儀鳳吃茶立凡來瀾孫來皆同坐而膚雨久不至乃散余至館

中一時少倦歸家料理瑣屑歲事不復出

三十日甲午除夕晨至通緦穀間畀父大殮客以除夕不多至余家只余一人在謝至午後候堂祭掃過即行閒步入園小觀西園周行而出返路在北倉橋清嘉坊那至春聯店盤桓片晌取時妝美女一幅而歸張之松兄臥室壁間入夜各處 祖先喜容前設供隨班行禮喫年夜飯倦甚而睡

香禪日記·光緒十二年

（清）潘鍾瑞 撰

光緒十二年

六十四歲

3

光緒十二年丙戌日記

正月初一日乙未寅正一刻交立春節是謂歲朝春俗語所云百年難遇者而余生已兩遇矣記曾叔祖三松公有甑生四遇歲朝春之句會齊諸兄弟姪拜神拜祖各房賀喜皆如年例飯後出門閒步迎着西北喜神方向穿珠巷而去豬餅巷以歸忽霰雪珠沾衣稍後到家雨大入夜

初二日丙申雨聲達旦阻我出門之事寄珊瑚香雕設

初三日丁酉天陰地濕仍不出補鈔前歷夢影錄擬挽李玉田舜文聯語云浩劫靖南天記掃除故國烽塵猶是昌黎驅鱷志清貧憐北道奈飄零殘年風雪竟成謝傅夢難占又為汪景曉昆季公孫出名挽云

劫餘故里古旋椿樹早凋幸班附諸孫悔不老廿年孫子歲首新詩屬曾

賦菊花遲蒙痛病纏兩月盼難到除夕生辰又代汪子箇見弟六外孫

出名挽云因內戚為外孫四兒女四呼窮鳥感晚景康愛去人間而（藉葛藤屠隆）（零丁）（歡承）（日高猶擁老鰥）

天上雷佛仙香渺夢難回識應殘年向晚雲垂風尖有釀雪云

初四日戊戌開霽乘轎出賀歲自南而東而北約四十餘家下轎進見者

不及二十家在敬慎齋拜內堂吃便飯而行投要數家乃歸旭影猶未

上檐也夜接財神

初五日己亥午前在近鄰本巷前街走賀數家午刻設供楊王二先生

影像前先行收軸午後出閶步至撞木鐘巷小鄉弟新居因昨日過

門來入今拜史　南有公以下影像少坐偕出在老義和聽單耀祥説書歸路過謝文翰店又至倉石印譜付其裝訂

初六日庚子　安入學日汪氏請開塾乘其來招往鶴君豹壽入塾看上生畫山坡宗像來云將有秣陵之行徐瘦碧行當見之午間設席〻移時散首姪後到先行余為吳曉子簡亟寫八尺輓聯各一副乃歸

沙椒壽錫山來賀年信

初七日辛丑　嫩晴至壺園昨寫聯對上落款旋出至踏庫巷顧茶邨家不值少坐訪宋芝庭見之因其將會試啟行有話晚設亦少坐返途遇倉石約儀鳳茶話至壺園留言再出赴之移時汪受來請吃飯三至

壺園飯罷又寫挽四聯對作篆書須落款款對畢姊已來取去而承代取祭幛上字兩分孫家皆要余隨口為取云班隨繞膝又云愛並含飴如何語也旋出又途遇廣甫乃同行四至壺園過廣甫坐談少時同出至路思就近聽書乃入謂園不甚場中者早散良久始得聽吳允伯善潞父子堂談双珠球而有絃子琵琶洋琴三下花散場歸上燈矣

初八日壬寅佛道通利日偕仰姬永姬承悌姬孫詣各廟拈香後至圓妙觀余未登彌羅寶閣書遣姬輩行禮畢罷散出至錢卿家不值至敏德見子靜諸人談遂留午飯飯後偕小卿弟至老義和錢為莊焉同坐敘談欲聽書因等候時久與懶而散歸家較早作復梅春信

初九日癸卯晨至君秀家談次有女新同事周花侯者來同談少時余起有午後之約余至蒲萋巷藥師庵拜顾鄭禽丈百齡冥誕至祥符寺巷（雲錦公訪）拜春畴弟生日五十壽中間一灣白塔子巷宋氏三姊家家多年不見年今七十有四精神尚好為五生嫂鄭氏辦葬事託其致語宋芝庭也因與晚搁至雲錦時已晌午留吃麵酒席散而出至觀前玉壺仙茶室君秀花侯皆到矣坐頃至老義和聽單攤祥甚花侯與遠先行余與君秀同步歸

初十日甲辰晨出至心蘭家不值至楓家橋此君舊園則茶磨心蘭皆在且有汪氏孱從同敍少時繼蘭桐伯都來邀至葛會談良久與茶磨心蘭同赴心蘭歸女家茶磨至酒樓趙八招飲余至壺園取物即往猴吃飯〻後

至通懇先濤君秀家略坐有約命之通懇問辦理喪事情形移時出再
晤君秀偕行至儀鳳亭茶磨來到後回至鳳雲臺聽吳西庚陸承雙
攬說若與渭園之嫂吳攬相似說白蛇傳散時猶早
十一日乙巳始到館坐定又擬作四姝摺陝通用者五歲朝恰值春暇閑
來觀賞菊誰吟遲及生朝慳兩日吏事叢絲參事把往事數聞重論早
將兵事靖三吳皆課理然去至晚始館出遇曾紫荃少荃喬梓在鳳雲臺
茶敘歸家抵暮
十二日丙午早起與卿連姪出閶門登舟往太福山至橫塘萬成店樓風冰
先生朱菊生及做工頭郭見宮者一皆來舟開行風逆拉縴隊晚到山微雨

入別墅晤小卿商爲振葵事在山中敘坐天暮風益狂怒如虎雨且密邀
小卿及其壻汪閬生同至舟中夜飯邀定後日同舟返城之約
十三日丁未水枕睡醒雨消天霽余爲先妣潤生壙修理事偕山翁請朱
先生乘之余隨後往朱稱此地宜立辛山乙向兼戌辰原分內分向之酉卯
宜革除且兩壙並立均失要領宜拔去居中后土碑并劃去兩間羅城
中隔之一條將羅城外進一六尺半地改定松兒與余比肩生壙於居中
稍上而兩並已葬之兩歸冢來使更勸將來葬藏品字式或作連城如
元寶式均將羅城之後向有古冢余將毗連即於其冢上加作土坟尤宜
高聳余擬於其間立古冢兩字短碑一座以存其跡旁面擇墓本擬重

加排砌朱欲擴其前數尺則余不願從蓋前已逼近澗邊不宜太寬也惟拔去后土碑則其下為分半為石今改為居中主穴宜換統長條石為正金門檻以竿量之須用石闊一尺七寸長一丈三尺八乃可與蓮花柱門當相合此事以屬見曾面土工以屬坟客錢迎福及本山人頤世大既撥厌路議定一切乃返舍至滸墅橋 六世祖墓一展視返至舟中午飯飯後乘小轎再進直至大畝頭郭叔生見坟上新築羅城工固至 先祖墓 先考墓旋出至 五世祖墓乃舍輿諧司徒廟僧他出無可排徊遂至費河頭 曾祖墓又至後渡見壽藏正霽時仰翹借朱先生出來眺眺稱時返至舟中各受坟客呼來見儀晚赴小卿弟招又入別墅飲於嶢西艸堂小卿是日葬其弟婦陸殤妻於觀山陽

紅珊公墓左側已毀。畢事遂與閏生、樸被同宿舟中。

十四日戊申　天甫曙，將維同舟溪澗中，頗有冰膠，打之而出。至善人橋合舟

齊起，五人閒話。未午抵木瀆，為朱菊翁另雇小舟送歸，從灣別去。溪前

風亦不順，且寒甚。過橫塘乃飯。抵胥門，遂共登岸。小卿翁偕先起行，李

別去。舟仍往閶門原埠。余至館中，時緣父中略坐，旋出至鳳雲處洗臉

喫茶點心，聽書既畢，歸家時燈未晚。

十五日己酉　早出，具衣冠詣莊祠，見族中新年未見者，補行作賀。後時至

養竹居，見錢家兄弟至，錢翁家同出，在護龍街龍池園茗敘，少時歸家

接　竈非益將　祖容良久，飯時已過午矣。飯後又出至君秀家，問知在玉

壽仙茶室，與孫溥泉諸君，余正擬見溥泉，遂往。先坐以待，俄而君來，皆
花侯至，繼而樨殿臣借馬[redacted]笑拈[redacted]至，既而李劍泉至，又有蔣馬德、錢四垂人
至。彼此縱談一時，萬會渡有花侯回第，李梅[redacted]至，而溥泉不至。移時劍泉
先行，花侯、昆季[redacted]因路遠亦欲行，余亦起行，乃偕花侯至溥泉處，則畏寒未
出，略坐，余至廿間壁雷甘翁家，則往常熟未歸，遂歸家。
十六日庚戌，夜來嚴冷，晨見微雪，瓦溝牆角，處處積素，到館一路，飄瀟點
衣，或碎如玉屑，因風復揚，或細於珠粒，墜地猶轉。既至斗室坐定，背課
之餘，時形瑟縮，惟手捧一爐而已。迨晚雪止，仍攜臥具住館。
十七日辛亥，中庭積素，而柳如絮，牆邊喚擲至室，積奇捍偉如大嫂，亦千

壽正誕在廿六日預先置道受生經有僧道兩班並祝壽星見宜靜兩姪並設宴姪孫偉自平湖歸姪將即有出洋之行少時至吳子周館中西花橋巷貝氏有話商即返館觀畫上去坐轎出爲背課至晚君秀遣人送來屬題胡三橋畫幅屬爲對一付語與孫溥翁在風雲嘉會之茶園因赴之時又霏雪地滑跋游馬坡巷而返

十六日壬子晨心蘭來將約倉石同在東園茶敘余往則遇茶都新歲首是初見也爲心蘭至去會倉石滬上來東於是三人同敘移時回館略理課事午刻歸家恭收 先像並 先大夫忌辰設供未正乃飯飯後至君秀家招之出遊訪吳翼庭途遇笑指云此時翼庭必不在家王

壽仙約殿臣在彼遂往至壽仙坐頃陳蓮洪至移時殿臣至又移時笑拈
偕溥泉至連座六七人六點鐘會散時余至錢卯家逐踪快至倉君寓已
來自滬上皆共約二十日之集遂返飯如昨抵暮
十九日癸丑晨至巷口躡翼書紙鋪又至遇倉君返飯雨生皆病不入塾鈔徐露
翁前塵夢影録半日飯後出至甘翁家渠自常熟回略談少時至敏德園
晤安人乃閒步至園少觀於迎春臺遇青畦茶邨諸人遂共茗談久之與秦
邨同行在察院場遇王夢薇自杭來蘇相揖即云曾到余館不值余則
并未知遂入賽金閣啜茗敘舊汩汩長談薄暮同行至層雨家而散
二十日甲寅唐蘇州刺史白文公生日約同人在寶積寺為壽余攜拓本

像軸出。先至道前街聚星客棧答夢薇，見屬雨已先在，知昨晚兩人來
相見也。同至鳳池園，余不啜茗，先別，至數德坐，至宮巷雙和樓，君秀預約
於此與吳翼庭相晤，至則翼庭已到，並有笑拈詩人聯坐，俄而君秀至，設飯
漸散。余與君秀至倪公館尋劍泉，不值，遂至寶積寺，白傅遺像已懸
於松雲堂，茶鄰已到，鑑海上人亦自曇花庵至，俄而錢翁至，倉石偕金道堅
至。道堅，金鏡老人子也。已而心蘭至，宸及茶磨至，諸人既拈香展拜白公，遂
設飲於松雲堂之左，八人一席，錢翁年居古稀，推為首座，余次其下，相與談
讌。並招鑑海來參米汁，良久，席撤，飲茶，先後散出。余與茶磨、君秀三人
同行至師竹齋骨董鋪，至怡園門，徑入探梅，尚未有一花，茗飲於歲寒艸

堂人新寐寥惟見雜(?)分鶴行移時出至倉石家則道(?)堂仍在談座
又入略談至儀鳳茶寮錢翁已(?)蕭(?)語人皆不見天且暮矣茶磨為啟
女坐乃至遊樓移數刻之而來是日見看(?)館(?)無談移時散館中(?)乾(?)飯矣
廿日乙卯晨至沒(?)采齋因昨有札邀往也候其起見之知有屬畫件兩幅未至
遂尋其間至園見侯家入公(?)讌起略談返館聃生仍不出永翁來為訂宴權
余餞者為伊連襟長庠生汪耕孫鈞雖非畫圖本家卻是一琴同案餞後
与永翁至踏庠巷至宋芝庭家告以並生嫂為葬之期至茶鄧家告以明日
不能赴邀觀前之約至戴辛同居之家晤耕孫談其面一目失明矣略談返
沈受已將上海某屬畫之件送來開視有出運儕藻卿所畫大屏四幅

以祝署臬台朱竹石太夫人壽者屬就集云各服吉慶語四字作聯
書點并上方為撥運寫上兩後泉偕一友來看撥華與談適吳縣舊友
譚覲光圃李劍泉來適仰蓮自光福歸亦來各各與談以後亦終寫完
又有查崔堯來一談至暮乃倩燭為之加印焉
廿二日丙辰擇療病日合夏膏滋藥早有夢薇倉石心蘭先後來均約
於東園少停就之後泉札又至夜侯亦尋蹤至一一叙話散後則鶴書入
塾矣督課連自磨墨午後寫對四副八言者一七言者二六言者一傍
晚至撥歸家恰仰姚來詳議修理坟工事伊明晨再往也前日寧波
柯自松江寄來並寄我楊古醖篠先錄會盟集徐子麗復壓悟齋詩鈔

偕其同鄉人[illegible]蓮甫信局人來索復信，燈下作之。

廿三日丁巳。夜聞狂風怒發，晨寤窺窗隙，雪方飛舞，起視，幸著地即消，蓋風日之和暖，又轉為嚴寒矣。晌午雪止，為譜琴寫文恭公遺訓簽條，為師竹篆印石，字樣殊偉，如見今年第一[illegible]書。傍晚地乾，至訪文翰店，至君秀家，君秀小疾，避風話於樓頭，返路又三點兩點飛雪花矣。

廿四日戊午。晨起，雪又積於瓦楞，幾及寸。作復鄭盦弟，今歲第一封，並午間錯經至孫寬買兩五尺橫黃蠟箋描金圍龍對紙一副，替課之間寫之，備送姚公祖康藥；又寫三尺小七言對一副，備送劉子庚秋茂才；又寫大條屏一幅，陸毅公為歆膝所屬，未畢。茶邨來談，頃欲去，倉石來，復共敘設去後又接着藻卿來，來自吳淞差次回。設片時去，乃將寓件送之。

廿五日己未。晨至旭初寓，昨晚余已就睡，承其以常郡普桐函及金邑普函聘送來，今往謝之。適將出，幸得敘設至敏德少坐，邀至敏慎見，請其轉挂單而告以金匱之行草來，因又札致旭初，及適敘至通，想諸四縣零星前一存，因開表時余不在家，而令星四七時先行禮，見其不弁，告之，坐稍時，見送至軒，對已有二千之數，讀之，出返館，只課弱孫一人。午後茶卿、元吉來，元吉即去，與茶卿赴君秀之約于鳳雲齋，至益還，適傳水抵暮，與茶卿先起，又赴藻卿洪泉之約於泰昌福酒樓，有茶農、心蘭、含石，共七人，坐圓桌，雅飲，至設時雨作，滿窗。茶卿跡遠先去，餘以次散，余家近，於街已泥濘矣。

廿六日庚申大雨滂沱一夜不絕收拾行裝張瑛眉殊甚劉卿生師君子庚游
摩陔儀送之又敔倉石元吉君秀三麐君秀以聯信託薛復見亦有札來余
阻於雨不能返家為吳美庭題所臨胡三橋畫仕女美人用摩詰韻二絕
廿七日辛酉雨止催常熟李氏大船上清晨來挑行李余踏溼至胥門馬頭
登舟解纜往光福山午刻見晴光日作出射蓬窗中西望諸山雲霧蓋頂
知雨未了也舟過靈巖山前乃飯飯後飄雨似有似無迨晚復密渡西崦風大
雨緊舟子不諳進山之路良久始泊澗上暗行始抵別墅瞰雲樓下時雖晚
雨適停邀偕至毛竹澗令自不雨時乃要金門檻其餘工程過月內未能竣
竣回至暮庵兄弟春甫頎姪諸人閒談因同夜飯返宿舟中

廿八日壬戌 臥聞蓬窗滴終夜有聲 晨起出艙雲樓下與仰嫗同朝食 即商定完工一切事宜 巳刻破嫗葬女綠如徐氏於毛家澗 墓在我生壙偏澗對面 因往送葬一拜而我受 因雨停工 旋返於舟 事無所措 遂解維出巳鎮 上買飯菜乃行 風作雨止 風微雨來 時陰時霽 由虎山路推銷始北 煙樹冥濛 午飯過東渚鎮 市不長無甚熱鬧 以後三里五里輒有村舍 竹籬掩映 稻堆比崇 往往一曲溪流數家茅舍 迨晚雨稀 只見婦孺窺望於鴨闌雞塒間 酉刻過滸墅關鎮 舟子奮力又前 戌初抵南望亭泊

廿九日癸亥 又一夜雨聲不絕 黎明開行 過北望亭 起盥 推窗似有霽意 過新安又雨陣陣 巳午間達無錫 進南水關 河狹窄舟擠擁 不能抵金匱署 看

馬頭即泊先豈遣人向署中喚轎及挑夫俟移時跑來遂進署謁貢姚邑
尊嘯筠棟雲桐城人生長於吳中一口蘇白談頃至帳房見吳翌（繼長）庭并
見馬笑拈（文瀲）又未至後面之周詞伯敘談遂就此午飯後乃徧拜留署張
硯民（星樞）諸君登樓晤蔣（朝瑞）殿丞周（芝）夜侯同敘君秀臥室本亦在樓頭
今讓為余臥室行李早發正須鋪設范梅壽李劍泉皆來至賬房見
之又到樓頭少坐去陳雨与花侯談入夜仍在賬房夜飯午後不復雨
三十日甲子晴寒是交春第一甲子龍暴也晨起寫家信并致小坡一牋
致銅士片紙亞欲合封適接蘇信為元吉將常來佈告見黔省信見白
趙任此其第一書也余加字一條并封發去偕硯民花侯殿丞同出至此學舍副

齋殿置南姊珠處以添刻卷頁到編後頁及全本五册照之俾得贈他人也談後得其同贈之書數種凡十七本兩袖都滿更手持之出觀試場桌櫈均已排列蓋金匱之童試於書院無錫之童試於學宮向例也因見學宮規模寬爽旋登覽過於蘇城之縣學回路至花橋翁季劍翁兩寓各談片刻返署見同閱卷之梅琴（崇諾）舫昨晚到未及見詢之係江西南城人以縣令候補在江蘇三十年矣與姚嘯翁相善因來畧談再嘯翁設席邀余与琴舫硯民閱卷者三人陪坐者即是六人談讌良久散梅翁來招余與殿丞花侯復出閶步余碰折眼鏡一副遂至倉橋境店家修補約明日好遂返

二月初一日乙丑晨偕殿丞花侯至吳竹生（鱧之）吉寓昨在學舍遇竹生晚而承

與先施兹特吝之處，在東城，至則他出。將出婁門，而竹翁返，偕出至崇安寺對過勝泉茶室，有茶有酒，且看各色點心。此時吾吾空桌，合他人桌坐下的磴。行由寺南小巷復至讓水間趣區，久返署。飯後又偕瑟今訪花侯調伯，出取昨修之眼鏡，因出北門，在近水樓喫茶，不到者二年矣。坐久之進城，至梅妻翁子途，偕返署，至樓既少坐。燈晚去，以貞烈一編屬其轉致施惠甫，昨在伊處晤惠甫，索此編閱，而惠甫來不值也。

初二日丙寅　晨風冷，日晏庭屬題黃太夫人夏氏節母傳及隨筆得五絕句。晌午陳劭石祖自玄院淨場攜卷同署，分發到卷子一百五十本，蓋三人共四百五十本也。聞此次高有壁徽著礼房續呈十九本，余即披閱之首題帛云乎哉樂云樂云鐘次題及是時明其政刑詩題不知誰是謫仙才得仙字未冠首題王尔曰仁次詩題同又向礼房鈔得無錫題首其恕乎己所不欲次息邪說詖行豈好辯哉詩亂點碎紅山杏發得南字未冠首題主忠信無友不如己者次題吾為此懼詩題今朝好晴景得朝字又閱無錫童生萬乃少於金匱傷晚殷還南來已卸學篆定於明日起程進都應礼部試並因保薦赴部引見得選知縣矣時方雨疏密相間閱卷入夜燒燭兩條即徹余不能熬夜也

初三日丁卯起早閱卷天晴氣和春意盎盎矣又手披筆點者竟日入夜睡如昨時校一百五十卷皆發申刻譚崑園來

初四日戊辰有風天陰將擬取前列之卷加以圈評竟須重閱一徧但於擬上取十四卷中取廿卷之半潤色而已午後梅張二公所閱一齊告竣侯嘯翁自惠山祭祀回彙呈親定嘯翁乃以名擬上取之四十餘卷屬余排次爲不獲已姑就三執中憑其高下而參錯排之

初五日己巳晨起作復偉兄書信並作書寄松兄一緘併封付局飯後偕羡庭花侯閒步出署自東而南而西出城循城牆而北於濠西水閣見所謂解語花者坐頃遂移雪樓張硯民同行繞至北城近水樓啜茗吃油酥餅頗佳歸城追暮至署門外門因有人擁擠不可入余退出獨自至花廳見梅翁已上煙坐憩少時署中打煙哥來乃歸頃間假方審訊姦拐一案始觀者如堵也

初六日庚午巳刻葉庭笑拈調伯招同琴舫殿丞硯民稻孫与余八人出北門至近水樓吃點心並有茶有酒快敘良久散出隨偕葉調二人復茶至廣貨鋪看綢布未買成遂進城葉庭以其母節行傳述付刻又買履面乃歸署得銅士復信午後偕簡公祖升坐大堂再審姦拐一案係前所訪拿積惡棍徒一黨棍徒一曰丁錢砲即風箱阿大有勇力者拳以授徒黨徧于城內外一曰戴冀錢督一曰王一刀為拐潛逃者曰張繼大誘北城白泉塘張姓女名阿根先於上年誘姦今年正月十七日邀同丁戴等叩門闖入給以私帽兒戲買舟逃去經其母喊訴先將丁王戴三人拿獲旋即拿住男女二人今日公堂上審明坐案張繼大始不承認嗣以節次責杖一千文吊瓜三人合供各有予杖乃用新置大枷四具枷四人簽差役押

出游街再喚張姓母女二人詢女被誘入姦之由言語支吾責以嘴巴數十
又責其母治家不嚴母女同住一室難保無知情容隱之弊亦予嘴巴數十
勒令其女隨母歸家曾已訂姻在前即令其母還歸所許之人毋得爭索聘
禮皆退歸衆〻喜將僕游街畢復四根棍分別長監及立號及鎖禁示號
之外以示衆蓋此等人設騙販風動輒肆拳並有强姦寡婦等事故不可
不加嚴辦誠除莠安良之要務也傍晚稻房花廳上宴集搭乙班三百五十名寫
作七圖定於初九日演戲抵暮笑拈拈之讓水閣花飲同坐為琴舫雪樓硯民
殿丞寬夫逸卿本地開求行漱翁之妹姚衛銷之雨及余八人合坐圓席美庭良儀與
費姓者三人設筵已觀飲酸敢同為歡笑也天忽雨驟密旋時不能行向

署中喚騶兩乘諸人分次而歸歸即睡
初七日辛未雨不出寫蓑庭殿丞調伯屬寫各件聞典詩君敍設入暮小
飲合樂祭聖人胙肉牛羊都有陝西詩公又有出堂歌席之集拉余力辭之
初八日壬申雨止天陰寫對聯副花樣出所鈔吳柳堂侍御諱可讀 旨預定大
統疏寶學士寶廷遵 旨妥議另摺具陳疏少司成張香濤之洞敬陳
管見議奏疏並附片各稿一冊殿臣出世右衣世勳所刻其父文誠靖公文謹吉
行述首冠以 御賜祭文碑文各一通邁瞿閣之飯後偕殿花笑三君出西
門街路猶滑澀過調伯于濟潞西水閣少停至鹽局訪潘藝迴啟談移時乃
至北門過水榭啜茗移時適梅公翁來談禮房以案底來呈並云鍋招致

范久也自杭來即到署中也晚飯後談頃同人有偕之出者余亦謝之

發廿名案首孫時雍共發四百十九名是日接仰如信告山中修理事畢
初九日癸酉初覆進場嘯翁夜間宿老院余身頗閒幕中同人拍買舟為惠
山之遊久也來同出先行邀人乃出城至周家船所議定即在城河頭因人嘗
米齊偕久也至瘦腰家少坐再至周家會齊登舟凡八人琴舫異庭硯民
久也花儂殿臣笑拈及余乃合江蘇安徽江西浙江湖南五省之人有翠林
素英羽雛偕衆因閱南門外有張大帝會是補昨日所未與者於是不往北
而闖南至則絕我不知會之所在直至張廟左近見遊人頗集登岸詢之廟
在田野中相與越陌度阡過小橋循逕凡食物零貨雜耍者各擺攤鋪戲法
唱歌更喧囂雜沓周行其際返乎舟中乃有他處神從閶道而來蓋因張

大帝初八日神誕各處王殿神皆來慶賀也有西三起龍舟至最勝黃林河下正對南門吊橋舟中於午刻先吃湯餅至酉刻鋪席圍坐乃見吊橋上神會接連而東蓋將各回其廟也其時歸路已暮色既催酒場方闌良久乃散仍在周家後河登岸進城時雖早天已黑余不能行買一紙糊燭燈照路乃得返

初十日甲戌嘯翁約淨場返署時較前次為早余与殿花二公答久也已其廳稍坐談返而嘯翁約分到卷子八十本知不到者有一百餘連補考七名共得一百十九卷耳披閱首題雖有可人者次題刑期于無刑詩題首是春風及第花得春字補考首題而補不足次題是何濡滯也詩題共登青雲梯得登字遂即加墨手不停披入夜燒燭一條八十卷草草閱竟

十一日乙亥撰前列之卷加評語及密圈密點竟須重讀一徧且圈點之濃淡評語之重輕均宜斟酌殊費功夫又有諸人來就商觀佳卷不無遺跡再多耽擱午間又延來略談即去飯後諸人大半散步出余乃事畢矣禮房鈔進無錫初覆題首民猶以為小也曰寡人之囿方四十里民猶以為大經四之日舉趾詩東坡桃李種新成以成字補考題首子貢賢於仲尼至譬之宮牆次非為有喬木之謂也詩郢書舉燭得賢字得松兄信鈔來初九日蘇郡歲試府長元吳四學生員正場題詩云既明且哲至此之謂與民不改聚矣不得其醬至勝食氣故為政者至不足矣通場經題稽穛詩題客有薦雄文似相如者以雄字松兄信燈下作復

十二日丙子晨陰得查姪自汪氏館中來信內有辛弟轉寄到鄭奠弟京信附寄孫琴西先生所作馬貞烈女詩久也來偕一本地人張桂臣者邀余出北門喫茶遂併花侯殿臣同行既出花侯設起今日夜朝宜有佳興久也遂訂惠山之遊即行僱船令女辦菜久也於此家熟遊故能如此嗟而應茶叙既暢遂至於舟久也已遣人邀觀民笑拈且喚小廬倚榜候之殿臣久也輒復他往忽見雲陰四合雷聲隱起久殿二公來而觀笑不至午刻乃趁小廬小船而去纔解纜行響雷迭起猛雨奔騰獲少停半晌雨止仍開往惠山旋見霽色過三里橋又邀寔逸卿等至又喚光朱橋時泊溪山第一樓下及登岸路已半乾遂指馬貞烈女之墓路雖不遠有溢泥不可置足遂勉力而前惟近墓五里香塍編已乾燥瞻新建牌坊及鄭奠弟撰書之

墓碑時同往者為久也視民衣僕殿臣逭見笑拈等已在第一樓頭乃亦登之九龍晚照與湮翠相流錯落野田中麥苗含潤樓後池中梅花盛放亦似嫣然欲笑返於舟中席已鋪設諸人團坐一面轉棹一面飲酒々半抵黃埠墩上去散步一回旋返舟中琵琶歌曲聲徐々与水波盪漾仍回泊綢布公所前馬頭小座復有他處喚去余屬其到彼後放空船來与花僕為返城直抵金匱署後門水馬頭夜色明淨微見星月陝而月頗朗視笑殿三人乘月步歸

十三日丁丑晴姜庭具舟載酒邀往遊山偕伊与琴舫出城先在近水樓會其親家戴洛甫葛梓及梅壽劍泉坐敘知洛甫向住蘇城伊女与姜庭之子聯姻近住申江七人同至沈家衖出其臨流後戶登舟放棹至三里橋又邀乃逸卿至

既抵昨泊處水窗鋪席先小飲吃點心撤席乃登岸進山隨處閒觀頗有
遊人大段皆本地掃墓者過吳氏宗祠冕庭引諸人入登至德堂瞻泰伯祠
冕庭告余現在祠中修譜蘇州分支律算入因屬余撰祠聯余要以應
之舟進至泉上移席飛菊啜茗良久乃散先後回步會於舟次舟中已換得
老朱來余等上溪山第一樓並入楊氏家祠直至深院皆遊憩地為未完工而
未見所謂祠堂者（或云）另有門別向返舟解維又邀到吳祠中另有慕蓮者即鋪
設延席徐徐行徐徐飲徐徐歌唱天有雨意既暮泊沈家後戶諸人附酒未已
老朱歌唱雖好儀度瀟行放浪幸去另僱小舟已艤船旁催將席撤遂
與梅蓀冕庭洛甫為梓選卿過船先送到棠戴孫姓去船放至金墅焉

頭上岸昨蔣家船有慧秀（慧娟）姊妹花今日沈船所号金蘭者年紀幾過二八綠小雅能蓉湖中綠衣魁首因并記之

十四日戊寅破曉聞雨聲晨起已止是日再發進場正想出門久也已來邀同散步出署欲至貝廊未果至宮巷寺前訪潘晝堂晤談片晌至盧家旅請之客候久不至遂姑出余返署已近午飯遂飯署中昨頗暖今風大猶寒添衣欲復出久也遣人來招乃與琴舫再至盧家彼處方將入席客有四人唐君甫黃少耜張桂臣與硯民也坐下同飲觴時席散久也與張黃唐三君鬥紙牌餘三人各爭姑出閒步自北門繞城行憩於邢家水閣天暝進城余與琴舫回署硯民復往儀而久也遣人來招適吃花飯蔣之儀而久也親自來招上卧樓不見余余在帳房閃之竟不復往

中心抱歉惟艱於行畏難而退矣
十五日己卯晨詣久也寓道謝道歉略談即返晌午得錫公祖回署知昨日府覆場
中始出題父母愛之己覆則舜命民社賦以立春第五戊為春社為韻童生競言題之
難做請試他題乃改則遵五尊賢三十六雨賦以太平之世三十六雨為韻詩題花晴帶雨
濃得晴字補考題首不足故也次又從而招之詩春初早韭得春字幕中諸君皆言士習不端不應
徇其所請乞易他題且向此時尚有未交之卷先將帶回者分派房校即為披卷加
墨飯後乃又交進十卷中有賦者六卷通場止此而已余共校七十餘卷事畢而睡是
日晴夕刻外堂將棍徒提出于張二人鎖入立號着差保押發金匱縣儒學前空場
示眾王戴二人係前枷示即鎖立號以外觀者蜂擁而去

十六日庚辰晨将佳卷賀園評仍分别上中取各等繳呈嘯翁旋将琴硯二公所閱併卷下屬名排次適遇伯韜因視民殿及海樓出北門近水樓吃茶點邀不可卻遂偕往閒叙良久返城買蹄沙道人吹雪牋歸安下即排列各卷招發八十名於遲至者稍抑之以示懲飯後得柏兄昨日信又爲翼庭擬撰春伯廟楹聯伊係第一百五世裔孫也笑拈招因及當年寺前新開近源茶室吃茶移時至老綠苔居視徒示衆要人如堵情路塗擁塞摩肩而過返署正在寫案寫案畢禮房請官升堂發出

十七日辛巳陰預定停船答請久也即以公餞翼觀笑殿與余五人作東晨即同往久也寓數請則昨晚未歸悵然返爲久也寫對一副甫畢同人

欲出城因微雨雇小舟余以雪鉄之對又遲甚久也忽仍未歸乃下船放出徑
達將船坐候人來覆遲齊硯民後至云候人須晚間來赴矣候得小厘來即
解維至惠山泊溪山第一樓下略一登覽返舟午飲時雨甚霏霏遇一舟過我
櫓後水窗窺見有潘蔭池在內互相招呼伊等亦皆上樓去余等又登
岸欲入山去山門行路甚滑遂緩行不果前返舟解維雨漸密既至頭間
所泊綢布公所馬頭遂遣人申照未到之客隊晚罷矣庭雪移坐謝瀛亭之舟
同至瀛亭恩壽紹與人現在江陰錢穀席此間要務又代收請來也少時
久也亦至雨來頗甚上煙鋪席八人圍坐小廬備酒于久也坐次向所廣談者
酒半梅戕將開放琵琶以唱有名十送郎之曲亦為久也而設余時甫聲

不以規
自是春及風兩第花

滿篷遮背如鍋披氈褐席撤後潔亭先生偕人僱一小舟分兩次進城直
抵署後■馬頭登岸吾儕遲矣移時久也來略談而去
十八日壬午雨竟夜向曉乃止三鼓進場嘯翁仍陽夜去裴浩翁天明乃出
作段鄭弟壺將以託久也塗泥不可出遲至傍晚與硯民至久也處送行不
值各擬名片花候殿丞者有託帶信函交付託即返
十九日癸未嫩晴偕殿丞出即返閱卷共七十八本而余閱者四十且皆前列矣
不可草草兩得松見信今又得君秀信遂暫撤試卷各為批復年後久已與若
甫程臣來談知其船來催齊今日未必能行也狀慶之來因其父代在錢穀
房中余既屢屢作輟琴硯二公所閱併彙於余粗秉燭兩條而畢

二十日甲申晨起將試卷擬爲排次招覆五十六名扎起爲殿丞寫對兩副皆爲他人豬索也擲筆即偕花殿笑三君出北門登近水樓吃茶點就樓下喚小舟再游惠山解維放棹殺武忽久迎自岸上來招之登舟伊丞署中覓不值尋蹤至近水樓詢訊而來也同人皆歡然謂行將遠別不意仍此相敘天氣晴和水風飄然波影巒光上下交映既泊山溪陟岸造寄暢園中近稍修葺臨池水亭重建接以曲廊其左石橋已通架水殺文度過仰見山園如屏樹古入畫陟岡將再度而稍路阻於險不可登因回行由曲廊達高閣下已有扶梯梯板登登疊上兩層顏曰淺靈猶舊存也倚窗眺遠山前歷歷在目爲之神怡下樓至介如石下陟碑亭敬瞻 宸翰緋綗移時出再詣馬貞烈

墓直造坊碑下敬謹瞻視均欠堅緻惟冢上蔭樹頗茂再罨遂至出寺門外飯店喫飯飲惠泉酒肴亦佳善飽啖而出進至來鶴亭啜茗憩息久之乃復進直造雲起樓縱眺遠近之妙更勝於遠處閣平睇以外極視無際方將下樓見廖壽賡之上來復坐敘談片刻而下再至某亭啜茶盌未撤又少坐出及浜口繞至李公祠叩門入後有繼入者小座隨焉伊兒久也告以船已催齊行李發下去候啟行矣久也遂匆匆欲返樓雖邀與來已不便久留即辭維揖槽迎面見避人之船方銜尾來風後久著皆根等候啟行之後舟至江尖暫泊久也別去余買砂壺杯碗等件乃返進城時尚早天氣頗暖與兆侯先回署知案已發

廿日己酉衛齋雲樓箕庭三君備洗梅兩舟設早晚兩次慶席邀謝秋梅張

及余与捕廳余鹽廳夏沈方甫黄逸卿諸君又章景周適相遇併邀之同為惠山之遊至秦衡二人先至近水樓余偕硯民同出有笑厰二人偕出扯至小廬家看其晚妝坐少時出城至蔣家知舟已放去至沈家舟在後河登之而為他客候至日中乃陸續來蔣舟先放往三里橋邀他客沈舟繼其同抵山浜始鋪午席余在沈舟席撤登岸散步陟山第一樓下繞至對岸再入李公祠登其臨河之樓造其饗堂徧觀匾聯啜茗其中移時出進至泉亭不復啜茗轉而右至胡園覽其池臺頗為軒敞知夏月池內有閣此間亦為茶寮游人皆納涼于妙門額有真先生三大字或云真西山也入其饗堂觀之乃胡文昭公安定先生也出至舟次時已不早轉棹客有暫去者迫暮泊定上燈後有續到客舟到客既齊乃鋪夜席余在蔣舟

塵朱二人備酒食於船舟舟中各出拇戰又互相更易交戰酒場大鬧良久乃撤
余仍僱小舟進北門水關至署後返
廿二日丙戌四鼓復進場嘯翁仍在帘中去晨起又為硯巖二君寫[redacted]對幅力
件二君邀出城吃茶又登返水之樓天氣陰暖坐久起行進城硯民買紙又
雅屬余迎一瀟徐家是前月抄曾到過者杜門不出只要擁抑可惜少坐返飯
後將前列試卷檢出歷場併於一處適嘯翁回署詢知今日場中出題
作為起講一既入其篇一兩民善矣試君何以答昇平為平字五言八韻遂
將五十六卷分與披閱硯笑巖三君復邀出西城訪倉橋朱家屋宇之陋
偪仄異常知此中大有苦境追歡微笑者亦以悟微矣旋返署閱卷至夜

皆畢此次須出正案不敢不加慎復合觀之燭燼神疲而寢

廿三日丁亥晨起將五十六名略定先後名次每十名為一束凡前列廿名各卷皆有評語後則稀疏矣是日樵壽劍承二公備蔣周兩舟分設早晚兩招酒席相邀余以公事將畢矣竹生來邀至近水樓作茶點之叙嘗言在伊寓設席余力辭之此舉不容卻也遂飲之與殿丞三人同出閒話良久天暖甚余衣已無可減裝時與殿丞先赴周家舟次晚始來竟遂往蔣家舟在對岸少時花俟至旋登岸去繞至蔣舟令其放來與周對泊於是殿花之人各挈本家以相戲樂時花李兩主人至他客來者甚遲往速之有倪程吳諸君及署中硯笑雲渚君皆至乃解維先鋪午席席撤於是開酒之畫舫遂至

放至李公祠邊泊定見其後門方開有出入者還復進遊素翠兩鬟長等紀（身材相齊狀）
相近額亦相似杭妓皆髻雙髻插花服元綠衣色色相同挽臂而行如雙
蝶之飛舞徐行疾行名楚其嬌穉諸君或坐亭中檻或倚廊欄笑而觀
之移時出後殿循前行入山去諸君與桂芳尾其後路旁見其茶寒不屬目
皆以為天生一對也進至泉亭又陟高處前後數楹前楹賣茶酒後楹設浴
室素翠遂從後入浴前楹諸人候之浴竟素翠為他人邀去餘人亦散出余偕
梅莊花侯再遊寄暢園高下繞徧枕碧橋蕪未全榛莽未見難也
返舟諸人皆集解纜移棹暮色蒼然見山頭煙起如雲之擬蓋野
燒也既泊綢布公所余遂鋪被席余午在蔣而程在周處問酒場亦塵

閒余不勝酒滿臥以待之良久廖撫仍僱小舟僅有花傑作伴過船返城
甫至署中忽聞鑼聲驟起人聲騰沸詢知倉橋下恒大錢庄失慎請鈞
即乘小轎出救余倦甚而睡枕上猶聞女聲火息寐乃安
廿四日戊子余將返里花傑訂同行由署僱船一時未能後有雨嘯翁方有再
爲樽酒之敍余收拾行裝粗具偕花傑出至梅壽寓爲行併偕伊至之錫
署訪潘漢泉（慈祖）漢翁淮安人長身修髯狀偉異弱年曾見之於湘
幕之嘉彼此來往訂於校閱事畢後陝見敍設余求女書極騃少時出三人
又同至書英家僱女梳沐不假手於人余因有風細曉窗香雪滿玉梅花下
自梳頭之句坐頃返署旋具衣冠自居停以下諸同事各一一告辭女時禮

附府案前廿名
周文濬　楊壽樸　張繪辰
孫掞均　王鎏　王湘
陶樹錦　姚錫俊　秦鑄
硤燦　張曾疇　辛文達
汪鯤楊　鄒登瀛　鄒履聲
殷毓麟　丁錫綬　俞復
高汝琳　姚成圭

房宮臣案將發，嘯筠公祖親自送往學中明倫堂，儀從鼓樂前導，炮聲、鑼聲、呼殿聲簇擁以行。移時返，因記其前十名：王鎏、張繪辰、殷毓麟、楊壽樸、鄒履聲、楊導源、陶樹錦、高汝琳、俞復、殷玉田。後十名為遲秉彝、王應運、張曾疇、楊印源、趙寅恭、秦寅杓、王衡、錢鴻標、孫超、鄒登瀛、先丁錫綬十人，而名次不甚分明矣。余以感受風熱，咳嗽不暢，遂啖粥飯，後揀不出，而諸同事皆以茶敘餞行，情不可卻，乃復至近水樓，適梅壽又來，併與偕行，園坐圓桌，為梅硯笑廠調及余並兄七人焉。移時起行，或周或蔣或邢。散而復聚，同入西門，返寓。施德齋來，並送食物，受一卻一。船已僱，待余復檢點一番，先令擔夫燈後，居停設席為餞，席間始識沈寶安志鴻署中刑名席也蕭翁便衣匠至即倩其妹衛翁翁相陪余連日肥膩充腸疲塞不吐竟不能大嚼勉强終席散至賬房少停喚轎與花侯同詣許人龍署出城登舟即令放至南門清明橋泊以過夜襆被水窗安睡

廿五日己丑夜闌未曙即解纜甜睡覺來問諸榜人已到望亭惟有雨濛下漸密起坐與花侯閒談本擬有虎阜之游可惜逐雨而榜人因風所宜亦不由虎阜晚過滸墅關鎮雨止天晴日照水窗舟中午飯較早由楓橋虎塘而進過花埠遂勸游園之興晉泊與花侯同游留園令舟放至閶門候裝行李余壽周歷花間品茶池畔天氣方長頗有三五游人連袂來去良久出園一直徑由下塘路已乾燥過金昌渡進城花侯歸路稍長欲吃晚點余邀之至我

家大趣以茶點借之後偕行至廟堂巷口分路余返館給舟子錢遣去見
汪耕孫為余權館近月來承蒙薇芝聆小坡者至
廿六日庚寅晨陰將行裝歸置安放訖以買歸物件分送旭初辛芝弟暨
館中家中複出至君壽家相見各談一月以來別後諸話滚滚不休抵出與
茶天又微雨遂散返館雨大作不復出
廿七日辛卯黎明起天雨乘轎至松鱗莊祠舉行春祭隨班行禮回憩宅
院客人出餘有阻雨不來者來僅五十六人為近年數次中最少之數余歸後即知
仰春姪已擬昇香茲為稱賀各祠祭畢食餕為未及午又稍盤桓而行至靜心
菴拜秋槎姑祖妣七十冥誕至金太史陽臬使公館拜祠鄉吳岭麐恩基廣文

即夢薇託女携垂者伊曾至余館亦留一緘故特訪之又以夢薇前月廿四生平
諱一套談頃出至隆慶菴拜容高舅嫂張氏七十冥誕略坐又至西美巷倪公祠
拜梅莊琴舫大令知己自畢歸至兩不值返館天霽申酉之間復出踏遍闤市行
途至心蘭家不值至花侯家伊晚談頃同出擬買棹為清明虎阜之遊至玉川舫茶
敘西薇又紆途再至心蘭家仍不值留字返館燈下作復夢薇信
廿八日壬辰晨心蘭來余求開湯頭一方以療咳嗽嗽教偕至東園啜茗移時返仍理館課
如常琴舫來談嘯筠公祖晉省往拜飯後往答之船在小倉口先至新橋南老萬園招茶磨
茶話館僕持衣冠至乃登其舟得晤談少時起復至萬園與茶磨暢談同
行由鳳池園因途遇花侯出有約也乃不見花侯見嘯筠琴舫在焉同坐

敍談抵暮乃散濟之弟文來鄭盦第信兩封

廿九日癸巳陰庭階小溼知昨微雨至敏德候見小蘭元吉探問瑾弟婦欲邀我往何事云無甚要事因却不往候明日便路去可矣少坐至瓜館還苑侯于柳巷邀至飯中坐頃而去課晚作致伟兄貴翁致鄭弟各師兩函傷晚雨永炮迫暮來雨初息遂略談即去得徐子靈江陰信

三月初一日甲午晴出至敏德少坐至莊祠展拜見本家諸人談出至瑾弟婦家茶甘遣人來邀有話也至敏慎賀仰春抱采芹喜見舜琴侍談遇茶磨稍時至靜思庵拜汪穀卿八十冥誕歸家時已午始侯各房備菜供齋祀 先曾祖明節各處祀畢少時吃飯飯後出至通懿見濟之諸弟談頃至

梅孝信中寄到
潘漢泉君為余書對

君秀家不值至孫溥泉寓亦不值至雷甘翁家賀甘孫文聰采芹吉喜談返館知君秀曾來彼此不值時尚早出復出至徐鼐翁家往游虞山不值繼還前塵夢影錄一本留下至茶邨家談少時偕出吃茶又談少時乃散返館迫暮得梅孝信燈下作復並作致吴亭信同封是日走路過多夜來覺疲至早睡

初二日乙未清明節散塾晨至廣雨家約路知其有約友步游虎邱之舉不多坐出尋君秀處遇於塗伊同步余至錢翁家不值至觀西玉壽仙約君秀於此移時喬梓同來快敘至午散時余至敦德午飯閒談久之小卿元達皆欲出余不復來至溥泉寓暗談移時偕出至風雲樓茶敘候君

秀水至雨花侯夢梅昆季來良久君秀來暢敘久之時見斜日穿窗天氣
舒長散時余復至瓣蓮巷訪硯民俞天燈巷訪慶之均不值返館竹巖弟
以紹興城中蕺山會館楹聯屬書代伊款之聯云合樂妥明神鑒茲闕宇
幽宮永免荆榛暴露分符來名郡好向茂林修竹奉揚桑梓仁風又
前日余為莫亭擬至德廟聯云肇八百載鴻基兄弟偕行俾後來開
國承家三讓到今大名在詒萬千年基緒孫曾邦贊縱異地支分派衍
九龍亘古此山高并附記於此
初三日丙申晨來起茶邨錫侯偕來茶邨先往東園余與錫弟話錢翁
六來同出錫弟向西而别余人向東會于東園茶敘良久散飯後作跋朱菊生

信封入洋蚨弍枚將于明日帶出恰好菊生來面致謝之談時詠姪來共談先
後皆去傍晚硯民笑拈同來坐達天霏雨匆〻即去未盡所欲言也
初四日丁酉早起承雨具裝出胥門會齊筱兄桐弟錫弟首姪承姪既姪
承悌姪孫八人一舟往光福山掃墓巳午之間又雨雨遂不斷舟舊而舟人
嬾甚行甚遲酉刻始到僅瞻貴家河頭展 曾祖墓及筱〻嫂〻墓三
處進泊澗上見本家諸人漸晚携被宿墓廬中露被服不寐
初五日戊戌黎明起仰視有星天已開霽共詣河廓橋 六世祖墓祭掃
支下凡到四十四人散時晚日漸吐杲〻而表少停吃朝點与筱兄桐弟
三人乘轎進去致展 五世祖 高祖兩墓支下猶有十八人既而分路

余等以路順道展三伯父穎大兄大伯父三墓至　先祖墓而銅井
山前編烏文繞入馬駕山大安里展　先考墓出至毛竹澗香雪海
下兩墓西華阜毛竹澗修理工竣余始來為兄弟請人為之皆云比
前規模寬而整矣從一舉勤間已費番蚨七十餘枚返澗上吃午
飯飯後無事余又獨至毛竹澗細為一編竹籬是點至費河頭桐節點至香
雪海下更前乃遊薛園其中玉蘭紫荊桃李之屬衆花齊發加以薜蘿
遙砌下各種瑛碎草花倍見爛漫池水縈紆具有活潑之趣登瞰
雲樓舒眺菜花盈金野田錯落与西崦長波輝映遠近山光四面滴
翠流青放眼久之已而倚船舫蚊山人用桔槔以斛澗水於數丈之中

竭澤而漁，老幼聚觀，喧譁無算，或於澗岸兩旁拾取螺螄，各盈於筐，因向買之，或靳不出，余舟已收得一大筐，將於明日放諸西巖洪流。承悌攜有玻璃瓶，收得澗中蝌蚪百數，將以攜歸。是夜仍宿墓廬。

初六日己亥。夜來發風，聲狂於虎。又黎明起，天色蒙然，捲被入舟，將解維而雨作，舟人言風大不能行，俟猛雨稍殺，風勢似減，乃纔發，發而復停，停而又發，三四盤桓，乃出西巖，前行風逆，雨亦常來，櫓益見遲，本擬展上沙汪氏墳塋，阻於風雨，不果往，稍延面刻，幾抵胥門，是時雨不作，相與踏溼進城，余即返館，坐未幾，倉石來，不見罕餘日矣，同至東園茶敘，談至天暮散，昔敏為余題香祿精舍圖，倉石付還，以夢薇杭州信

吟廔送來附刻新刻所著讀左瑑録壹

初七日庚子將曙時雷雨大作有霹靂一聲俄頃即止晨起硯民偕殿丞來詢知殿丞與調伯同伴來已三日茲於泥塗見訪遂偕至東園茶敍移時偕訪癸舫于況公祠不值分手有明日觀劉之約返館講課午刻殿丞又來略談遂去午後君秀來余方寫對大小兩副傍晚至花倈寓略談即返過心蘭家進問他出矣

初八日辛丑甫起倉石來云茶鄰在東園擬晚遂往同敍並遇廣甫雨返館未幾硯民來與踐觀劉之約遂同出至君秀家與之同出至殿丞寓不值遂出城在渡僧橋堍鳳鳴春茶樓暫息遂笑拈與谷香生

者二人先往丹桂戲園定座兒，往後同去，占出場處包樓一間。殿丞亦到，少時濟氏亦至，七人暎坐。戲旋開場。自出城時微雨，以後時洒時止。因有新回蘇之名旦周鳳林在此班中，故戲場極鬧。俟其上場後，雨甚密，衝上雜行，又登鳳鳴壺室吃茶點，雨益甚，乃就茶室後河僱得小舟，五人促膝其中。天已向暮，進城後河路擁船不能前，半途登岸，踏泥返寓。甚得濬書並無錫信，有石章二方，屬轉致倉石鐫篆。

初九日壬寅。雨聲達旦，橫塘之行不果。爲君秀託以素翁文選墨極聯贈林道三，寫於印章之下，凡數十字。辛芝、錫侯、玖弟先後來同敘。後午後漸霽。傍晚以蘭來談，頃偕至東園，與倉石不期而遇，茶話移時。

初十日癸卯約友同展橫塘張先生墓茶磨名石皆不至晨作札申約君
秀並親自至屠雨家呼之起同步出胥門與思蘭茶磨會於第一泉茶
室吃茶點候君秀未來舟人告於橋以待邀登舟徐徐行駛達橫塘沽
酒乃艤亭子橋舟人備祭菜一切登岸攜楮錢步入嚴家灣行曲渡
橋過濱行近吳坟宮橋桌子拜單展祭既畢往秦二君在隔溪坐憩少
時乃出出至半途雨君秀至問之易僱小舟自胥門往追到也余為導道邀同
坐舟解維由翠雲歸涇橋穿出自蓮橋濱跨官塘以達治坊濱將至虎
阜五人促坐小酌午飯既畢乃抵山寺前門登之余與君秀上擁翠山
莊周歷而下復登山憩千人坐上君秀攜鼓與上五十三參小余又與偕

六圓歷雨下五人會齋出寺步塘上直至怡賢寺訪雲墹上人道他往坐禪房中共徒論茗與談々承飼湯息勞少時留飯及雲公出回梅至昌門君秀先別去舟至胥門餘人畢登進城分路返館天未暮也是日晨陰晝晴向晚日又隱入夜見月館僕告言錢卿溥泉錫侯皆曾來不遇

十一日甲辰晨歸邇家一遭返出至修仙巷花侯新遷之居不值々其弟夢梅略坐至倉石寓談少時返館督課晚作復畫堂信飯後寫禹臣紀婿寄書對一付茶磨來閒談稍晷正叔偕出慶之溥泉花侯君秀同來來坐即同至鳳雲處適遇硯民彼此敘談良久乃散返館理晚課

十二日乙巳兩生同告假去出掃墓余無事寫君秀之父寧號四如條

屏一幅，即攜之至君秀家交與，即約再觀周鳳林演戲，伊方收拾行裝，余暫往敏德問黔中近信，坐移時乃至郡廟東戲園，吳椅每預定者，余坐菊桌以俟君秀，同座有吳語堆、剛亭、萬梓居、辛楣、竹林諸人，隔座則倪樹睢、孫溥泉也。戲場之極擁擠，天氣大暖，觀至一半遂起。君秀要歸其發行李，復有鳳雲壺茶話之約，余至花偎廚不值，獨至鳳雲正張將渴，移時溥泉尋來，又移時君秀乃來，一同話別，伊於今晚登舟赴吳縣也。知邇娶熊觳然於初十杜生子，名承贊。

十三日丙午。晨窗了寫字債。心蘭來招余出茶話，辭之。而後館課作綴者又晌。次飯後，夜侯昆仲來，又招余出茶敘，又辭之。復言欲遊顧氏怡園云導者，余不能卻，乃偕出，過倉石寓，又偕之出，四人同游園中，花事亞闌，遇熟識人甚多，彼此敘談，隨便憩坐，啜茗於池邊，良久乃出，各分路，余返館作函：鄭盦弟信、潘畫臺信、倉石屬以其刻一石寄與也。

十四日丁未，晨後起，茶部來約在東園，赴之，蓋約倉石矣，二人有虞山之遊，勸余同往，余以館課再曠不可，力辭之。返，背一生朝課畢，復出，過敏德，至敏家蓉甫田家，甫田已起程北上，乃至敏慎，以錫侯、漢卿兩弟定於十九日起程詣徽掃墓，將備筵席會議，招余參贊其間也。漢卿為芝生叔之子，爲是初見，圍坐并辛玉春三弟六人，言笑晏晏，良久而散，散出，余至錢翁家，設次，偕至觀西玉壽仙，復茶話久之，返館，猶背日課，一時許作函偉兄信，多問有兩報照。入夜腳氣仍猛，注滛睡猶未絕。

十五日戊申。天霽，地燥。晨出大街，猶滑。至敏德託寄黔信，遂至莊祠略坐。至觀東玉樓春與錢翁約也。候良久，至，出示近著自祭文及自輓詩（長排）五十韵。因四年前曾夢一道士告以壽臻七秩也。余謂夢境無憑，但翁借以自遣，聊作曠達語耳。携其稿返。飯。替一生課。飯後了債，寫字三件。是日表侄招飲，余以指甫發芳，乃連次見招，仍固辭焉。

十六日己酉。晨錫弟來，略坐去。余即出至花侯寓，道昨日之歉，於其所藏明人墨蹟冊頁少許。同出至碧鳳坊巷倪公饒蒼劍泉，晚談片刻，分手。與花侯有約，余至五畝園下硯文先生處郎雍及開湯餅筵，與柳波及敏慎諸弟姪相叙午庵出房中復病，庵潘姓滿為庵撥款出行至觀前，僕還原僕本約怡園遊，往往遊心蘭處，須之先後進園，天氣乍緩暖，花事正繁，蜂蝶紛紛，僕至夕陽西下人影闌珊乃出，与心蘭原僕以次分舫返飯。

十七日庚戌，昨燈下作跋于橋㕍信，令併自刻各種十册攜至錫侯家託其上繳，時面交不值，將信件留下，遂歸家少停返飯，晚時寫書伊娘滬上信，又復夢薇武林信，即發錢省之來，知其碑帖店另一處於宮巷。屬雨來以紈扇屬書，均設少時去錄蓉湖十絕句草稿出。

十八日辛亥，課閒讀錢叟為文詩兩件，文中如蔣者數語並錄出錫申來，務行姆姆即去，海書豈復信而會石往虞山矣，傍晚至花侯寓，以

寫好久也條屏四幅託其帶去無錫交梅青翁不值留下返還累
亭于花街巷口詢知是翌日來蘇茲往訪硯民路遇邀我飯而不入怪之
乃有明晨之約返館擬和西圃妹丈游泮宮詩未成

十九日壬子晨至調豐巷問吳翼亭家遣馬先見其子號仲虎因知上
有乃兄號伯壎矣翼亭出坐談未幾琴舫至同坐談未幾花僕亦至
三人君相約者于是翼亭邀至觀東茶樓敘談移時散返遇敏德進去
適譜弟在座共談同飯〻後同出余回館替課一時許花僕又偕硯民來
又招余游怡園遂同往園中甚熱鬧牡丹微放矣盤桓良久啜茗于石
聽琴室又久〻與硯民先出同途返館知花僕乃弟夢楙曾來留字于此

又有吟麐來字爕卞勉成和竹舟拜韵四律

二十日癸丑晴決不定晌午硯民偕冀亭過談頃將午飯余留之亦肯乃去東園余既飯而款之時有陳雨蒼話間談起余館之東斜對門盧小松所住屋將覓租户而冀亭正欲遷居於此余言小松甚熟因引與觀之徧歷其屋並詢其價少坐分手返館寫紈扇兩摺扇兩皆了債也尤㙲甫來因其伯母治喪欲借會典查其禮節余爲作致辛甫一札與之

廿一日甲寅夜來雷雨晨起檐溜猶淋浪也鈔書不入繼祗課一徒填鵲橋仙詞一闋題石鏡臣乞巧圖帳衛印寄之又寫周若蓀偈摺扇全面又爲吳子述補寫十五年前所題春眠眼聽雨圖傳箋聽一詞得君秀昨

晌午微霽日出

日來信，即泐復。勞去。傍晚地乾，至書局前蕉陀陰暗，方檢書籍案頭校初白先生所著人海記一過。談移時出，回路過徐家翁家，叩門入，恰好歸自虞山，因話游事，惟天平未游，暮不能多坐，即返。

廿二日乙卯，晨陰，雨來，敬屬去佩綠齋文案。余已刻各種均付之，象偕至東園啜茗，股返。門課題，乃賸次和韻焦重游泮宮詩。適辛和叢遣人送字來，即付携去。陸韻樵來，欲偕余出吃茶，舜之飯後偕西子妝一調，題沈湛求西疇梅妝圖，負債久矣。傍晚潮歸家，接莫春返館，發吳以頤賀婦殤律見示。

廿三日丙辰，清晨韻樵即來，偕至東園茶叙，移時出，沿堤北行，余至晨侯處不值，返，仍課徒。婦弟以新嚳賓業送觀，即鈔入青衿錄中。午後光福

山鷓坡客沈金瑞來與談安葬立生嫂鄭氏工作適元吉來同談去後永姪筱旦先後來既去范侯來拖余至風雲茶敘抵暮散

廿四日丁巳向曙雨務衢湃起時已止啜朝點後至倉石寓昨已由虞山歸談游事余以畫堂顰姊殉札及印石交秀伊以姚芝生屬題女夫人案生女史畫蘭遺冊付余携之返又至硯銘廬偕晚同出至儀鳳啜茶移時散遣餘暑課餘間補作歲朝春詩又和鑄卿生挽詩用三松公和隨園生挽五律二首韻晚同夢梅來

廿五日戊午晨倉石來云茶鄰已在東園蓋到過倉石寓同來者即赴之意與其同敘談觀倉石所作書畫多件皆了虞山債也少時偕茶鄰訪茶磨

路經心蘭門并邀同行行至新橋適見茶磨從西來會於老嵩園茶敘
良久散又作和陶公挽歌三首款以廣錢翁之意傷晚溥泉來邀余至
風雲臺吃茶閒話倉石尋來云茶磨在東園因與溥泉同就之走出遇
錢翁云到余館不值出而行見茶磨在許友石處晚會所欲話即與錢卿
返館中五鼓訪稿少坐而去
廿六日己未 昨有買舟往城西飛花之約繼閱晨匠齋去作罷論矣清
晨出胥門與茶磨心蘭會止之每借返茶敘移時散所定泰昌福之
饋改為就其館上嚐口去之余姑返館理晨課晌午茶磨亦會于施館之樓
招余同赴小鶴樓點心極只有余等四人言笑甚歡散出同遊怡園其

中牡丹盛開而來翁盤桓久之出至敏德歸路晤鏡如弟他出茶片時不回留字而行返館至半途遇之則鏡弟適到寄園且茶余歸時立談數語而別晚返猶理晚課焉得君秀信中附徐子雲江陰來信

廿七日庚申題心蘭所屬胡三橋吳秋農合作江南春手卷用東坡題煙江疊嶂圖七古韵謝濟棠來結算賬留下樊逕庵文集補編湯伯述槃邁過訪李豪各函本俞曲園茶香室續鈔示余君鏡邑來取題紙帳銜去替課至晚竟日不出

廿八日辛酉晨至清嘉坊馮子山畫室遂至通然因知昨夜馬棚失火特問之幸無他患過譜琴弟略談出至西首蔣殿丞處訪之不值歸家

歲丁譜琴劉号

与松兄筱兄話少傾後一游鴈蕩乃返館即於敝的富貴神仙畫幅上
戲題两絶句永姪來同午飯夜寫尊古堂畫坊招牌一通寫殿丞屬
小對一付萊孫早晨我往府殿丞來也是日連得君秀偉兄仰姪信三封
廿九日壬戌晨將出茶幹來邀赴東園之飲少時先行至譜弟家以
偉兄信示之因其有歲丁同觀語也旋移時返館替課生飯後富甘蔚
屬七言對一副向紙店取箋數再寫適殿丞來正設時聖集亭來共
設席劉借逸兄公祠訪琴舫不值乃復游怡園游人甚集而花事闌
珊矣徘徊久之出分路返又寫小九言對一副茶磨來在許友石處候
余竟不值是日得鄭盦丈信燈下作復

三十日癸亥三月正當三十日而日值癸亥又甲子之尾也柔生芸史畫
蘭冊中題詩三十餘家有硯南彦部容舫黄雪香程序伯江菊樓許
菊唯諸公多舊相識因鈔出之作跋俾見信又寫九言對兩副
四月初一日甲子黎明猶雨一陣衛寄琴起視狀飄飄然未幾又寄出喚轎
出至敏德不見一人留字行至莊祠催壽頤至敏慎松窗兮婆羅花放矣侍
與妹話移時薄出返館街路雨住便乾習課至傍晚又雨暮風作是日
換戴涼帽而天氣轉冷茶邨畫白蓮子扇以贈藥龕上人屬余書余
呂舊二絕句題之又程希谷畫拙政園一角亦題二十八字
初二日乙丑夜聞雨聲向止晨作一札懷之至蒼石齋知其不在將以札留與

有使寄松江迎從及看課半日雨間作傍晚冒雨歸家 祖先前薦時
食畢出即踏溼過館
初三丙寅雨聲入夜不知何時方住晨起猶陰偕秋錢卿詣婁五首將
選閱札後茶邨繳還三件晌午開寄殿丞來約為留園之游並邀硯銘
硯銘未遂偕至殿丞處殿丞方令家廚備菜僕擕之至吳趨坊河干已僱定
小舟三人人各有游要西席徐慕唐先生同往放出閶門抵花埠浜內泊岸午
飯飯後進園其時泛舟來者有十數舟而園中游人不多蓋雨後街未甚乾也
周旋其中牡丹已過芍藥未開有繡球紫藤之類在臨池綠蔭亭啜茗
左顧右盼看久久夕照在東面樓窗乃步行撑進城在宋仙洲巷口登岸分

路返未上燈也接錫侯弟廿四日在杭州江干所發信

初四日丁卯清晨詣通和坊季玉姪靈柩發引擇時甚早甫至觀行題主禮題者吳子實學士襄題者汪魯巖銅言昆仲也客來絡繹未及午即設席。散即準備出殯一切事靈前奠別余與彼兒桐弟諸人同班行禮畢伊候發動先出三門分儀從參差錯雜其間送殯者不下數十人逶邐前行天晴日光過有蓆棚處輒停其下屢停屢行經過處又有路祭三起一直過舊學前轉北臨頓路至獅林寺巷轉東入寺諸人坐憩以待良久靈柩乃到停于寺中東廳復設祭一時客多散去余亦不隨同吉即去。衣冠而返約了錢翁在觀西玉壽仙吃茶坐下覺兩腿告疲靜息久之乃与錢翁出，步游過敏德入其賬房不見人即行過怡園入其樓臺与許袁二君閒談少時方徐々返館猶未暝也得周夢梅來函因三次顧我不值擬以一詩燈下即錢和之擬得五首

初五日戊辰晨餘出昨作五絕句即攜至杉溪榆樓梅館中相見出詩共作一笑置之此真俳體也談頃出特至茶磨處先見斐庭于老鶴園為余特歸呼茶磨墨久之乃來相見道連次見顧未值之歉因与飯後稍時余先行返館知茶郎曾來在儀鳳吃茶候我不見留字後芳課得間將寓字遞仰姪來候於前日自滬返即來我館未見也遞揚莊園來偕王紫詮茶話以新刻蔣劍人芬陀利室詞話見貽談次去

与伯姬談次寄四尺篆一副六尺大條屏一幅伯姬書後余至沈旭初公館有事
託之談片時返仍歸課抵暮永姬來告云明日往黎里
初六日己巳校昨年弟送來支譜刻樣二十餘頁午後并送葵生姪入學禮
徵物兩種又跋譜第一字又徵逐要亭屬寫條屏三幅併遣人去畫
琴舫來下畫錢翁來錢翁見示八十述懷七律八首又答余和陶三首
六用陶韵晚夢梅遣人送到疊韵六五絕句勇哉課事將竣出至
溥泉處談移時返途遇硯銘
初七日庚午晨歸家具衣冠至對門尤氏弔春畦夫人之喪見芝園談頃家少
坐至百花巷拜玉四姊百日坐頃返館課暇為琴舫寫扇一面畫有梅竹

因翻宛陵集錄其梅花二絕贈都官是琴舫本家也
初八日辛未晨至琴舫處不值云在西貫橋茶室尋之同歸以扇徵其
設以詩先行至蔡卿家不值見森卿略坐至敏德欲到後巷拜貞孚弟婦
四十壽云已避出不必往矣坐頃返館午後心蘭來繳還江南春手卷正
設論梅稼來少坐同至儀鳳吃茶稼時歎余返館着課久之晷刻正長
也擬和錢卿七十述懷詩用其韵而不次
初九日壬申錢翁述懷八首中有五首弱韵者余倂作六首韵并弱白皆有
札來為賞佛香須邀倉石倉石未來而佛香將殘矣得黃薇信
初十日癸酉夜來雨向曙始止早起襆被出胥門地稍滑催定夏三

壽小快船往光福山中雖風逆用纖而船小載輕行頗速四山雲陰漸散日光摩盪草木叢滋衆綠如海水窗凝碧映我鬚眉申刻抵澗上泊岸携杖入山至真如塢為五生大嫂鄒氏安葬擇于酉時登位余至已無一人工作齊竣其草率可知乃喚沈金才至查問其事已雖知其實矣但令其家上再要加土付些工價而返出山至司徒廟看毛竹澗兩岸籬落為之殘缺至拔容錢迎福家適上城不值詣　六世祖墳一瞻出晤小卿弟同至別墅中坐談夕陽甚好而為早乃復入山至　祖考暨　顯考妣墳一一瞻視回澗上天暝招小卿就船中促膝敘談晚飯後復剪燭寸餘而散

十一日甲戌天明解維出至鎮上余起晚日穿窗和風襲袂仍牽纖行於風不

順而北順廿行尤速農人多撑舟罱泥預備壅田廿府北入黃桔槔之聲
不絕行過木瀆始煮飯過西跨塘而東方午飯焉抵胥門繞交
申初返館猶背課兩時許得夢薇寄來雜海十二種共廿本杭州書
局集本又填春光好調作詞一百一首名曰春光百一詞覽之甚在徽典
排日兩黏切之於詞之體不宜
十二日乙亥陰晨作復夢薇信以所著百一詞及所寄來內經靈樞一併
寄還之飯出而唐少棠來談陳既去乃出至靜心菴拜汪穀卿繼配王
氏冥壽銅士自其府出坐少時至護龍街蔣氏賀保生嫁女浩來入泮二
喜也坐少時至嚴慎先哥玉荀茀來為松兄與余兩膏方改為丸方設稿

時至三松堂尊姝招我佛香設飲茶蘼茶鄰皆先到而合石君稽留葺城不
至少頃坐席有春時姝重來弟共六人肴惟五簋八碟而家出自厨甚好也
飽後忽然洒雨未幾即止與雲茶蕭出同至觀中雅叙茗談雨又颯颯兩陣幸
青茶蘼有肩輿余有一傘至敬德不見元吉家遂不復憩返飯知殿丞三
日送來三次皆不值觀自磨墨寫伊所屬之小對一付
十三日丙子夜雨向晨尤大札致殿丞擬為夢薇作春光百詞序須有說頭
乃查取詞話等書飯後不雨傍晚殿丞來為其妹王蒨侍氏殉夫王乖
態以死卑節烈將徵求題詠表章須屬先有作駢文一啟余諾之借至
儀鳳茶敘良久散

十四日丁丑，大雨。勉成春光百一詞序一通，遂錄稿，出以詒燮臣、蔡鍊公，為七十
六首。遣人送去，飯後作書致藝薇，信以詞序附去，又作致偉見信。是日弟
生皆小恙，不入塾，獨自坐雨悶悶。旭初來，略敘談。午後雨止，傍晚似乎起燥，
乃出閒步，訪梅琴翁，不值，乃訪徐窳翁，談片時。返，未暝也，溥泉、曾嵒遣人來
約茶敘，不值。上燈時倉石札來，云行船阻風三日，不及赴佛香之約。
十五日戊寅，晨出至歙(徽)少坐，託寄黔信。至莊祠坐片刻，至礎弟婦處，先見
弱媳，既而弟婦亦出，見坐片刻。返至清嘉坊沈淥匠處少坐，又至倉石處，不值。
遂同俶豹書入塾矣。傍晚倉石來略談，邀余出，有伊友殷人喜侯、稚巷、呂冈，
至鳳雲樓喫茶，倉石談及欲覓屋，猶屬茶累起，由遊馬坡猶府賞巷

進俞天煙弄出辦蓮卷壽我房子數處入觀銘廬少憩乃散是日暮
課之閒寫紈扇兩柄
十六日己卯府學示期新進文童於今日邱送入泮董游泮宫之禮斗楣
心香朱徽卿及筠圃姊均不詣學謁 聖仰春姪亦不出門惟敏慎當中
開賀而筠姊以七十九歲慶九芝亭亦以五十九歲慶九理應祝壽道
喜余不往他親友入泮人家專到敏慎出則先至倉石廬不值至敏徐見
元吉略談至錢翁家設息入偕至白塔子穆塔影居吃茶〻罷再回至錢
翁家而掛衣冠者乃來方至敏慎已飯時矣分省道賀後至松窗見筠姊
遂留在彼坐席後兩席皆散讀老夫子而余陪焉席間談會試摘發

前日雖已得信，今始查訂無訛。三縣有三人：曹允源、鄧補保、鄒嘉來，
而嚴籍爲多。寄迎存姪潘尚志，自連捷一百九十五名，志字行之，姜殿楠於此
舉始厭爲欣喜。天氣驟熱，房中已著衣冠，房撤即走出，街上日中尤得
汗大流，亞歸換又脫高內外兩衣，祇穿長夾襖一層，坐憩。展昨日所到佛
兒寄余之信，欣羨已銷。病復試辦閑壞，並附鈔奏摺稿、告示稿兩件。
然無可往，遂入怡園，於竹槅庭樹及綠樹陰濃之下隨便小憩良久，返館。
天色尚早，復出至倉石處，頃將倉石爲余所拼刻石三方緩去，即取歸。拜
同姓倉石之畫幅二件，茶後又出，與已述，並見陸廉夫，新自其家鄉來，寓園
中。晚觀三官殿中，舊友相逢，快談移時，返於館中方暮。

十七日庚辰昨入夜雷雨雨不猛而枕上時聞有聲晨猶未霽君背課兩
生皆來翻閱雜海標其名於書角傍晚心蘭來談去後余歸家一走暮
返衙上乾者十之九而氣又轉冷燈下觀湯伯述槃邁文稾
十八日辛巳晨硯農字茶鄰來云心蘭蒼石均在儀風邀飲亟赴之時硯銘來俄
而殿丞來皆同坐圓桌而心蘭茶畹稍時散余因宜療病日倩藥店中人
來合丸藥將各味炒之晒之乃俟置磨磨之硯殿二君又來殿云將赴[illegible]硯
出小篆兩副屬書略談去余遂於燈下課之既寫大小篆五副八言者二九言者二十
言者一復落款加名印諸事俱了心蘭又來亦略談去
十九日壬午晴暖首如到假搨承鈞姪孫摺扇照書扇已有書有畫因書未滿

啟補其空，即為摹石，教文數字。適硯銘來，云昨其殿臣約往大觀園觀劇，略坐
偕至殿臣寓，復少坐。偕出城，在渡僧橋堍遇錢翁，同上鳳鳴臺吃茶。移時下船，邀
錢翁同往，不肯，別去。三人上嶽陽樓上吃麵，既復至大觀園，在正廳正中桌上
看戲。良久開場，有天香燭緣及遊十殿。兩畢歸城，薄暮殿臣分路去，與硯銘
過溥泉處，入暮設飯，同李雨劍泉上燈返館。得夢薇信
二十日癸未。夜聞大雨，晨起雲濃天陰，午後放晴。以槃薖過來及自作散文
送錢翁閱。夢梅來，携其兄花侯並我畫設，移時去。燈下作復花侯信，是
日午間作復夢薇信，候昨信句人來付之
廿一日甲申，晴暖。又作跋君秀梅壽雨信，課暇填成國香慢一調，題姚

芝生夫人沈柔生女史畫蘭遺册傷晚錢翁來攜示近年詩文稾
廿二日乙酉晨茶邵來已約倉石心蘭在儀鳳即往同敘移時散返館倩人裁衣
冠後出往百花巷視端卿弟六十壽途遇殿丞以范君周三信託其帶往金匱
又約儀鳳余至瑞弟處略坐即行再至儀鳳則硯銘已在因與殿丞話別伊
云明日準行也移時散余以殿丞需還其姊殉夫事略因即就其情述擬
成書事一首臨睡録稾出將明早送蔣處也是日劍承來
廿三日丙戌早起至寶積寺為眉川八伯父三十周年少坐吃點心辭出至定光寺
松大嫂蔣氏七十冥壽禮懺半日午刻家中設供　先妣蔣太恭人忌辰也拜
畢仍至隨寺飯蔣坪來惠以素畫夜面傷晚攜以行至觀齋欲換訪隱屋

夫過倉石於新開畫坊尋古堂略談進觀人之光閣登其樓見之高朋滿座
後有東子煦谷同敘談廣夫外出吃茶留其徒於居餘俱下樓有他去者
至鳳祥春僅有四人余欲答季劍泉姑至碧鳳坊巷劍泉他出不值即轉
身赴廣夫之約於鳳祥春遍尋不見悵悵返館
廿四日丁亥晨至敏慎見籌翁對謝賜書畫扇遂呈心蘭茶卿扇呈之物并詢
知不到他處雨柳波適到館因留同午飯飯後並出朋舊尺牘十餘冊付觀一一
展閱不能盡飯已又談辛弟出手繕支譜稿二本携以行日中甚熱因過亢
家入見錢翁又談移時乃返館補課半日倉石偕佩珊來將其所作書畫
後面兩件來一扇呈籌翁并一照余邀余至東園茶話

狀元趙以炯貴州貴陽
榜眼邹福保江苏元和
探花馮煦江苏金壇
傳臚彭述湖南衡州

廿五日戊子晴熱作李劍泉太守函也莊先生家傳去年劍泉以行狀來乞遲〻至久矣略撰一艸繳後得君秀信寄目託殿丞帶去之信未到迴頭而蔣燮送札來知殿丞於昨午後方起程耳君秀信中鈔來黃埠墩對聯九副因前屬擬聯句也

廿六日己丑曉閔雨作從此瀟颯然涼爽竟日錄出李倩豪雖加修飾未能自信錄後寫李少薇屬紈扇全面又友人屬不署款摺扇一面錄出國香慢詞將綴卷姚君寄往常熟也

廿七日庚寅晨有風吹雨地漸燥至茶邨家已他出矣見玉森略坐即森卿返路過倪公祠入見琴舫於樓頭談少時返館撰作黃埠墩聯語云對九峰砥柱

中流直上重樓應有仙人能管領我想西湖天明鏡屋經勝地倘教俗
吏洗風塵入姚嘯筠口氣說也即作一札寄復君秀
廿八日辛卯課暇校文濤世家園与考稿本三鼓時茶坊來談順約東園
春伊吳壽南會名少時會齋並有佩珊四人同飲移時散傷晚至楊蔣園
飯中因敘亭弟屬欲以伯初姪從蔣園為師說定出鄰家一連讀壽姝
新詩三絕因閱心存姪捷音志喜並志黃陽以大魁書偉兒云
廿九日壬辰晨至心蘭家繳去近函扇面借出余與至儀風伊去搭倉石先後
來閱君語乃約定同詣舅姑要之期返飯者課作書偉兒信未封飯後恰
接偉兒此月朔日信披閱後又添附另箋一併封好昨以宜入學閘日為兩生

試筆作詩與荀弟生均之大瘋狀兩條直之

五月初一日癸巳。晨至敬德堂，托黔信至寶積寺，爲宣廷姪六十冥壽，與元吉坐談。至莊祠坐片刻，至混堂巷理弟一房新宅，於廿八日遷居，特往賀之。辛弟在莊祠，同余去訪劉與之共詢居宇，堂曰懷德，見子樂姪略坐。出至敬慎有約也。先侍尊拜談，已而倉石、心蘭、茶郵皆至，啟談之次，觀字畫尺牘各件，留其午飯，併辛弟西六人。余與辛弟茹女書，席間快談。飯後尊拜入内室，餘人散出。余至廉夫寓樓略談，即偕茶郵、心蘭於雅聚茶敘，辛弟亦尋至。移時飄雨，茶郵先去，起行。余與心蘭同途返，返館後督課。聊時許，鐵翁送還余散文稿，承其作序，勸付刊。作致君秀信

初二日甲午 昨雨聲達旦，又淅瀝竟日，天氣殊冷。得無錫潘書堂信，附到贈倉石畫幅，適倉石便來，即付渠帶去。元吉來告清藝近事。

初三日乙未 晴。早茶鄰來，已約倉石在東園同茗談，散時有四點鐘，觀中之約返。復課悅叢兄來，亦以近事告也。得彝敦札，有蘇文軸、范湖冊二件。飯後即躬送倉石返滬。晚至觀中，與春壺、茶鄰已候久矣，有春畦夔孫同坐少時，又來竊小爲飲，談起行至三元閣，余欲借蘆夫畫扇冊等件入，不值，歸於鳳祥春，後見孟有、心蘭、靖生、梅生同坐少時，又來守梅，彼此敘談。與茶鄰先出，至達至敏德，不見人，即行，又至倉石處，有贈予之件，承以貺近作梅花一幅見贈，携歸。倉石寄余鍾馗一幅，去歲錄其題語也，以大阜生楊勉信知錫侯由回蘇矣又得金匱署中石周樓三君信因彼處與競渡邀余往觀並邀硯銘遂携函至硯銘處將易有改伊一函相與披閱並問伊行止未能即定返館天暮燈下細閱午弟信並有歷墓日記擬修支譜各條承其姪纂四篇

初四日丙申札問倉石能同往果將觀競渡否答不去稍時硯銘來亦答不去剩余獨行余亦無此興矣遂作札回復君秀函倉石以刻好書堂一印來因附一札託併封交又作寄佛民函附去鈔并外春蘭志書詩錫侯弟來談別後事良久去飯後查子伊來談久不晤矣傍晚茶磨旦心蘭來談良久又至東園茗談後阜來同座談更久散出至鳳雲邀狀廣之回至

味旅盦還周夢梅處飯
初五日丁酉昨與夢梅約晨即至彼已他出少候歸略坐同出至觀前風雅
春吃茶遇快談良久伊欲觀劇行由酱前可先知其戲目並時節日停演遂
散後有午後再敘之約余返寓與從兄弟姪會同薦新于　祖先前禮畢
吃飯飯後少停出後至夢梅處復同出往至觀前一路行人擁擠比午前大
甚矣進觀聽人於雅聚則廣天佩珊倉石璐其兩郎又有漁壺均同坐此
外号座不滿盦形座執遂廣天為余畫扇作老道九老燒圖特於今日端午寫
之大奶唯時名后跟邀廣天至其處作畫散出分途余偕夢梅買筆買
扇買洋傘伊還他友邀往余亦分途至敏德不見一人留下託寄佛免函

即出至倉石處，賠廣夫之賬，要求勘筆寫跋，云濃兒倉石所藏明拓石鼓文極好。少坐辭出，伊以信屬余加跋，遂還。倩人送來丞鳳雲儀鳳尋梅樓梅，不復見。遂回，飯，得鄭盦帶信。

初六日戊戌。蔣梅來，同至東園茗談，以補昨日餘意。散時伊亦到，飯畢，永姬來同飯。飯後倉石來，贈余一扇，仍書畫俱全，知廣夫心蘭佩珊皆在東園，一往敘談。返，仰蘇來，告明日赴滬，坐頃去。余又以永姬紈扇託倉石畫，又閒頃刻之花傍晚。晚飯後遣人送來矣，余適以彝珠札屬倉石錄，即使可發，發即付去人携去。亦於傍晚剃好送來，其勇遞如是。晚飯時又得梅妻昨日信，云訖舟之會，初七八方試演，君擬信，即來蓉湖，亟可一觀。

初七日己亥因接寄之信，令俊僕清晨出胥門喚夏三義船，三義即至，遂襆被令搘去，余步將留一字於館中，即出過硯銘處，叩門入，倩人入內呼之起，告以故，並勸同往，伊亦樂從。余先出城，令舟子舟進城至辦蓮巷張寓取行李，余第一泉啜茗候之。移時硯銘出，相與茶畢登舟，放行，舟小而輕，便風斜而屬，轉由虎阜路出滸關，天氣晴暖，兩人促膝閒談，將近無錫城，紅日銜山，紫翠蒼秀，向之而落。酉正抵錫山驛泊，余意殊不欲進城，並既至而不至金署，實為欠理，遂偕硯銘入西門至署，時已上燈，見張公，各各忻悅，方接余回謂不到之信，大為惆悵，相見乃云說舟今日試演，明日恰是第一百來，均以好具彩雪樽，因出寄請客，即設席署中花廳上。三客不速，恰逢淥座，余與硯銘請見嘯筠公祖，坐談少時，便入席，席散署中

幕僚敍設稱時蓂庭諸公即遣役為我二人取行李來著儲上宿焉

初八日庚子諸公預備蔣家酒船以為説舟本係公局今則公請余與硯銘與衡甫

丈巳刻往公分次以出余與君常長蔚笑拈同行先至青果巷邀梅壽鳳少佐階之

出至八兒巷虞家坐頃乃出北門至蔣岸上家裡問之船已開去乃返向北關橋與一

小舟擺渡至小夾對面溜園濱已見蔣船登之則蓂庭諸人已先集追到齊為衡

甫硯銘梅壽昆圃雪樗蓂庭君秀長蔚殿登笑拈及余十一人稱時所喚侑酒之漸集

為虞菊仙李蕙英李佩玉徐寶琳宋壽蘭顧佩蘭吳金娣桂卿七人此七人者來此參差其

來而又去去而又來者絡繹綴代游船之集以數百計聯比相泊而漸以彎曲漸匀

漸密遂合成一大環彼此相連而不能出中只數畝之水以待説舟游行然其環已

令小舟且不能揷入惟兩兩擺渡扁舟游行其環中游人多集各船頭以觀時望

就船而不至待至未申之間遙見旗旛風颭鼓聲至矣於是西北一面環為之缺而就

船于于而進矣一小舟在前有會首諸人手執紅旗先向各游船呼其打招之處逐一

挿列以為表識且有争奪上賞者賞以一餅遂首於我舟之前打作三招水手

等賞以饅頭粽子各二百枚他舟之打招者亦皆有賞惟盤旋不甚快便則上面

旗旛招風今日風力頗猛故也閱一時許大環又排開一路龍舟出去而環形渙散

參錯縱橫不復圓轉我舟亦退出蘆葦燈舉燭正在安排忽起雨陣游船齊來重

復掩窗暫泊小英豬時雨歇天剛入暮乃復裝燈凡一百數十盞掉船燈如移

再至醬園浜亦作盤旋泊定鋪席設圓座十一人位坐已滿備酒肴差有稍少後換坐

幸青蓉飛菱代更相遞換，雨時則行長矣，且又大雨，其熱尤猛，息燈閉窗猶自閉門酒。良久酒闌人散，即以余坐來之夏三秀小船，請人並坐，至彤園促買雨進城，抵衙後水埠叩門入，時將交丑，即就睡。

初九日辛丑，雨聲一夜，曙後尤緊，睡至九點鐘起，雨聲適止，以為從此止矣，俄而又雨。與君秀諸人聞設晌午始知，今晨硯銘已獨自回蘇，未曾與余說明，恐阻余歸也。是日備有周家酒船，係花梅壽譯昆圃合局作東，本定晚席署中，請人於飯後會齊，促坐夜船出北水關，直抵周船，攏岸，殘霞將盡，有一人登岸招於其家去。移時始女倩來，請客齊，放至舊園，濱維山色空濛，水光沉浸，雨點作泡，如大珠小珠之落玉盤，我所畫船分泊或或三二尋不及者，蓋皆預其定期不可卻

也同人團坐爲羣芳慶庭雪樓君老殿丞花侯笑拈及陽主人共九人所招倩酒士
爲壽英霞琳佩蘭壽蘭桂卿金娘五人撥絃調曲擅袖揮拳於聽風聽水聽
雨之中甚暢後於肉教亦復可喜戲舟既因雨不興各船亦宴樂燈着散
席教早作坐夏船返城除羣英庭花侯則赴他舟外尚有七人登岸者皆從門而入
花侯已就睡餘人稍談片刻乃散去
初十日壬寅甜睡不知雨何如下起身猶小雨迎後風甚狂霍霍之聲震耳遥想
蕩湖空濶仍不能興競渡也肅備公祖十二日五十九歲生辰幕中諸人以今日
備席公請於惠山李公祠中余亦廁列其間巳刻諸人分赴往彼余坐夏船
共五人同往出城天霽見日從黃埠墩之南竟有波浪良久方達燒香浜

登岸入祠，至安衣廳坐候。嘯翁出西門，由陸路至，易一舟亦隨後至，相與游覽於
祠中。及登樓開窗，則風來迎面，極不可當，故設酒席於花廳。嘯翁首座，次則
衡齋首座，以下爲姚辛甫、縉孫四人爲賓，而沈寅安、彭雪桴、吳翼庭、周花侯、
陳筱如、王植三、繆覺園、石君秀、蔣殿丞、馬笑拈、周調伯、鄧□、余十二人爲主，君
秀、子成、伯亦在座，凡十七人。肴饌係本署廚子所辦，頗爲精美，良久席散。
嘯翁邀同人遊山，只除寅安外，餘皆從嘯翁步行至寄暢園，至華孝子
祠，至漪瀾堂，至二泉之上昭忠祠旁客座吃茶憩息。天色新霽，山光如秀。
同人有登雲起樓者，余不復從。少時嘯翁仍具衣冠，下由昭忠祠正門出，
乘轎，儀從等發而返。余等出轎至胡文昭公祠，觀池中荷葉如錢吐花。

步遶惟枇杷樹結實纍纍，黃庭向守祠人索取，已摘下者食之。余先出西
舟次，俟諸人皆出，仍分兩舟而返。風漸平，水尤恬，遂覺便捷。掉擋園濱而
過，望見畫船後，似雁行相列。回署時未暮。
十日癸卯，天氣晴和，就舟復出。嘯翁專席請余，又將全余不肯拘束之
意屬翼亭，託人備舟移樓，代為主人。翼亭與余先出北門，覓船北門河中，
空曠無所有，始西近水樓吃茶點。適笑拈來云已覓得一大舟，雖不合遊玩
之用，而極寬展，可坐多人。會此別無一棹，只得僱之。花俟六畫，遂同到河
邊，望見此舟巍巍然高出諸舟之上，以擺渡船先向擋園濱一巡，見蔣船招
呼邀殷之，乃令我舟移與蔣船相並。君壽以夏船載誠伯及梅蓀喬梓

閒來泊此相並一切可互相照應少時飚丞調伯自南門至雪樓覓圃以渡
皆至本署官眷一舟飯後來泊更遠遠相對是時泊舟又合西環數且大於前
日頗有自他鄉聞風而至者故場尤熱鬧有自署中來備有水餃子點心
以代午飯午後龍舟稼入環中先周行一遭然後向插標處盤旋打招我舟（賞搖舟番文）
上擲一鴨波中龍舟水手有泅水以搶者鴨既脫縛出沒甚捷泅者追之幾
不能及良久始在水中拿著攜之來獻又賞以青蚨四百其餘賞亦甚夥
我舟高且大鷁首可容三四十人故眾而觀者尤多此次風波平靜龍舟
之掉運便利喚打招者且多於前日良久解環划出施惠富先頗興
徒覺厚也予梅卿共居成伯先返該舟之大環稍散後集變作橢長之形

燈晚各舟多放夜炮飛響者亦宜觀玩不倦入夜設席樂齋志盛侑酒
女郎之戒來我舟者為金姝寶琳佩蘭壽英又來一生者曰黃金寶梅戰
送勝酒場戲久既撤席相要於夏船中凡八人鵝擲同回顧陸姓一舟裝
燈梳妝如繁星之爛也既抵署後門入余遂與張公話別並託其致謝嘯筠
公祖懇不及登岸張公去余遂引被宿舟中蓋早間已安置行李於舟矣
十二日甲辰天甫曙解維余猶倦卧不知所至既覺推窗則已過新安順風
自東南來為打頭風但見來船皆滔滔滾滾張滿大帆掠我舟而去余獨
自晨起時時引睡且身中不適午飯減少更不適吐而後已蓋連日勞
乏矣酉正抵蘇齊門登岸進城如意日至無錫時過[illegible]蓮巷以慶丞

跋硯銘信交與略談返館早上燈矣
十三日乙巳遣人分送施常信函入同禹夢梅來因伊見信中有欲知詳細面詢處
華語談頃雨去午後至倉石家為作札繳還翦圃拜物件觀盧夫端五日所畫蓋
園圖立軸談頃雨返修函跋君秀函論種種且補交番蚨兩餅即發
十四日丙午昨晚微雨方謂 關帝磨刀入夜乃大作且達旦及晝瀟瀟亦已作答
午橋弟信并謝贈墨文作跋佇如見信待交敏德
十五日丁未猛雨自夜及晨晨猶大雨乘轎至莊祠一灣敏德見少卿略談莊祠中
並無別人坐頃遂返鶴書往通照向四昧堂齋釋功服分孫孫服祇課鈞甫一人又
作函跋後俟向午放晴傍晚永姪婦自黎里來為余穿耳朝珠遂偕伊歸家

寅生嫂陳氏七十冥誕，在定慧寺設供，特往一拜。到家與松兄、蔭覺兄校序刻出。正孫
溥泉寓病不出見，遂返館。
廿六日戊申晨陰，微雨。文小坡自都赴試報罷來蘇，先以名片來，盖文焯之
上加一鄭字，表其姓也。昔為生課。午刻硯庭以永順縣到溪州銅柱記拓本
奉樵坡弟命贈余。此物見金石萃編，向在辰州府城西北一百廿餘里，後來移
置城中。今永順府隋時本隸辰州，唐曰溪州，為官，永順令銅柱在其近
地，故得命工拓之。柱係八面，今拓作條屏四幅。傍晚永姪來。
十七日己酉晨，茶卿來，約于東園，並約倉石、佩珊同來，移時硯銘哥至，快談
而散。鶴齡感冒不入塾。得君秀復信，知雪樓笑指日來蘇，遂作復函。又復

殿丞、賤又陵、葉亭一函併封即發。傍晚過蘭亲略談，偕出尋茶磨不值，
至玉川舫茶憩，將行而茶磨適至，又談良久，散已向暮。
十八日庚戌。仍課一至，為吳倉碩跋其所藏明拓石鼓文。午後作致耕坡弟書，謝
其鋼柱拓本之惠，且有所問。暨母妹有札來，即復之。永姪來。
十九日辛亥。晴，驟熱，天氣重蒸，蓄弛氣發潮，蓋梅交也。晨至倉石家略談，至敝
慎見贄妹，並見辛弟、玉弟，各有閱答，以昨作信交碩庭附寄。遂歸家，至鄭
寺為耆革姪婦沈氏三十冥壽設供，在寺留午飯，座惟沈杏妹、耆輩卿、飽少
愚三人。飯後至家中與松兄閒話，移時出。是路頗熱，不能往到館，就為豹書上
生壽課之寫信之弟屬作對八言者，小坡始見設序，剩得花様，復信。

二十日壬子。冬夏至晨硯銘來，以其見雲槎便面屬其兩生，皆不入塾，遂出至茶邨家。旭出矣，与森卿略談，老翁歸，敍談少時，出看午後之病。余至敏德閣家中近事，留午飯畢，見師竹談移時。小卿元書皆欲他出，余遂行至圓妙觀三元閣廣夫家，因天趣移硯于樓下廂裡，談次並為其畫扇，又有他友來，遂出至鄧春臺，邀茶邨，良久不來。晏日陰，去鬱蒸之氣，是以致雨。迨茶邨來，天已起雲，僅略坐，即偕出一濤扇舖即返，与之同途，遇森營，迅分手，雨勢驟至，風烈揚沙，迎面當之，雨始飄飛，俄而猛至，急行返館，滿身皆濕矣。是日晚時補作梨粿競渡詩零章碎句而已。

廿一日癸丑。雨連宵且起身後，猶淒淒不休。鶴書入塾課，晚續成競渡曲七絕二十首即錄出因作跋語梅壽信遂送附入俾其君秀詩公觀也飯後了債寫便面四頁眼前債去了矣忽硯蓮士孫郎又衡子氏同來以紈扇屬書仍不能清可笑也昨與小酸談去有鄭盦尚書新刊書今取出付觀書名說文古籀疏證為武進莊葆琛名述祖所著原名古文甲乙篇以天幹地支為部首以從古初據古文籀文之信而有徵者以證說文余略觀其原目凡例而知其為絕學也

廿二日甲寅寫跋明拓石鼓文一篇挂含石所藏冊尾錢翁來未晤翁自談移時去申刻含石偕廣文來談次同至東園茶敘俄而丞娛尋來俄而心蘭尋來園坐談少時余與丞娛先行隨到飯少停去

廿三日乙卯雨課兒書一人照寫紈摺扇各一又寫七尺立九言對一倉石還入以字來即答之 碧弟之大姊女婿程景顏卒於泥堂巷碧九房新遷宅內

廿四日丙辰雨竟夜不絕暮上午猶淋浪不已為梅水優且泥矣寫條屏一倉石又遣人以撫贈余畫梅先題古風一首示余下午開寫晚已硯銘寓安伊立雲樓屬書便面書吳文競渡曲有客在座略談即去

廿五日丁巳晨晴換隨安居詩文稿兩本出過倉石寓進談於其錢翁家晤安穩換借頤醉經先生文一本同出至鳳祥春茶敘遂至茶部稍時同茶部至廬夫寓少時分手至調豐巷馬笑拈家不值返飯已晌午午後調泥金寫磁青紈扇全面篆隸各半心蘭來携還茶香室續鈔全部去未幾花候自金署來快談

俄而倉石來已畫就梅花一幅錄昨詩于上親攜見贈三人共談適接殿丞金
署來信啟封同觀薄暮皆去燈下即覆殿丞一函午後復雨臨睡又雨
廿六日戊午雨無旦晝傷晚乃止昨覆殿丞信中添入致君秀一箋乃發寄帆
扇半面攜扇金面午刻倉石來談雨天未與石坡敘談特來一坐也
廿七日己未雨復終夜終日勢家頗溼霉潑浸溼乎几席矣昨得鄭弟
本月十七日書即作復函交濟弟附寄錄舊作雜文
廿八日庚申雨如作樂細十番與大鑼鼓更迭而來晌午有霽意傍晚地乾至花
侯寓略談出所得君秀信共觀同出至孫溥泉寓適有二客同談溥
翁病未全愈不能出出與花侯至鳳雲春處喫茶未幾又雨匆促分手

廿九日辛酉夜間似有雨晨起小雨旋止茶坪來云蒼石有眼紅喉痛之患同往視之倩出茶敘于東園又有自題畫梅七古一篇携其畫歸遂作報詩贈倉石畫梅一紙即依其韵兩幅數長修改而錄出之作復君秀信因姚嘯翁約余出月再至界縣赴石門觀荷余閱石門離城頗遠六月受暑擬於再行館課六年後屢賤蠶曲措辭以謝之迫暮詠姪來

三十日壬戌晴晨至敬德見少卿元吉問宅中近事夜返館即作跋併見信鶴書入塾而鶴書又不極不出笑拈來乃知其書來兩次皆不值其一次即余往其家之日也跋悔卷中跋畫子伊來取兇之跋有題客在跋後而行倉石薦來某客曰沈嵋雲湖州歸安竹墩人爲貝松泉之徒余購其五文

六月初一日癸亥晨至莊祠見族中人多急還易坐片時至混堂巷懷德堂
慰問袁壻之戚六下鐘時往返皆在敘德歇息回館蒼鶴書人課飯後
倉石來以報訪甘盦携長歌呈閱出段因錄豪士所贈桂林字條來有屬
改心蘭扇件少時錫侯來同坐談花儂來二侯談移時偕出錫侯往橫塘
花儂偕余至心蘭家不值以扇件留下回至儀鳳茶敘倉石來共談至挂暮散
得殷叔信並封來三十四人泥金帖一通
初二日甲子晨歸家見松兄談次雲氣漸張既返館雨一陣已而時有疏雨
甘盦携來會課文一集云是吳少鑫子遞來求評閱者文題皆不欲也共
十二卷詩別卷寄題覽令是兩昨非只八卷閱之均排列底午後寄傍

赴

晚忍蘭來，落暮倉石來，各談片刻

初三日乙丑。晨至寶積寺拜繩卿兄週年，聞多人在，見陳拙修道成略坐出，至笑梧家，不值，晤子觀、東茶寮，並過茶邨、韻樵、小坪諸人，談頃返館，兩生皆進塾課。晚寄贈季梅弟摺扇一柄，並作一信，前日得其信並惠徽墨、特布鞋，故答且謝之。赤劍、茶癮、忍蘭同來，快談移時，二公先往東園，余寫完紈扇一柄乃趁之，坐頃，倉石亦赴約，又頃之，笙魚來，共談良久乃散。禾杜來，携筆卿屬書扇至

初四日丙寅。晨忽水瀉，接連四次，頗疲甚，懶為他出，天氣忽陰忽晴，傍晚夢梅來，適疏雨陣，候其止乃去，云自館返寓也

初五日丁卯，曉枕聞雨，起時已止。周民瞻偕來，衣偶往訪硯銘，即偕之出，四人同至東園茶敘。散，偕硯銘來余館少坐去。午後倉石來，偕其同鄉何石菱安昌者略談，復招余吃茶，請其先去，余移時乃往，又敘東園良久返。向晚，心蘭來，汪韞甫來，去後片晌，心蘭之件、韞甫之話，皆須致舜妹。

初六日戊辰，晨天陰，至茶邨家不值，思蘇卿以徽州茶、墨二物送之，略坐出返。館，替課，致復殷丞信，函封已固，適接梅壽信，中附君秀之織紗來。錫金兩縣新進案：錫十七名，分撥府三名；金十九名，分撥府兩名。錄記金案，為過秉彝、浦鏡清、孫揆鈞、王墉、周文溶、王衡、王宗祥、俞復、楊壽楠、張繪辰、陶樹錦、殷玉田、嵇彥銓、宣增秀、華文達、過桐、張曾

時王湘蕤毓麟硃燦秦光磊核計錄十名內七人外十名內三人又計
府十名內八人外十名內四人是日交小暑節邀以小暑爲命題
初七日己巳晨茶鄰來觀其所畫柳蔭圖同坐東園茶敘良久散午後用
泥金爲章卿姪壻寫鴨腳扇全面
初八日庚午昨謝暑今遂熾以蘭來略坐邀出吃茶因往邀倉石在其
寓觀唐顏銘拓本是世所希有又觀王耕煙畫山水橫幅大小各一但
佳偕君儀風篁逢遇鑑從和尚扯之因敘茶話移時返館作復君秀信
飯後即睡
初九日辛未晴晨歸家有涼風尚不熱少停至通總見濟弟設片時返

館題過修仙巷口遊灣花侯厲臣晤知金匱正任吳次竹灼已有憲牌懸示將飭知到任矣花侯擬即約會笑拈赴幕云云伊欲出遊手到館即作致札一函請琴弟為君秀事一函沈旭初為自己事也暑氣頗熾

初十日壬申晨蔣君秀偕曲馬遠而來找我為伊謀館一事余既代為謀之昨晚已告居蔣筱略布筱之花侯來同出由富仁坊余邀同小卿弟子尋茶邨於觀前會招鳳祥春元吉志鄂來同茶點散時余同茶邨取揚樣扇面同小卿之人買磁碗鑄碗花返至毅德少坐回館午後倉石來携扇兩為東瀛女郎小華生小影係友人屬題者有小華生自題七絕四首

十一日癸酉微陰後日晨至心蘭家觀其近作畫又觀其新得時仲蘿菴生

畫册有福臣承吉老題之不知其姓詩極佳畫老為松壺弟子亦甚佳也
同出至漢宗廟始見知其來已數日因醫生生卿不能出門並至茶磨
還心蘭先往已會于紫園一同茶話散歸硯銘帶來留紈扇一柄作時韵
推來談頃同見小坡方將從出略談散作小令題日本女子小華生小照成虞
美人影兩闋又代倉石用好女兒調一闋以君秀復信
十二日甲戌 錄虞美人影兩詞于册即送倉石處 晌午歸家 中憲
府君生日擺供行禮吃飯後暑氣甚烈候至申酉間乃出至敏德與賬房
兩人談又至倉石處頃有茶敘之約遂至儀鳳抵暮而散在家中見
筱兒相中既和陶松石琳畫山水便面松石今年八十有八矣

十三日乙亥晨夢梅來飯而倉石同茶邨來未坐定即往東園余與夢
梅設畢乃赴東園則心蘭齋到矣四人飲設良久散是午暑尤酷課
暇校松兒所錄本房世家考夜不能睡燈火聽隔墻歌曲拇戰聲
十四日丙子晨無事稍涼出觀銘盦返迎鶴廬柄略坐至沈旭初處設片
刻回至梅庭琴舫處又設片刻返飯作答偉兒信多日下函傳晚茶處與
倉石東設稍時心蘭亦來同至東園茶敘所約何君蓑不見或已未過
矣又茶話稍時方散返得君秀信
十五日丁丑早起陳雨殘蹋[例]至莊祠先至致德託寄偉兒信吃點至莊祠
孫中到者十餘人知照年長孫雨姪自都中歸照年來莊稍時偕辛甫同

行至嚴慎見尋妹方買魚放生凡數百尾歸時匠飯作復君秀信由局寄

課晚代姚嘯筠作畧録留别詩君秀來信所屬也

十六日戊寅雨日稍涼至是又暑餘昨作詩湊成絶句十六首遂作跋君秀

信前日所來舟人約來取復單申刻果來又得君秀昨日信即於去信中

加注一語纖口付之而今來信中有送别嘯筠二律詩稿即爲潤色之迫

暮歸倉石還於東園略刻談片

十七日己卯晨將出還倉石於門邀余喫茶部於東園茶話復偕尋心蘭

還於途遂同行至公同至余館議觴荷〻峰旋去午後又寄君秀一牋繳

還送别詩稿傍晚承姪來

十八日庚辰晨至心蘭家不值以便面三頁求畫留之而返盛暑不出
十九日辛巳清早茶邨來招余同至倉石處拉之出並及費西席汪心臺
四人同至申衙前茶寮余拉之歸家略坐旋赴七襄公所觀荷今年
池中白荷極盛惟花信尚早已開不及十朵而含苞者以數百計為近年
所罕有同人先到與後來者合成八人陸廉夫沈洪泉二人為賓汪心臺秦磨
硯茶邨金心蘭吳倉石與余六人為主團坐於西廊柳陰之中赤日不受
清風徐至把碧筩而飲之暑氣頓滌且隔牆有絃索歌唱聲助人清
興良久席散復啜茗閒談旁若無人諧謔間作日影西斜乃散返飯瘦碧
為納妾事招余來務邀余出寓目焉見一蜀中女郎得君青信

二十日壬午晨陰稍涼至譜琴弟家為君秀事再探問之叮嚀之而至敏德兄子

宜姪在家略坐返館作復君秀信告以屬刻之嘯翁留別詩已付手民傳晚謝店

雪字樣來適夢梅在座共觀之夢梅出花儀所作贈行序稿屬余刪改

余辭之

廿一日癸未日色時隱而暑氣不減余自撰姚嘯翁留別詩序一通敍私意言

卑之無甚高論也傍晚得朱滌卿陽若鎮來信久疏音問始悉伊弟諾卿

已於去冬去世燈下即作復信驅蚊揮汗為之

廿二日甲申晨起至清嘉坊雨東到觀中拈香幾要在迎春臺遇春畦廬

夫茶卿吃茶坐息移時光春畦起為廬夫祖屋事偕茶卿至敏德談定即返

饋餚出昨作詩序稿遂致君秀一牋適吳次竹踏送君秀漢畫朱竹石而譜琴弟
等來邀於牋尾添上數語并前件及譜弟字一總并封即寄復君秀仮莫如
顧吳壽客蒲鑑庭來送余石印吳儁卿書駢文鄂首一本頗精妙心蘭來談
少時忽有雨意而不成傍晚猛雨一陣旋止是晨琴舫次泉辛芝皆來
廿三日乙酉晨積係殿丞自畢魏來偕念民見訪同至東園茶敘快談移時返寓
殿丞所作述姚公五排二十韻略為修飾午後又作致君秀信俟揆刻之留別
詩印出即寄傍晚印來三百廿張即續成信函將寄遞又得君秀信
云須多印擬百張姑先寄去夢梅來知花俟饋地瓜蠂醉矣
廿四日丙戌晨有風頗涼至錢尚家知往園卽觀拈香邀留早點物件往尋

之遇於奈察設片時散出邑殿丞處苔步不值邀返館傍晚心蘭來爲我
揮汗畫梅花繁枝便面一頁親携交來展視真一服清涼散也得君秀
信心蘭約東園啜茗伊先往余少停又得君秀信則接到蘭翁之函也
赴心蘭約與谷同坐移時殿丞偕硯銘來又移座茗設抵暮散
廿五日丁亥晨出清嘉坊交還君成伯閱款項下洋蚨君秀去中屬交貫郎
君過又邑文翰齋催即件即返館殿丞來告言今日準動身再赴畢點
約定江印件託貫帶去午刻謝叟人來云已即齎送余作復君秀信
繕就加入賬一紙交貫郎送殿丞處此事乃已傍晚遣人邑譜弗受又來
爲了石事過

廿六日戊子余纔起芋芝弟來談次錢八翁來共談錢翁先去約於東
園小詩芋甫去赴錢翁約又談小詩散蒔暮夢梅來有代其兄花侯
送姚味翁七律兩首併姚序一序携兩稿示余談頃去
廿七日己丑昨錫侯弟來兩次爲伊賓魚公所書今晨將之直愬見濟之弟替
他評圓小詩返飯後得君秀信附致謝譜琴信並刻印留別詩價洋五元即作
復信由局寄去余自月朔於寓以來寫成篆字金剛經一部心經兩通
廿八日庚寅交臣伏暑蓋熾錫弟又來談頃去飯後又得君秀信云留別
詩存要添印三百張即作信與謝店知之傍晚倉石來已自滬來矣云心蘭
心壺在東園因即往敍談稍時與心蘭兩桐生弟士衡姪孫畫便面兩頁

又見一日本銅鏡拓本似鏡非鏡有花有字云延享四年丁卯按日本紀元延享止於四年約略當在明代

皆仿文廷得偉兒五月廿六日黟陽所發書知前此有一書竟未到

廿九日辛卯晨至敏德問所得家信有五月初來者居竟尚未有返乃作復書以前書未到詳更查明是日鶴雲始讀時文詩居洛即三百張來余已寫就復君秀箴封好即令謝居人送航船上去

七月初一日壬辰清早出失在敏德一濤交去復偉兒信為七月上巡芸莊祠族中諸人皆因天暑到者皆早稍時散出又至宮巷養竹居新店以吉金拓本屬裱作冊用以觀日本人石印舊碑帖十餘種伊國中名手書卷子三四件返館皆課避暑不出亦無人來

初二日癸巳昨夜震雷轟轟而密雲不雨申酉之間亦復如是迨日出仍陰雲又

四谷雨方大來堯面刻而止夜復瀟瀟看静引涼入睡
初三日甲午晴涼仍陰閒步至倉君寓同出若設置硯銘立凡稿時返飯後倉
君遣人送來舜叔處所借楊濠叟手翰冊本披讀之
初四日乙未夜多雨聲晨涼茶炉來偕至東園余爲邀倉君君來同敘稍時散飯後
以濠叟冊遣人送還舜叔處大雷雨有霹靂甚震雨綿至晚小坡來談
初五日丙申前在蒼峒居得陽文刻碑拓一紙五日作嫁新政假貸貧人監護大
夫齊人君卿方正散金義直恩惠立石刻辭我里不亡字近漢隸令作跋語一通以答
可孜孜之意姪到館來告昨霹靂打在我處東宅發義堂第二進自樓
上屋脊而下樓中一廚如磁器皆粉碎屋之脊掉一片下有宅屋擢其煙囱人見

雷火穿窗而出而樓底有五六處矣樓至平臺無見一蛇蜿蜒於牆而及屋頂見
輙加大於舊哉此物之將為患歟又傳聞鎮撫司前吉由巷人家皆有打壞屋
脊之事不知確否又不知其何由也傍晚偕蘭來同至東園茶叙良久返而晚飯溥
泉來久談後片刻去因鄭盦弟之書寄到莊氏說文古籀疏證一部
初六日丁酉作書交鄭弟之書即送通惠託寄子俊得君前之書中有殿丞一
緘亦即寫復一牋弄村文局趨雨陣兩姪來避雨片時
初七日戊戌晨陰涼至倉石處不值至茶卿家又不值與森卿談茶卿歸又談少
時至大井巷唐夫處晤談片刻由敬修宅後門入與小卿元吉談同午飯飯後雲勢
似雨而遂回行抵不欲返也直至甘翁家數月不見因與長談晴日又出良久至黃閶

堅濬承房又談移時邀至鳳雲樓啜茗樓上憑窗眺海爽坐更久抵暮方散是日
七夕穀黎也
初八日己亥晨子城公〻來即去柏得汪逢泉來偕至廣大安伊以河前日當一并議
將務改其門逢泉來之謂只須築牆瓏其井使無妨矣元吉遂來與匠人語余因
〻仍由後門到宅少坐返館養竹居人來
初九日庚子子時立秋韵樵進倉石先後來談傍晚歸家　祖先前立秋薦新并過
即返館夢梅來偕出茶敘遇笙魚紉蘭于途邀紉蘭同至鳳雲樓上臨窗坐有
風頗涼抵暮散館中例設夜飲賞時物得鄭朱六月廿七日書
初十日辛丑晨至錢翁家略談即返遇培之孫自大阜來云有午橋弟信留在

館中返而披閱之復呆來不值歌仲姪來告賡生患病傍晚錢翁來云晨間所
議藝圃之集已好從緩因適有荆溪之行也常熟令李孟和福沂來索小坡畫
十一日壬寅連日體中不適早上渡湛頻之楚梅札來云僱定一船兩中元虎阜之
遊屬合游伴遂為札致心蘭倉石觀銘三君並余答應而身子分疲倦臥亦不
安傍晚心蘭來即求其診脈開方伊謂余中元未必能遊也而伊則以有事不能到
稿時倉石亦有札來云目疾不可以風未能踐約得殿丞信
十二日癸卯服藥得大汗一切輕減惟疲倦依然晏起仍賛日課作復殿丞信傍晚梓
楸來意於前定游伴昔心倉瘦三人皆不能到伊歎悵然
十三日甲辰病輕而未淨盡遣人請心蘭來即函觀銘來知余病來視並倉石亦

來飯後接（濟生來）偉兄暨信寄月課後叢心蘭來診脉改方倉石遣人以純陽正氣丸
正心蘭亦贈余川朴約重兩許
十四日乙巳中元節祀 先例應行飯余以避風不能歸而風正大且時有盲風雨
茶鄉韵樵硯銘調伯皆來錫侯和卿亦來皆問視余晚飯後得夢薇信寄到
新刻春覺萬一詞並附改錢翁一函
十五日丙午天陰多風以節日放祀生散塾去余仍避風不出作復夢薇偉
兄兩信各寫滿如意箋一幅分別叢書徐停雲來為其友屬書條屏四幅
余已書一幅乃留之而攜其三以去午後孤坐四無人聲無聊翻蓮卷失火
儀頌幸熄傷晚倉石來上燈後得君秀信

浚君寄信

十六日丁未風仍大間濛雨請心蘭來處脉因濕火引動肝陽用羌連以清火平肝李孟和蔣行回常熟傍晚查舊樵來久不見長談至暮

十七日戊申風稍息時有雨氣候遂涼晌午小卿元吉同來問視

十八日己酉夜來大雨大勢達旦晨起自覺諸恙俱平惟大便仍溏札致心蘭求為改方仍服藥焉午後倉石笠屐顧談雨又竟日

十九日庚戌中夜常聞雨聲晨起雨止雲陰巳午之間硯銘調伯同來錫侯弟來皆送西門外沈家安過門投片暮由莊利送來午橋弟廿月初九信

蔚叔日來餘溪著

二十日辛亥嫩晴淇泉晨來不晤匝月矣徐子雲字來知已歸自江陰作復午橋弟信並致辛弟一字併送敏慎午後永姪來俄而心蘭來薄暮夢枚來

廿一日壬子晴讀錢翁畫意續詠為加圈評飯後得夢薇霞信又得殷丞
信暇觀莊葆琛先生說文古籀疏證字字有之的元尤精於偏旁條例
廿二日癸丑乘轎出門至雲錦公所拜玉笛生女余氏七十壽見諸弟話移時出至
西善長巷姚公館適嘯筠公祖他出但請見其族妹衡齋並見調伯又值觀
銘在於是敘談又移時返方未出時茶卿來既出後錢公羽淇承皆來
廿三日甲寅久不歸家晨間一行吳松見話伊前日又曾發紅症現已無恙矣少時至
筱見宦方甜臥邀出返飯不意嘯筠公祖早來拜答又不相見飯後復殷丞
信即寄濟之弟徐子雲偕來子雲尤長談而去
廿四日乙卯秋暑頗甚晌午悅蕨見來告余患瘋之香濤又欲錢索而返前三

汝皆歸今不歸言之哭覓愛種種愁苦情形余代為設想亦計無復之良久乃
去申刻得君秀信有余切己之事傍晚至姚寓得晤沛翁敘談種種並有陣雨
談至雨止既以己事託之文備為果毅作送別詩及蒹葭遂秋離別序與山樵
話別圖薄暮出街路已乾返館舜妹札來並問並賜名集刻集一書書係嘉善
戴蒼峰咸豫所編取昌黎毛穎傳以下歷代假物託名以寓史裁之文
廿五日丙辰晨代沛翁作踐彩任吳次竹一函即送去少時調伯借觀銘來設次
同至東園茶敘移時返館作復君秀信餘閒觀名集午後夢梅來
廿六日丁巳晨茶蝴來坐頃偕至東園茶話倉石不約而至散時倉石偕至余館伊
見小坡去午後楚救來舜妹賜以嶶朮十枚堪療余病

廿七日戊午晨至啟德兒元吉坐少時返知詠虞姪繼室徐氏今日四十冥誕支譜作十一月十一日蓋生時所改七月廿七日乃其準生日應行更正者午後得殿丞書即作答之晚赴名集集衛跡于吳蘭翁會極盛

廿八日己未晨辛芝弟來談送出適遇硯銘調伯來邀余出先茶話述其故邀偕至姚公館遂邀吳亭笑拈皆在彼調伯為衡齋欲邀其嫂嫁子歸稱生者倩余等為之轉圜乃苦勸良久衛老了無回和意蓋積怨深矣移時同午飯又少坐偕詣人至沈寰安處在駙馬府堂堂鋪亞陶吟設少時出乃分路余過吳蘭家閱之旋出遂返館甘翁處返人贈新刻課孫艸時文

廿九日庚申晨歸家具衣冠拜復生三嫂七旬壽並見兩兒設相弟亦不適

同往安室至對門尤氏陀薪園談少時返館午後敏德送來佛見七月朔日
信至敬修函因飲來若作夜對好傍晚倉石來招余吃茶並出遇閨伯自甬
甬來告余其妻產後患病喋喋良久洎間乃與倉石談抵暮散
八月初一日辛酉晨乘轎出過敏德遂去父易佛見信並師竹病情尚在
未定到莊祠見族中諸人談頃至花橋大街弔蔣子泉表姪之喪見其老父
稱鄉叙談少時出至敏慎見尊拜侍語久之乃行返館將午飯時飯後子容
容儀閨姪又來伊家事難以代謀伯君秀信知余所談事亦不果札復杳子
伊送其郎君舊窀窆是日陰晴各半有盲雨三五陣
初二日壬戌出門遇心蘭行以東園內約余至琴舫鳫樓談稍暑始赴約則

心蘭倉石恭邨皆在並看金道堅語人又談移晷遂偕倉石以其印存冊屬題

傍晚接昨君秀信及書件到嘯篛公館晤見談頃返燈下作復君秀信

初三日癸亥晨將寫扇卷付居人來為我拓專文因至倉石處借其所拓小

屏幅式樣假回知大調伯在儀鳳吃茶往會之返錫弟承姪同來欣知今

日卯刻庚符六姪獲一子松兄為之命名承裔課晚為濟弟寫信封面字樣

作復鄭弟一函併送通甫適倉石送來胡三橋畫士女冊為人屬余題跋後得

晚寫便面兩頁一篆一隸

初四日甲子上午陰晴參半下午雨數陣又寫便面一頁條屏一幅檢錄

舊藏古刻拓本撥以瓶陶瓦各品附於石刻為一類將以裝裱

初五日乙丑晨至福恩橋夢梅館中答其屡次見過緻還便面也少頃返
過心蘭家同訪伊耕至倉石處邀同行約余先到儀鳳處觀硯銘同敘移時
倉石心蘭來四人同坐散歸晌午等後因典雜日搨富字心經一通於舊藏
銅佛象搨本眉間竭此半日之功而畢傍晚倉石來觀余所有金石各
搨本余以壺復齋贈之貝未來寄見去皆有陣雨入夜又作甚猛
初六日丙寅時陰時晴春府居以搨好磚文送來既之姪來余為承喬題
敢字曰汝植鞠同梓廬傍晚得君孝信感其信中之語邀至譜琴弟家
晤談片刻歸過敏孫賬房中壺安人即出
初七日丁卯又札致譜弟贈以目張訪集碣種元吉來言薛家得杭城電報

談友難病重似已不妙矣又去師竹病雖漸痊而陰分已傷服藥未能
速效元吉去余理晨課畢即歸家 先太恭人生辰設供禮畢在家午
飯鶴時出至通經見濟弟話又至吳署西甘翁家談移時又至溥泉處亦
談少時偕其座客同至風雲臺茗敘遇蒼石贈我龔冀龕拓本三種以新詩
屬改姑袖之返有倪耘劬（米蘇）遣人送我物四色三皆食物一為京塵雜錄孤本
楊掌生孝廉所著上海同文局刊行袖珍本頗精燈下爲倉石評稿為送
李憲之方伯作李有留別原唱六首茲和其韻而少第首余為續全之
初八日戊辰斟訒程來云語錄佚稿送與倉石天又雨至彼不值遂返雨且不
斷以函覓先日午後寄復函余及紈扇半面擬題吳蘭仙所藏胡三橋畫士

女十二幅册七古一章（蘭仙余塵雜錄中人物）後君秀倩

初九日己巳，雨又竟夜猛注，時屋漏於竹齋。晨乍止，湊成倉石削觚廬印存敍一首，駢體也。札致耘劬屬飯，後耘劬來。時過雨二陣，自後頗密，後時溥錄來。其後則心蘭來相與問訊，因至半葉園茶敘。既而倉石與廬夫來園坐，一桌敘，至向晚漸次散。

初十日庚午，晴。晨至鐵翁家，不值，留一字告以耘劬來蘇，返路至敏德少坐。知友雅堂先於初七病故矣。拔西南徑至道前街同吉祥客棧答耘劬，則鐵翁適已來過，與話潤悵矣。余坐頃，攜冰天躍馬圖卷返寓，題三絕，盡抄入冊。飯時心蘭來飯。後欲作佛象搨本跋，未成。秦膚雨自上海寄來函談晴。茶磨來，亦久不見，話至多。雷雨，欲往晤耘劬，爲其招之同出移時，屢雨復來，云耘劬已他往矣。於是三人始至東園，少時倉石偕沈仲豫來，仲豫昨以手製印泥貽余，幸得識面。少時笙魚來，又少時心蘭偕耘劬至，大妙。分爲二席而坐，快談至抵暮，展裡燈時，街頭月出，乃散。余因有十二日之約。

十一日辛未。清早鏡翁來，坐頃同出。吃點訖，伊至耘劬處，余至茶磨家，先通一信，至候於葛園。移時來，茶話。余取所藏茶叟乞題跋，伴攜以乞題於耘劬，遂至其寓，稜談少時，返。飯後茶磨、倉石來，心蘭隨後來，同出東園。余爲倉石佛像題記於原幅佛座之下。錄畢，將譜本交。送來無錫陳邑侯關聘，訂閱書院課卷也。札復，許諾事訖。適調伯來，言晴翁在鳳池約

余去後之即偕往見之隋座芻其同寅共談抵暮乃散
十二日壬申約耘劬錢卿諸君為泛棹山塘之遊會齊於昇平橋舟次解維出閶
門至山塘泊舟於怡賢寺旁入見雲間佛余以石佛象拓本上書心經下綴題記
一幅付伊供養啜茗傷談鐘敲十二下辭出前泊元氏祠分餞芻引客入益
涉間訪李氏祠余遂借元家客座設席小飲席中耘劬錢卿孟庭膺
兩湛蘭舍君暨余為竹林之觴設讌之簡莊諧為作良久撤從艷秀樓憑
眺山光半在濃綠出步至山寺攀蘿翠峯山莊造靈瀾精舍有人手設其中
少停即下返舟謁短簿祠回棹有畫船停泊要亦復暫停俄而風起雲湧驟雨陣俄
而雨歇雲開解維行又小歇暝晚點乃進城月吐雲際燈明市中城河易于

舟擠久之乃到又登岸今遂返館得澂弟札得鄭弟柔邨信
十三日癸酉梦救來余總起偕至東園茶敘余許友石尋至攜漁洋山人年譜稿
兩册其自訂極簡括有吾郡惠定宇先生注補及其後人跋中有點竄塗改
是當時原稿本未曾刊行者余疑不能決而原主不肯停留遂還之返館暮課
暇成題耘劬近稿用吳匏庵題雪舟集韻七律一首欲作昨日分韻紀遊詩不
能就鄉弟來昨已至來因未晤復來也近暮耘劬來談知萬劍盟回蘇
十四日甲戌晨至謁粵若翼亭笑拈孫家翼亭已出偕笑拈尋之晤於觀中
茶室傍坐多幾人相與快談先済出至七襄公所錢翁招飲于水亭池中晚荷
尚多翠葉益茂紅姿雲擁凌波玉杯都承其上倦極色澤設席促坐笑為耘劬劍

盟倉石膺雨忍蘭及余并主人翁而仍為竹林之敘茶罷期而不至衙觴歎語
清風自北面來不知為花香葉香与酒香也良久席撤徘徊於池角高柯石
梁之間徐之散出余歸家為劍盟所囑喚舟子車二乘與定十六日之約約既
定遂至申衙前劍盟家不值留字而出返館得辛芝硯庭兩札均為佛子耕
事並涉一節余正欲作黔信因附入之燈下寫黔信畢
十五日乙亥晨乘轎出先至署座訪朱竹石公館道謝次至殷德託寄黔信乃
至莊祠北為時候欲見有話者均見方行回至大石頭巷拜謁前日送我關聘之丞
錫署令陳瑞生鳳儀不值返在館午飯之後至耘劬寓所談去劍盟約即
刻來談次果至略坐同出過倉石寓進去得晤並有客人在彼作畫同談三人

行至觀中以茗飲而各處無一席可坐處遂出觀在玉壺仙裡間憩罷茶迺説
餅散出分途余歸家　祖先前薦新展拜敘見昨晚忽覺舌本牽強心地糢
糊聞之鮑竺生居服存造丸今日竺生來診脈開方授云為不是類中惟痰
濁擾神明豁其痰即愈矣返館抵暮伯君秀殿丞函信并一函文得箋拜札蒙
紈扇之賜因上有嚴子陵釣臺詩令余所經舊游也夜月皎潔殊常
十六日丙子晨過蘭倉君即來云耘動亦要來此會齊坐以待之既至為僱小
舟於盛家濱登之四人促坐放至求闌橋尋見東船過船令其人往大觀樓接
得鏡翁庸甫及東道主劍盟來遂解維出城望下塘一直至長壽濱留園
而泊定先一登岸閒步入永善堂見裡邊築室已竣庭中寬疊倚山待栽花

未旋出返舟飲談良久乃撤路復茗飲乃偕入留園盤桓移晷又復呼舊茶
適遇花侯自吳秘菜路過此間遂合舟而游園內倖有汪慕蘅者啟
同事也略談散去遂人又回遊翔園中少時返舟解攜行向北濠近來畫船多
聚於三擺渡寬廣之處車船六爾其間西舫東船夜之燈火亦儀而天暝
燈船上燈飾船之各有千數燈三四燈者水面通明船乃歸棹入水關仍僱
一小舟七人皆過張（徐保生）視路者近以次散去余與耘叔登乘騮橋乃別
十七日丁丑晨出先在敦德一坐偕小卯至觀中蓬柏山房訪霞客弟六十巻
少坐至敦慎見昝舟拜於三松老設次問夜見病余因知昨日曾延玉蔚弟診
脈即尋玉蔚探問其所見病情務出遂徑歸家視之勢已略減少停返館

已飯時飯後督課半日耘劬來攜有易子笏芳伯佩紳函樓詩鈔与左仕書余
繙之乃是孤部遂分其一帙下讀之
十八日戊寅將曙聞雨晨起有寄芸昨花侯來不值因往答之偕出吃茶點還
調伯同入鳳雲壽堂談頃調伯先去又談猶時散還飯後課曉就前日所艸未成之詩
竣食成題耘劬近詩用吳鶴庵題雲林詩韻七律一首虎阜之游分韻夜
字五古一首藝園之集分韻知字五律一首留園之事分韻卷字七古一首
一一錄稿出午後雨又溯澤繼以廣織傍晚花侯又來拉余再至鳳雲壽堂與
慕蘭會同聽書殊賞余余詠踏燈往還歸值上燈
十九日己卯晨耘劬遣人以字來云將有洞庭兩山之游余邀將四詩艸錄出

遣人送去則已動身矣課暇作致殿丞一函寄京邸第一函傷晚心蘭調
伯先後來同去燈下讀倉石元益家塵僅存詩卅
二十日庚辰晨至茶邨家不到四十餘日矣晤談良久同出過屯營要兵士
方校射駐足遠觀之返飯晌午永姪來問知筱兒病情較瘥梨里三姪女
已到服侍有人矣飯後寫八言對聯副廣甫來談去後倉石來談余至姚嘯
翁公館坐片刻出赴倉石之約于儀鳳心蘭廉夫咸在談至抵暮返
廿一日辛巳寫合錦屏上小方式胡方又養竹居屬書隱身板為敢放翁詩妙
華饒翁四字查子伊錫侯弟先後來談得張子中揚州來信因不知倉石在
蘇與名校寄我處中附詞五闋傷晚歸家視筱兒病

瑞卿弟來

廿二日壬午晨以手中信送昌石閱不值留下遂至修仙處屬花卉見仲具在談頃同出分途返館午刻雪樵來午後寫高日所作漢印條屏六號寫上三號茶磨來談移時以蘭來同至東園陸侯侯偕汪與哥凌皋皆茶磨姪昌石來共談座中濟濟一堂座談談者亦不少抵暮乃散

廿三日癸未晨茶邨來談寫完漢印條屏又三號午後作寄鄭盦函信為筱兄談也和腰研金壺油紙扇全面調伯所屬傍晚君秀來自界㪽歸午前到蘇談頃同出一路散談至辦蓮卷研銘屬不值至盛家浜口雪樵寓又晤談頃至吳署西溥泉處亦不值尋於風雲臺不見乃與君秀分手返館因閱姚儕翁將往界㪽燈下作札問調伯並扇紙

得鄰盦第十四
日書

廿四日甲申晨至君秀家適花侯亦到君秀欲往觀中茶室尋翼亭因同往至三茅閣笑拈等皆在惟翼亭不到坐移時笑拈欲出城余亦欲偕君秀去看船因未路太遠稍走至溫家岸喚一小舟四人促坐由北街一直桃花塢為義務所過遇盧氏船上將其船放出城金閶渡過又遇李姓船上笑拈均招至丹桂觀劇仍過盧船先往余等停少時乃用李之小舟放到丹桂園對門登岸入則人甚擁擠因今日大觀倚演故萃於此坐甚不適悶熱難耐坐不半時許即起起尋小舟稍憩則已他往乃與花侯二人就茶室臨河窗邊啜茶散悶移時天光同步進城分路余往至善長巷面訂姚嘯翁明日水窗一敘談片時辭出返路又至硯銘處相訂不值留話焉返飯抵暮

是日戲園中遇頌波不見已八年矣

王

廿五日乙酉。昨偕定倉口葉姓舟，請姚倩翁小敘，邀陪者美亭、硯銘、花僕、笑拈，而君秀亦賓其主人。晌午以漸會合，至舟次。倩翁先降，予自費公館步行而至。人齊，移棹出水關，節次[illegible]停舟中，先吃點心，亦復小酌，時已過午，乃理留園當進。至則浜中船已塞滿，停于橋外，乃進園。合船十人，蓋有槃者三焉。園中人如遊春之多，而犀香亭至香氣微減，猶未全盛。啜茗于揖峰軒，諸人或行或止，或聚或散，各適所適。良久出園，返舟，轉棹至三擺渡，擇萃處停泊，待夜其繁盛勝於前夕，但無大姓裝燈者。美亭以夜間尚有網師園之集，先去。餘人舟中設席，良久乃撤。移棹進城，過小舟至聚騮橋，及登岸者，為姚、張與余三人。返館只有一僕候門，餘俱靜矣。就睡轉不能即入寐

廿六日丙戌晨至靜心庵拜石壽翁文十週年略坐即返背課如常致滌鄉
弟信錫侯弟來昨君石來今日余至其寓少坐返
廿七日丁亥松鱗義莊侍集 舉行秋祭黎明起乘轎往至則方祭 上祖一祠
既而自內至外四祠以次行禮 又俟元和學博至祭 鄉賢公祠禮畢享餕
族中共到七十一人撤席又少坐乃行至鈕家巷拜查韋卿三十壽至祥符寺巷
拜允錢翁七十壽又至花橋巷弔貝康侯之喪乃溯歸途至君秀家門前
進去晤談遂被留住故轎歸取便服適吳子周來共設飯畢君秀擬後偕
余同出至觀前至葉亭家談頃再至觀前君秀買東西入玉壺仙吃茶所見傍
坐之人甚雜所聞之言尤怪起而分路返飯後治耘助札知其遊畢兩山歸矣

廿八日戊子秋社日預約辛譜兩弟茶鄰調伯郡廟前觀劉小琴君秀作東余亦真主人晨茶鄰調伯先後至郡廟東首影臺茶樓君秀亦到設至午刻乃過豫福園戲開場兩譜弟至同觀至傍晚辛弟至正開演海潮音至本戲完過泰元翔添樓六人設讌共樂是日耘劬邀至佛慧庵爲王文簡公作生日余未赴

廿九日己丑晨至耘劬處晚又與耘劬茶磨會於東園午間笑拈偕君秀調伯來遊至友家茗余民小琴修課閒話多矣

三十日庚寅首之大姪五十生日晨歸家向大嫂前拜祝而首姪已避出矣聞彼兄病僕又睡遲彼吐嫩請楚接家人去時戒鎮鐲也片刻出至閶門廟橋頭茶樓會齊昨約三人同至雲舟過張略坐其艙又至沈姓大船徐家小船兩處

略坐調伯作東觀劇先至正元館吃飯乃至大觀園在包樓觀之戲將完出
尋徐船吹雨約在其船中晚飯調伯邀去之人同坐放至三擺渡上岸設席三
舍皆不能飲匆匆終席瑤君步行余雇小舟而散

九月初一日辛卯晨詣莊祠辛弟邀同霞弟爲修譜事相商以齊雲
春弟以莊務尚在劉斷斷者久之備有午餐四人同席其間有首煩者謀族
中讀書領脩諸人另一席飯後余取至詳訂之本携以出至混堂巷懷德
宅子樂他出歸見璞弟婦乃以臥病余少坐即行返路至敦德宅見子安
在家略談返館督課迨暮君秀花侯來邀余出其時耘劬茶摩在東園
約余去而君秀必要拖至大石頭巷東日有唐慈甫在彼去候至一周姓家

晚飯良久散燈下作致偉兒九月上函

初二日壬辰晨至耘劬處話別移時至笙魚處因君秀處有蒙調翁家所遺書畫碑帖欲出售請其往觀估價也遂至君秀家屬其等候余因先觀一過中多佳品返飯生徒皆掃墓去矣余發偉兒信託敏德并寄在館午飯〻後又至笙魚寓不值又至君秀家候笙魚良久良久不來乃至觀西會周氏兄弟於茶室並遇汪氏仲雅慕萱兄弟范氏荊伯妹明兄弟又雲樗笑拈一〻快談移時君秀亦至余先起返飯

初三日癸巳晨答藻卿問心蘭並候各談少時返督課暇作復鄰弟信付荀姪歸呈夜兄閱午後笑拈來拖余出遇彥侯返時彥侯入城恐少

坐適錢卿來同訪心蘭有畫扇屬余轉贈錢翁畫溪山無盡之意亦

厲視壽也錢翁手中持徐慶三畫杞菊延年則明是視壽矣

初四日甲午晨至范侯厲君秀家邀偕君秀出城至山塘步行行旋返至

路回餘慶弟來擬請而去余乃作字跋松皮以琢颿弟信託滄甫浦健又而君

秀所藏氏西施十四種來因以城北觀也傍晚茶磨東西觀之同至東園心

蘭凌泉甘卿咸在心蘭又來余館觀君禪凌泉同來移時同至茶室上燈乃

散攤填金緣出題耘劫冰天躍馬圖僅為草創

初五日乙未晨金緣曲錄豪出范侯東略談去屠雨東余方雞發設到事

畢而去飯後寫上冰天躍馬圖題詞傍晚君秀來俄頃偕至鳳雲臺茶

還艾拼拼平丈蓋有約也又約溥泉不至石氏竹林因回余館拼平未見蔡氏
花物也一二觀之少時天暮始返夜作滌卿陽巷信為是中秋後一日所書
初六日丙申晨至錢翁家遇雷雨共談至敏慎見蔣拼蔡所有新譜冊葉數
十幀及拙畫懶矣遂返寓日暮登上東峰由靈鷲巖而下之遊事竟出至撒東茶
室赴君秀約還硯銘於庚云頃与君秀同坐已散矣余悵然偕雨君行至路
返館午後作茶卿札信晚心蘭來云茶磨在東園少時就之坐有凌畀李
植詩人筆魚來共談席見蔡氏所藏花物是日作佛見黔信
初七日丁酉耕蔭義莊秋祭生徒皆往余遂出自倉君石處表侄屬至君秀家花
庚出至談移時同至昌門外窗小坐返分手到館即午飯雨生已佛拼課半日暇

發耘劬上海信，以圖卷寄還，託倉石之便

寄削觚廬印存敘於其冊上

初八日戊戌。晒生入塾理晨課，而調伯來邀至東園共觀銘閣茶敘。少時先赴返修邊人向君秀處取葉氏所藏軸十件送小坡處。錫侯弟來偶。晚君秀來同往邀筆魚來寓，各軸乞其估價，有無款絹本雪山行旅卷長二丈許，筆魚謂是初明人臨宋元王筆，惜無款跋，僅有畢宮保沅秘藏一印，不能博高價也。余獨取曾伯察(?)篋蓋搨本一幅

初九日己亥，重陽，散塾，晨往調峯(?)丈處賀吴翼亭郎伯壎完姻，少坐出，歸家，有問後見坐稍時，赴君秀合本之約于閶門倉橋浜卑姓船上，時已及午，候齋君秀所約唐若甫及伊弟鏡人、景甫，皆下船開行至留園木犀花事

在濠畔船大會集方舟中。晚午點時雲桴始到，吃罷乃回入園，即上閱犀香之山亭，以避登高，住前墩若在畧過談岩齋，憩片時，又登西畬之樓，遊展務德文，復憩息，乃出園返舟，開至三擺渡，是處有平王廟，向時每九必有勝會，近年寥落久矣。茲因畫船所集，又成熱鬧，各船皆向廟而泊，故於雁行〻千又分前後。移時上燈，廟中亦上燈，有神船一座，燈火環之，甚張，尤耀眼。舟中設席，六人圍坐，擲戰甚興，良久漸闌，放舟進城，歸次，余与雲桴用小船返。

初十日庚子，早起，襆被出層門，會齊桐芋首、承殉姪、承婦姪孫於馬頭舟次，遂解纜，桂芝福山，風自東南來，為撐順，張帆而進，申正到山，泊黃家河頭。

先塋掃　曾祖墓三處、趙氏墓，遣舟泊澗上，余等步往，後挑發出入至深

處祭掃　祖考　顯考墓及　大伯父顯大兄墓四處回潮上天未暝也又族中侄人各与錢設水窗燭燃羊弟來設元長余等五人相与挑糖于舟中

十一日辛丑雞鳴即起黎明同至河亭橋祭掃　六世祖墓在支下到者共五十二人撥出舟之先開者去未開者自集約同至其處祭掃　五世祖暨高祖墓本支下得十九人再撥則祭掃　二伯父墓出而走妙潤及香雪海下凡三處事已畢後有丈量添置墳家餘地種樹修羅城諸事又畢遂解纜返舟中午飯風不得順申尾酉初抵木瀆泊定僱轎令永之往上沙汪墳以補春秀之所未行往一回歷一時有餘已及上燈而約計其駛速也返舟夜飯早睡遂之甚適是日吳邑宰至木瀆檢驗戕死命案因詢知其略

十二日壬寅黎明自木瀆放行舟衝大霧俄而日出艙中皆起巳刻抵胥門
進城始晤朝甡余返館少坐舟子來算帳旋出至雷甘偕家嫂世孫采芹
畢姻嫂去略坐至君秀家又少坐返館督課如常

十三日癸卯晨訪倉石已他出遂至儀園邀坐談俄而君秀自余館尋來共談
移時散課暇成八月廿八日壽王文簡公分韻得來字五古一首是日同人以梅耦
長三百年來無此客句分韻而憶蘭不作詩遂以來字屬余補之尚嫌不
至未四刻返館晚小坡邀去看書畫有揚州人攜以乞售凡四五十種

十四日甲辰破曉有雨旋風雨止晨訪茶邨同出茶話移時散課暇錄出昨
作詩寫寄偉良貴陽信伯殿丞吳縣信即渤渡之傍晚風甚雨又作

十五日己巳陰。詣薛祠先至敏德堂去託寄之發函信，到莊仍有集議修譜之
事。霞弟來云，昨茶邨在觀前茶室候見，昨本有約，因遂往晤，談并晤翠
琴、笑拈、誨人、雨君、秀來到，少坐，偕茶邨行，仍赴莊祠。俄而君秀勤來談，欲
商之語，即去。余仍如朔日在莊午飯，散時與霞客父子同行，進觀。過東
嶽殿門，見啟建黃籙大醮，入觀之。醮壇五日，今第二日，延有五法師，內做法
事，莊嚴一切，均極齊整。聽少時，出，又至敏德，接展黃眉壽來之信，佛見
引疾，已准奏矣。又過饅頭，遇雨弟，皆來，遂同往胥門馬頭謁曹沅圃制
軍矣。徐調卿來談，接連茶磨、來鐵彥之來，攜惲冰花卉一軸，曾恪碑
拓本一紙，留觀移時。與茶磨至東園，抱仙、倉石來同飲，談至抵暮，知小坡

受去畫入倉石六兒過據向小坡索取再觀付來只五件
十六日丙午夜中聞雨聲晨起雲陰已散茶邨君秀先後來秀去畫君
秀又攜來馬江香花卉卷有王麓臺題并吟惲軸相配又來嶽麓寺
褚雪教碑兩本并送小坡處三人出茶叙片時返飯後以唐琴鳴泉卉軸
送茶村處傍晚心蘭來招余會茶鄰於東園抵暮散晤徐調卿以印石屬
余鐫名余名刻今即刻成矣來又為余題曹篁盦拓本一跋
十七日丁未晴晴放東俄而硯銘來偕兩君同至東園茶叙而散硯銘以其同
鄉趙樸谷畫三十六梅花冊屬題將赴上海來信催詩也飯後錄分韻
詩題圖詞兩稿并作復畫即費君秀來同出伊六浴殿及信欲賤所云若

飲于大觀樓，夕陽西下始歸。返昨曾約台大閱各營，今晚啟節矣
十八日戊申。晨歸家。庚符子及香姪孫雍頭陵賀於渡，二嫂前問候，兒疾尚
高卧，初但甘近日方藥，少時返館。午刻調伯來，午後心存姪來談片刻。前日養
竹居錢彥之携來曹恪碑拓一紙，攷金石粹編作曹放樂碑，蓋其字迥王
蘭泉所見拓本，或恪字不清楚，故舉其字再對校。凡拓本有萃編無者
一百七十餘字，萃編有拓本無者亦三四十字，正在校錄。彥之來邀與歸，定彼
孫恪為格，似非放字，不見於字書。是日得鄭弟都中信
十九日己酉。茶村、倉石早來，偕至東園茗敘。廖文泉來，同坐移時，觀館矣
拈出來教，後觀笑二君又追蹤至館，少時君秀來，欲赴茶村，已至矣，三客快談

至午乃散午後遣人向張炸鵬取出葉氏書畫者併贈其妹遣人示以壽九虎阜登高之作先有中秋詩兩詩及疊韵又有壬午中秋出齊女門望海湧峰一圖合裝一冊皆韵事勝情也陳德齋内姊祖來談良久去傍晚一往德嘉坊

二十日庚戌晨出微雨至晚止到墅蒼忠存並道賀坐頃至觀東茶樓品茶鄭君秀略談要事並邀吳拈翼亭出遊調伯于塗至定光寺首之姪婦徐氏五十冥誕一到即歸家視筱兒返館午飯爲筱兒再函致鄭盦弟倩晚又小雨天氣似中秋節時甚庭來同至儀鳳坐天暮遂散燈下作致梅壽一函撥託君秀帶往也

廿一日辛亥向曙雨晨起又一陣過後茶邨來爲書畫以自畫花卉冊屬題

談頃去，寫成伯搯扇一摹彝器款識七種，飯後寫錫庚弟九言大對，又
子宜篇寫大匾四字，君秀來，今雅勤身赴吳，較談頃，偕出訪溥泉，仍
病不出，遇子間壁雷甘翁丹遣其家叙談，少時出，與君秀分路，分别返飯
又寫便面一頁二十八字了之，夢校來略談，恩蘭來略談，遂暮矣
廿二日壬子，雅閑，大雷電甚雨，向晨稍止，以夜間作吳瀔，遂以竟日，題三十六
梅花冊，以三絕句寫上，又題蹲埣虎阜登高詩次韻一首，亦寫上，又題茶
蝶花卉冊作跋，又寫上，雨天無客，惟小坡來略談，以近作畫兩幅見
示，一山水，一江鄉秋味，又原板東林列傳，是書估索售者
廿三日癸丑，中夜雨聲甚繁，晨濃陰如幕，雨來未已，寫小條屏一幅，界定

朱蘭六行源寫一百六七十字此債珠畫也啚石雨中來邀出吃茶并之昨
見之東林列傳今以東林書院志校之雖有異同而亦不存因還小坡
廿四日甲寅昨晚發風晨起嫩晴欲出適心蘭來遂偕出吃羊肉點心乃至
其家看書畫種種皆石香王老遺物也旋同至新橋巷沈家見子白洪琢
昆季設席到并偕沈家至梅家橋訪茶磨於茶寮見之談良久散返館已
飯後另供一餐替課半日夢梅札來屬尋寓舍於此巷中
廿五日乙卯晨遣人向心蘭家取檢出書畫余至對門陳公館尋德齋翁談次
同出至東園吃茶遇倉石同敘稍時德翁去而倉石偕至余館招小坡同觀
書畫檢取馬湘蘭畫蘭便面瞿巳雲屏山水軸閔過庭字軸朱津里畫

蘭便面任海求畫様幅高錢耕刹竹賀擬傷晚心蘭與茶磨來茶磨亦
觀書畫並談之偕至東園吃茶抵暮散是日午刻得君秀金還書
廿六日丙辰晨晴午後陰裝訂手鈔各種書作復君秀書早間竹巖弟來
傍晚膺雨茶邨偕來少坐同出旋分路余至清嘉坊見石莊午即出至錢翁家
設半晌雨作借傘而返是日得耘劬書得鄭庵弟書又得尊圃姊短
札知叔重弟於前日子刻子豪得男尊姊命名曰志朋號壽卿
廿七日丁巳昨雨入夜猶且達旦課暇畫七言對一付四行屏一條桐節弟有字來
余以昨得鄭弟書送閱雨連綿又竟日
廿八日戊午晨見霽色乘輿至南倉橋賀吳塘卿郎訥士完姻又至王洗馬巷

祝汪振民壽詢不晚擱返館接松兄字云今日蔣壽卿表弟續絃在踏庫巷頌閣之路頗近晌午日出飯後又步行至踏庫巷道喜出坐即至茶卿家偕之至楊庸叟閣壁倉石將欲遷居之屋忽又颳起陣雨日色轉好俟其止即行至敏德坐片時申刻後同至陸廉夫齋久不見談片時偕出撥茶敍先至寄蒼養竹居送余付裱之件天又陰晦防再雨遂與廉夫分路返

廿九日己未晨至心蘭家為書畫交易事了一語偕出分路遂至姚公館尋調伯偕出吃點心吃茶直至閶門天暖地滑回來頗覺吃力背課之後作端佛兒信鄭弟信傍晚偶出買紙返而桐弟在座知即刻夢梅曾來桐弟去後余即出追尋梅稼直至其寓乃晤談敍已薄暮

十月初一日庚申　夜來時聞雨聲，晨起雨勢正盛，只可乘轎出，而輿夫缺少，覓得即行。一灣飯後，復至莊祠，亦未坐定，促迫回轉。蓋因答壇賽會，輿夫皆欲隨從也。既返，仍督課。適值宣入學上好開日，遂爲鸛書開筆，年後寄七言對一副。晚至倉眉石處，家具概已搬動，略設借出，在鳳雲茶室吃茶。巷口遇財帛使者擡會，多年不出，今新開光，初次出堂也。

初二日辛酉　夜雨大發，徹旦。晨楊梅來晌午。乘轎出，至泯堂茗，晤如弟嫂昨亦遣人邀余，既至，見拒內室，爲方樂姪完姻事相商。坐頃，至晥山別墅赴心存姪招飲，設兩席。洪柳波先生亦皆本家兄行。惟蔣圃孝梅、英庭，予與山蔭生五耕餘暄我同年良久，散歸，遇一灣，飯後返館，孫背課。是日雨綿綿竟日初三日壬戌西北風轉緊夜天霽始寒以稜伽付墨古齋已刻謁伯棠談晌午至醋庫巷昌石新居賀遷也留午飯為涇心壺蔣楚卿茶妙高梓酒半心蘭來偕羅張與心蘭茶邨閒步至觀前遂訪屢夫於寓偕出至樂橋茶樓敘話近暮分路散是日接君秀信中附梅壽殿丞兩信

初四日癸亥昨以瘧病日買藥今以除日合作膏滋課晚作復君秀信附復殿丞一緘昌石同洪泉來談午後為筱兒作寄龔仰蘧李東景卿兩信稿傍晚茶磨同徐穉翁來談至抵暮偕出看許友石變牙筆筒香遺物也

初五日甲子晨課畢晌午赴倉碩招飲至見沈年楣為賀移居七律一首茶磨七律兩首倉碩自作七絕三首設兩席入座共十二人移時散余至譜弟家談頃

索詩夢鐘聲錄一本袖之出尋同人於觀前茶室皆不在約乃至敏德弟
時返上燈後歸見九月初番來信披松兄所錄譜底稿
初六日乙丑晨歸家吳松兄筱兄設午時返館背課至傍晚慶弟梦梅來
抵暮伯耘助上海昨日信許友石以屬刻牙章大好二字送來
初七日丙寅晨起知夢梅曾來即去至寄追尋未幾又來邀至東園有女同
鄉王少齋在內敘詢知王本歙縣籍幼隨其父宦浙因為杭州語余曰我則我之
同鄉也現在需次江蘇則又我公祖矣散時偕至西美巷房屋為零皆已有
人租去遂散為館中寫收租牌上字為條例連始自滬歸寄來見設至抵
暮去余隨即出至徐刻字店匆匆往返

初八日丁卯鶴書來告今日小天竺延人禮斗欲往拜佛請偕去少時硯銘
調伯同來遂至風雲英臺吃茶歸督翁孝課申刻教塾至養修居法帖
店指示祿件數種至昌石處談頃同出尋沈仲豫徐寅皆不值回昌
石別去又尋唐蓮塢於棊局亦不值乃返昌石詒余金石拓本二千餘紙錢
子奇國珍寄詹詞本至家三松公遺翰一冊索余大墨一挺去
初九日戊辰晨歸家若停返帳督課申刻寅翁舅氏杖來談不得遺書遺兩所書皆
古雅午刻印去仰姪來刻字謝姪賣書樂姪為人皆未
初十日己巳昨樂姪携來書十數種余留廿四今披視祇選廿兩種攤買之一詞學
叢書二十五西莊蛾術編迦作陸君壽殿及信各一牋又寄毛昕澗墳客錢迎福

一信令女修整羅城也仮陵濟之弟來

十一日庚午道士張九皋乞書條幅寄日窳翁攜來今晨書之又斗如姬孫求書小楷幅亦爲書之樂德林又攜來張肩大海南日鈔一冊張官儋州時所著晚至甘翁家略談至溥泉處仍遊風不晤

十二日辛未一琴甥四十冥誕余晨即出至錢翁致德女信至家偕出至觀東吃茶並見純逸諸人三四稍時散至臨慶禪院一琴設供受留午飯乃出歸家見弼兒談頃出又往東閭步遇窳翁之郎翰卿挽致回至友石處遇心蘭遂同尋窳翁於升陽樓書場中不見吃茶待之逾暮不見乃散小坡以壺園賞菊各詩見示窳翁以散氏盤銘精摹拓本見贈

小坡丞張君字坤一直隸滄州人在明末 國初時心蘭丞小坡嘗不離張賓乾隆時人籍亦非滄州

十三日壬申鶴老為昨事來談客秋課孫書作書致勛信附孫手卷一件寄刻印君秀信先以勛敦一函交航船來人帶去聞函有君秀代姚嘯篔撰金還王君翼雲飛遴小傳稿一通送余為另擬一稿改訂換面書亦仍舊耳傍晚昌石心蘭來已約齋翁於英升陽場遂赴之共翁暢談抵暮乃散燈下錄王君傳稿出並作復君秀信

十四日癸酉心蘭約至其家看書畫冊去大名家所畫畢都佳余取張桂巖山水冊兩本以返張名賜甯犯〻廣評知必在嘉慶以前絕年辛亥則乾隆五十六年也已是近百年物矣昨和小坡賞鞠詩今又和其中秋玩月用坡仙水調歌頭韵錄出并張畫合裝冊送小坡乘永姪來汪子

或云宜孫本生反服生

是日一琴甥婦四十生日即通恕次妹也

緝來因袁其子婦而伊弟不識乃本生翁帖上應用何稱謂余無以應
曰此無於禮者之禮也姑妄言之似宜稱降大功服生
十五日甲戌昨宵就寓黔伯兄信晨出撝至敏德家去遂至莊祠商修
譜事仍與霞客手草芝分弟少霞姪留職銜齋午飯後散至渠書巷子
樂姪去年商備一切傷晚返又過敏德坐恩知元吉姪孫子合伯雄乞余
命名因其五行少金名曰家鉅字良夫號剛卿返飯未幾吳翼亭來自梁溪
未緣養心蘭來邀同至東園茗飲抵暮散燈下為雨生詩解
十六日乙亥晨至敏德共元吉道賀稼時至龍興卷蒼翼亭偕至觀東
鳳祥春小坪笑指詞伯皆晤文有翼亭之幕友相好暇談一室良久既

榴仙郎芳孫伯

行至混堂巷時已晌午，候齊雨亭媒人為吳蔭玉、張榴仙（其子代）、余陶軒（椿曾）及承燮姪孫（代子宜），陪坐者汪鶴齡、海秋姪也。入席設讌，時許散，三媒人及汪皆乘轎一一散去。余偕小雨弟、海秋姪至觀前嚶茶，坐少時先行歸家，見雨兄。旋傍晚返館，知錢公為曾來携到管谷香詩存刊本。

十七日丙子，雨。起遲，夢梅來，余謂其早去，昨來不遇，故又來也。遂偕至東園茶敘，散時有明日之約。回館，遇調伯于門，邀其轎步少坐，不肯，遂別。補課至午後，入留桂軒和菊與小坡，復偕石泉小憩。邵姚嘯翁為擬可園聯語云（湖經命名）：有樓湖景逸之處，邊講學論文，游息時止；設風月團欒，依梁谿以曲枕流潄石，登臨處大好湖山。遂札致巽亭，並隨手寫致君秀一信，託其帶

湖

立

往上燈後以殿丞謹日信中附君秀一函
十八日丁丑理晨課即出至隆慶寺拜薛友樵閑吊至靜心庵拜午橋并
霞客之父冥誕各少坐至水澂橋注宅作叢募借以嫁女屬為陪媒媒為吳
培卿瑞卿弟二人陪者注銅士鹽余与辛芝譜琴兩弟也至即入席々散
二媒即往乾宅去余即出至郡廟看戲園贊梅約觀劇已先在同观過
半而起又至觀前吃茶抵暮散返館以倉石札寄辣札并侍
十九日戊寅早起步至混堂巷懷德堂不樂施行聘々已再設余偕同聘到
後乃乘轎往北街吳采蘩坤宅先一灣淺繡坊賀芙庭八兄之大弟
完姻迨至呂天受四媒會齊觀粧設定運粧力夫之數入席飲媒酒連

并親家留住春暉弟作陪坐久之春弟先行餘步行出行同至懷楨少停至水濺橋遊吾謂弟公相之今竹弟亦見坐少時返館適遇蓮泉于門邀入書室略談余脫換衣服偕之至風雲臺啜茶敘兩月餘不見之話抵暮散得君喬昨日信

二十日己卯早起轎夫至即乘轎到湯堂巷男宅旋至北街女宅兩處道喜並領營領粧迴同至湯堂巷嫁粧已鋪齊廳上照舊點明發入新房稍定總至巳刻即設午席二媒人與常親者坐首坐席後事已齊備將往娶親余與三媒人登罵轎親去先往時方及午在彼候花轎到後昇入後堂余等始返至男宅預備一切少時送親客兩位至延之入觀新房外廳恭候良久花輿

倉特
由貴旂路而來偕貴孫堂合庵恰是來時大吉歇息少時酉初至中祭
祖余於禮畢即返回館已迫暮
廿一日庚辰竹崖族弟愛禮弟婦愛均行弥月回門之禮鶴孫出門課館於半
日飯後乘轎至冰濠粉橋道吾與母發轎往接回門西西及橋巷見康侯
奠別易素服拜至混堂巷道喜恰見吳宅轎來接往回門適有帽兒
戲之局邀吳公子留觀之有仇如菱小如意瑞雲諸女郎演劇頗有可觀晚
飯後戲演畢遂半而返小坡又以叠痕字韵詩來
廿二日辛巳作跋君秀殿丞觴札附去壽文字冊致婦章略刻本五跋
譜弟一札調伯恭郵倉石先後東文翰齋養竹居觴店皆有人來晌午

茶磨云今日亦是賊降蓋與淮張時隆安公主同以十月二十四日生

歸家為亡婦忌辰設供飯後至申衙前聚賓園尋訶伯已先到有約也茶敍少時與之閒步於湯家巷南北晚至井陽樓聽姚文卿書

廿三日壬午背課之暇理故舊尺牘擬為付裝傍晚茶磨來談移時偕至東園茶敍抵暮散有伊姪孫甘卿同行也是日又致君秀信

廿四日癸未晨至心蘭家不值遂至靜梅飯以暗偕出至駙馬府堂今日為張王之公主神誕年例趨謁而此時尚屬冷靜旋返背課至傍晚伊姪自光福山中歸來述荊棠修整羅城工程及各境情形談次心蘭來道及駙馬府堂之事招茶磨同往云茶磨必在其間因往果遇之堂中有清音四部戲法一場遊觀者紛紛擾擾換御晨間冷靜景象矣三人出至三多

橋如意樓喫茶上燈方散是日得鄭弟郡中君秀梁碧粉等信

廿五日甲申作復鄭弟信即送通怨鶴書感冒不入塾只課一人午後欲出適錢法帖店人來携舊拓漢碑數種嶧臺語溪唐碩銘拓本等張約留共手以欲裱故舊手札付之而去余乃出苔章詩林表弟指譜庫卷訪林自吉林游幕歸里來往皆不相值至茶館覓亦不值至昌石處得晤且還廉夫設飯同出過營盤觀演技勇六節以鉦鼓大似武班戲也在霞鳳橋茶話移時乃散途遇徐觀翁燈下作復君秀信

廿六日乙酉晨出頗慎不謁聲非久矣設飯將出之時過毅德同時過錢翁家皆不遇返館已晌午接到錫署寄來東林書院課卷錫邑儀有陳瑞生書遣

家人送來高齋包裹珠少結束飯後即披閱二生題衆惡之一節因已年

多秦多稼自逢之字即將昨作君秀信發寄並札致譜弟

廿七日丙戌披閱課卷不出房晚蕉垞來談次子宜與元吉來先後去是日

又得君秀昨日來信中附殿丞一緘 又得午橋弟大阜信

廿八日丁亥鶴書入塾對兩人課竟日閱卷竟日

廿九日戊子仍閱卷不輟桐弟晨來仰婉晚來又徐調笙來函將所作詩卅

乞改削留下並以泥金箋大對索書有朱絲闌須二十字一聯

三十日己丑寫復午橋弟信 又致佛如兄信 又錄出前程呂占題椿徽

子婦王孫氏殉烈編五律一首皆預備明日帶出如是者已又銷卻大半日

工夫有餘間仍閲卷

十一月初一日庚寅早出至敏德交表寄伯兄信北堂點心諸莊稠族中人先到者已多交去寄子弟信並託帶送錢翁信併茶邨蘇御高梓長來有飯後之約即去余與霞客辛芝仍在城衙齋設議至午飯後茶邨高梓又來偕出至懷德弄西落内屋茶邨欲賃以遷居也知子樂姪婦新娘過門三日而病傷食停積挾疫蒙塞屢次痙厥𫭢第歸大驚余家醫家方案觀之已經鮑竺生貝賦琴玉荀弟三人診脈矣坐移時出尋茶邨往觀東茶室設頃同至盧大庸促其盡少待分手返館猶稍稍督課燈下閲生卷始備

初二日辛卯。生卷上加圈評，排等次。是日琴甥之第五女即留雲鶴去不入塾，午間設酒爲席，收掇多時。飯後寫對聯兩副，皆急債也，爲擾忙作也。晨調伯來，晚夢梅來（午後卷來）。燈下生卷事竣。

初三日壬辰，陰。昨有餘墨，寫調笙金箋二十言對一副，又撰白雲橋東巖潘辛田墓一副，無十一字，遂添研些墨，一一落款訖。乃閱蕊林書院童卷，題近者說，遠者來；十月先開嶺上梅，得開字。傍晚微雨，入夜發風。

初四日癸巳，風風雨雨，五夜有聲。晨起謝壽閱卷，至竹刹歸家，爲亡婦生日設供。飯後至王樞密巷王選卿家，答其兄侑三自蘇館學任所來省考，驗前月曾到余家，遲久未答。今方暇談，兄已七年矣。日來恰自金陵歸蓋已赴省垣驗看過矣，此後將候接墨驗看，而殘年或未必回任矣。話舊移時返館，迫暮又至東園會茶，麐珍香及甘卿。

初五日甲午，風靜，日杲而寒氣陡增。昔課之外，埋頭閲卷，竟日盼百卷之多。鋼士文以江蓉卿屬送管谷香上舍齋詩來屬校誤字。

初六日乙未，閲卷之際，調伯來談，少頃去。傍晚重卷閲竣，即為排次。

初七日丙申，重卷上加圈點評語，申刻俱了。午前心存姪來，言將回歙，特告辭。傍晚錢翁來，偕至東園茶話。燈下作復陳瑞生信。

初八日丁酉，乘轎至銀家巷吊王星卿夫人之喪，吾從妹也。至獅林寺拜張太夫人三十週忌，文恭公庶祖母也。返遇敏慎見尋，拜遝心存姪設少頃返館東林課卷方包畢將裝寄而無錫文來安陽書院卷余屬無錫山長閱有此書院想是新建者幸喜卷數合生童只五十四本生題凡為天下國家有九經曰修身也一節童題霜露所隊凡有血氣者詩題野人與塊得天字即披閱之燈後署中家人來取前呈卷

初九日戊戌晨赭梅來偕至東園茶敘而散閱安陽卷竟日松兄遣介仰姪到滬信付示並有外甥孫趙子善續絃請酒帖

初十日己亥黃昏星月交輝夜中雨作晨猶未已閱安陽卷一律閱竣加上圈評即作札包畢又另作致君秀一函飯後遣送航船上小坡之婿堂兄排行第四者前日來蘇住小坡處今來謁名片曰文烺相見問其號曰念慈

余閱有号嚼梅者，即其别号，現自鄂渚來此，將回都中，談少時。傍晚余即答之，出門未返，先與小坡談。造念慈，返天暮矣，不多坐而出。念慈於二十餘年前曾到蘇州，蓋其尊公前本江蘇候補同知也。是日茶村著啟東

十一日庚子　晴，北風乃作。晨出訪硯銘、調伯，皆不值。訪心蘭，見之，偕訪藝庭，見於嵩園，茗談良久，返已晌午。督課之間，備錫金邑志查安陽二字出處。建置門載風土記：武王封周章少子贊於無錫安陽鄉，舊志謂邑之安陽山是其地。山水門云：安陽山在縣西北五十一里，與長腰山相屬，園峻而銳，上有文筆峰，山石可作礪，自漢世已采之。山凡三崩，上有三十六洞，今存者五，曰九門、張公、甘草、清水、容春。元末莫天祐屯兵其下（兵防門紀屯戍處亦載安陽）。物產門云：陽山石出

陸墟市東七十步安陽山堪作硯由漢大夫陸端始開鑿取為硯其石質
膩而堅亞今采之不竭寰宇記所引南徐記亦同然則書院以山得名
當在離城五十里之陸墟市也
十二日辛丑西北風大甚畏而不出朔日莊中據回譜稿三四册令始披而細校之文
念慈以指畫楹聯見贈余以印存書兩種報之
十三日壬寅晨亞敏德不見一人亞養竹居又以汲綆之件付之乃亞觀前丹鳳
樓吃羊麵遇調伯同亞鳳祥春吃茶遇朱仰元吉閱信而來移時亞廣夫
寓眉未起返館筆弟在又（彼時盧選青來）彼少時乃坐定已是飯時飯後亞壺園中與念
慈小坡昆峯談並談選青託談之言回塾寫對四尺紅箋十五五尺生紙廿

一寫來堯溥來與溥泉談來堯心蘭來乃議二公先往東園茶敍余將對寫完方就之抵暮散心蘭以屠夫為余畫冊頁六幀交到

十四日癸卯作啟鄭盦第書以木箱置畫八部併送文廣叟托念慈進京帶交又作啟偉如先生手度檢郡志朱昂之俞岳兩傳楊樵吉傳仙卷借[illegible]居急須還去覓屋甚難邀余偕出看四五處以穿心街口鮑氏之樓屋為最宜歇息推窗風擁吃茶點抵暮散燈下成朱俞畫扇跋

十五日甲辰晨至莊祠先謁敍德交去寄黔信至見族中諸人仍留午飯商修譜事大風起天益寒飯後與霞年二弟同出西面西風至元妙觀入蓬柏山房與朱遂士逸山閒談余先行至屠夫房閒談少時進敍德後門至賬房少

坐欲行，而張留仙至，不見二年餘矣，返坐敘談良久，同出分路返館，近暮。
十六日乙巳，寫朱俞盈扇，跋於合裝幅上，凡三百餘字。陸季之弟札贈以
沈匏廬說文古本攷，荅女昨以晴臯出宗頤遂輯文矩之贈也，始用手爐，
冬烘頭腦，殊堪自笑。晴暉西下，寒氣轉增。
十七日丙午，檢查金石文字書。晌午，對門陳德甫翁來談，傍晚至雷甘翁孫
濟翁兩處談。至抵暮返，燈後夢梅來，攜到君秀十五日信，附花儂為覓
居議遷事，行將來蘇。晚飯後作吉金拓本跋。
十八日丁未，作復君秀書，未發。飯後錄吉金四跋於拓本上。夢梅來邀余
出吃茶，而伊未吃飯，余屬其先去，適履弟來，一言而去，乃訪夢梅于東園

未幾館僕來報有客持其名片曰李啟錕則劍泉也遂歸見之劍泉因丁內艱歸含山今自含山來也談少頃去傍晚歸家遭吳松兄筱兄談返館上燈矣是日頗暖和晚大發西北風〻緊將雪矣

十九日戊申晨錄四跋完四器曰邢伯𠭯父甲鬻鼎鳳啚史寳敦也茶村來同至東園茶敘遇梦薇授云幾自杭州來將往江西談少時散至夢梅處約其鄉親吳補塔同至大觀園觀劇先在德和樓吃羊肉以代飯余為作東出城入園看至傍晚梦梅作东三人同往同回

二十日己酉作曹伯雲簠拓本跋是本向為黃香士所藏余於九月間得之今始加一跋晌午至梦梅處又陪吳補塔暨梦梅族姪曉東 天祐

飲一席四人良久席散余至廣夫寓不值去往碩家園中余訪黎夢梅乃至怡園尋廣夫不得補夢二公尋來匆匆一抄而出別二公返館晚矣得濟之弟來札又到一元會價屬為收取因得鄭盦弟信

廿一日庚戌蚤出至敬德賬房無人遂至寶積寺弔王固山夫人鄒氏之喪少坐至觀前吃點心至鳳祥春不見有熟人遂返再至敬德仍無人坐憩吃茶而行回館替課鶴為有恙不入塾者半月餘矣至是始愈綱伯來傍晚心蘭來各設片刻寫曾伯霖簠蓋跋于幅上凡三百字復鄭弟信

廿二日辛亥晨歸家以一元會價送尤家即回館理日事弟以手錄松梅九巡邊錄示余余因錄副本寫成四頁

廿三日壬子前日到東城志蒼劍泉今將往安徽會館見之伊纔起同出至觀
東茶室憩憂館中快敘述及二十年寄故鄉遇寇遭亂種種瑣屑情形
良久散傍晚至鳳雲處尋溥泉有約不來遂返中間汪魯岩來
廿四日癸丑鈔畫錄副本忽然想起從前小白昇祖始編此錄時余曾借錄一過
檢尋得之惟近數年來續添之丁未備而起首之五年毫無更動余恰得此五
世皆錄竟矣不能中止乃從後幾年鈔之傍晚溥泉遣人來約適淇泉自上海來
談片刻去乃赴約于鳳雲處與溥泉談至燈後返館晚飯時
廿五日甲寅晨至夢梅處不值遂返昨聞龍甫來今永姪又來即為閨事
也皆課餘間鈔畫錄改課作

廿六日乙卯。鈔畫錄。晌午接偉見前月下函。飯後携冬至節饋至茶邨家談片刻出，過倉石處，詢之尚未回。又邀至徽德，不見人，留字而出。各所往至錢公家，亦不值，歸家。候至夜，尚祀　先。過節各處禮畢，吃夜飯，館僕持燈來導返館。又接無錫來信及課卷，啟封見常州龍城、延陵兩書院卷，梅村祠郡學以爲院課卷，分交錫金兩縣批閱，是以覺謝睦任中余嘗閱過龍城卷三次，不知何以屬要併歸於迺。

廿七日丙辰冬至。朝乘轎至莊祠拜　祖，見族中諸人賀者，坐良久，至敬慎兒堂拜，是日發冷，不行禮，坐下閒談，稍晏歸家，教轎夫去，家中拜　祖賀喜。諸事畢，午飯，飯後步行徐步至鳳祥春，與錢公與茶邨皆有約，過既會

齊快談良久乃散返路至縣後仍不見人遂返館夜飯中狀設酒補

冬至夜是日作復函於陳瑞生問其銳城延陵兩院卷何以不分於錫

金兩縣核閱之故

廿八日子正始披閱銳城書院卷傍晚冷香來談頃同出余至夢梅館

邀王少齋同往邀同行至則為宮中闕說笑人退出別少甫與冷香

茶敘於三多橋上如意樓頭上燈後散

廿九日戊午終起心蘭來携程孟陽山水長卷見示索觀余愛雪山

行旅圖長卷各有議論同晚飯後偕出至東園適遇少齋夢梅來同坐

茶罷心蘭去余偕六公至宮郎中巷西首移房屋撤歸督課後閒寓談

偉兒信飯後光吉來奠亭自錫山歸來各談少時傷晚花侯自錫出來
又偕其弟楚梅來扯余出於穿心街口鮑氏之屋抵暮乃散
十二月初一日己未霧況雲重天有雪意晨至敏德交偉兒信託寄至莊
祠堂後到者十餘人命李叔采至問之往西山矣云蕭留議刻譜事遂散
擬答翼亭姑至鳳祥春訪之已在樓上坐下與熟人三四同敘談移時與
調伯偕行直至善長巷謁姚嘯筠蓋往果然已匯三月現在辦了交代
回也與長談留午飯誤忘御齋姻飯後返飯者督課半日小坡兩兒皆來今
日見之以十三夜月中放歌與易實甫唱和兩篇見示
初二日庚申晨答花侯至其寓偕出先吃茶乃至穿心街口遇鮑氏之僕

知少愚因其曾祖百齡冥壽在隆慶庵礼懺，余邀遂孟庵与之談，周氏昆仲偕其屋之說，花侯壽東邀談，坎巡而散，返館，未幾花侯又來，余以芸作札送庵中，午後始得暮課，閱文竟，晚入夜

初三日辛酉。昨將龍城卷閱竣，加批，今継之，文分等次，一切了結，(乃)復閱延陵卷，傍晚歸家，知叔兄喘稍平而氣為結轖，是[illegible]花侯又來(畏少愚啻)在家中，適又邀少愚，孫邊之話，又番達到

初四日壬戌。昨閱硯銘，遷邊屬富郎中巷，晨往候之，不值，即返，閱卷，傍晚梦梅偕硯銘來共談，同去，是日歸，朱札來示，以陸謹庭先生年譜原本一鈔本一，命為校對，又三松堂別集中一本有与陸譜可印證處

初五日癸亥。閱《延陵卷》至晌午。花侯來鮑氏之屋，先付定洋，尚有餘數。房東〻話，遂與偕往穿心街口少愚，不在家，屬其家人午後請歸，約於傍晚來。做交易返館，已候我午飯矣。傍晚嘯筠公祖來，便衣閒談，少時去。抵暮花侯乃來，余以悍於夜行辭之，乃改約於明日早晨。作札致少愚去。是日得君秀書，其封大且厚，層層開拆，至二十餘層紙，其面圖見乃寸許之小照相一耳。君秀並無片紙隻字，嗟伊何人哉！

初六日甲子。金奎日。早起，即至鮑氏，花侯已先到。余至裡面，致言於少愚，乃引之相會。適少愚之為周旋於定窗位，即辭去。三人同出，嘆期頭返而寓。得契，其擱又有許穀為之從閒，良久乃成。議出，花侯到我館中略

渡即去時已晌午調伯來屬書發條上字即去吃午飯又得君秀信飯後
作復俄而朱滌卿自宜興來俄而倉石自上海回亦來俄而茶鄉踏森
卿父子偕來森渡之下約至東園茶叙稍時而散坐定寫信而調伯又來
致言發條合送款上要添人即去復君秀信燈下總寫完是日得
陳瑞翁復函[illegible]完不分校只索畫之矣
初七日乙丑發君秀信寫發條字曰壽儀足式曰徽音承閫曰
德義僅都曰玉京佩香凡四條并寫款字其一則余与梅琴舫棠
諧沈寅安志鴻彭雪樓瑞禾張硯銘星樞五人合送馬笑拈母壽
張氏開吊(祝)者傍晚至同泰昌棧答滌卿不值

初八日丙寅昨閱卷事擱起今閱了一朝理畢課卷出至翠華亭家不
值至養竹居至鳳祥春尋見曼孝並見調伯許人而昨約吾蔡村
昌石皆不遇則已先至花塢矣少坐余亦往尋見於三松堂尋叔招
便飯小飲昌蔡二公之府惟艾生妹夫贊卿之姊有妹重頤庭相陪凡
七人談謔竟一時許席散復少坐出由襪中穿過再至養竹居至隱
廬夫寓閒談片晌皆与昌蔡偕出分路返飯小坡以臘八粥天甌
見餉晚飯溫而啜之燈下略復閱卷
初九日丁卯終起盥洗調伯已來同至硯銘處招之同到中市老德和
吃羊點心返路余歸家一遭旋赴申衙前茶館与硯調二公少坐偕行

返皈辛弟來談良久去飯後始將延陵卷閱跋令等次如龍城之
例龍城有生存童文題子曰忠矣至鳥得仁詩題瑤琴江浦夜深永
以琴字凡九十七卷延陵有童無生文題令吾於人也詩題雲生石砌捲寒
以寒字凡一百八十二卷傍晚花侯來燈下作致陳瑞翁書
初十日戊辰纔起盥洗心蘭已來余欲往東心蘭欲偕余往南園吃自煮羊
麵出門余路至昌石窩不值以新裝金石拓本二冊留下至茶鄉家亦不值以
寫觀款之南雅先生小楷冊與題其小影幅繳還歸途繞至花侯夢梅
新寓又不值遂返皈辛弟來知頃間春弟曾來未見課睇校讀陸
謹庭先生自訂年譜承覃姝命也午後將閱過卷子發寄無錫傍晚

茶邨來，回後時錫弟來，茶邨先往東園，回與錫弟談，時漁卿來，少停去，漁卿至東園，以蘭亦在彼，移時益庭、凌皋、拜姑偕來，六人圍坐，吃茶良久散。是日辛弟帶來蔣拜示件，燈下仍校陸年譜。

十一日己巳，晦，夜雨作，竟夕有聲，晨起未止，又爰爰竟日，於是不雨幾半百，微雨亦匝月有餘，蓋自郡邑官誠禱而來。改歷次課作，以花稿來，蔣拜辛弟函札並付觀，屏弟收吳春舫政蔣書（改姪將先物），作陸年譜跋，又為陸顧潘三家姻誼重重撰上蔣拜信稿，燈下撰代松史謝春舫信稿。

十二日庚午，夜來雨雪，久作霰，霰有間，晨起雪霽而雨未停，昨早已作微雪，亦被雨化，迎課暇，讀三松劉集，潠泉來，有友人對屬，出且張述，適余以伊

來函懇雜御史情即為查之又查予姪來索對一副午後雨漸止氣漸凜
追晚風極尖峭月極晶瑩益寒矣是日得殿丞信
十三日辛未晨去金獅河沿張宅弔馬芙伯女喪並發於女家即還吳亭
謁伯少筮亦至花侯新寓見之與少筮同返飯後課申刻花侯來答步且邀余出
閒步余遂過湯家巷歸至中街路過清嘉石氏知成伯先女翁歸自吳淞
入望之遂於門首設殺語返溥泉曾來不及赴所約是日得君秀信
十四日壬申晨代松兄復謝吳春舫信蒸卿來同觀陸謹庭年譜得文
彀訂己兩月至東園茶敍而散寄駿侍兄信續鈔松翁書錄之未了傷
晚石成伯來乃詳詢以金墨中事務時去蒸卿掾來昌石晚余遂偕去

一幅梅一枝竹烟挂一頁並題絕句於上余枕上和之得二絕

十五日癸酉早出至敦德叉寄佛兄信同少卿光吉出因至鳳祥春浮霞客第少坐伊約至他處余先至莊祠照章弟交還匾額並託精徽陸耳齋等件辛弟設局向午先去余與霞客少霞父子及程聖學圃四人同飯飯後至硤山輝棧茶館在彼略談余先行至錢翁家同出赴茶館之約於鳳祥春談良久散返路灣至溥泉處前日曾來不值也略談至甘翁家略談乃返飯暮矣

十六日甲戌晴訪松兄病體又安早起歸視之長年咳嗆日來較甚以致夜不安寐晝則枯坐昏沉飲食減損昨夜見則一切皆平聊邊問候畢偕承姪

函老德和吃羊燒賣遂微雨返館遂作札遣人請李彤伯聆視松兒眷
課之際衣僕迷次遣人邀請午飯辭不獲已乃冒雨赴之坐中晜仲之
外惟有閔欣甫敏道四人入席移時撤席又冒雨返雨歇密風益峭些
定錄題昌君畫絕句于幅上
十七日乙亥夜雨甚天及晨未已寫吳引之墓志篆額子述屬代清卿中
丞筆凡八十一字飯後寫成伯小對作九言又寫便面三頁則宿債也
傷晚開霽見夕陽遂發風箏再料量借顧陸兩家之譜欲細查其
吾家親誼源流命付來命加攷訂兩共九冊
檐溜淋浪
十八日丙子夜半雷作獲獲聲頗駭繼雜以雨清曉窺見積素遂起

已經雨摩爛大半消矣課暇作唐顧銘跋茶聊看屐東渡午後庭際
漸乾傍晚遂出街上尚泥濘至定光寺祥秉卿排七十冥誕步坐歸家
視叔兄疾叔兄病不敢眺攔乘晚天有光踏溼返館
十九日丁丑夜交二鼓又雪且大迨曉已閱消釋髮晨起雪變而為雨積雪
隨之以消課暇寫唐顧銘跋於隸成橫幅之旁亦作左行又寫寄年題
三橋心蘭合作梅花士女絕句二首于畫隙傍晚桐弟來
二十日戊寅程又雨雪雪停仍雨已午間乃歇昨得陳瑞翁書今泐復即
賀年又寫寄開直段紫卿以識姪壻信附洋兩元又札致年弟為松兄
乞秧子擾院送來四兩又買野鴨一只并送家中彤伯又彤脉焉

廿日己卯霽作跋鄭弟賀年信施濟之寄部略理晨課出街上猶滑
至毅德少坐至毅慎辛弟招同蔡許君相叙會者楊莘園蔣稚鄉
何星卿暨余與辛弟只五人王酉山期而未至五人集飲剝設甚甘席
散再談信晚藝出至錢萬家至咸伯家皆匆匆返飯上燈
廿二日庚辰晨起小雪霏霏遂以光日已刻研銘調伯同來招至東園茗談
良久返飯收拾撤拋書本並檢點攜歸物件傍晚至蕙蘭家匆匆即返
廿三日辛巳夜來已雪從此不止且夾以雨收集歸裝午後喚轎夫擡至家中
再來以錫送余解年底館余預出發個女詩題付孫生錢省三來結帳帖
帳共七冊價十二千有零又招漢博倫屏一堂及零零張價洋一元五角此

費珠不貲也伊以石刻繹園圖記閔眉川墓志兩拓本送余既乘轎歸問松兄疾兄近日病情皆略減夜祀竈送神

廿四日壬午仍雨雪達旦既而雪止而雨雨止而雪積檐溜浪浪竟日枯坐不出適辛和以文譜中新刻文詩鈔樣本屬校遂校之傍晚錫保和來談接錫山信送到東脩燈下校事畢

廿五日癸未風寒不透街道乾僵冰如踏泥至德和吃羊頭與羊肉兩種而余攜渡至清嘉坊君秀尚未歸遂至般德坐頃之至有館中寫復錫山信雅交局局已停止在館午飯再至清嘉將信託其於君秀歸時付周船帶去雨又濛濛遂歸得蓉林札示我新詩四律預

為明年八十壽辭祿觴之客也余即錄稿出學圃雨中來談片刻去

入夜雨又大注

廿六日甲申夜來雨止雪作晨積寸餘凝於簷猶不消釋不能出門矣

枯坐擁爐聽王東徽忠奎柳南隨遣年貨館中送食物來遂作札與

賬房託還欠賬並送饋歲之物夜祀　神過年是日少棠來

廿七日乙酉雪上加雪乾坤皓白夢回曉窗錯疑晴色石階增高瓦溝寒

溦冰箸何長行潦何潔鄉鄉銀雲双壓不顧羈晨踏凍至君秀家已

於昨午歸俟其下樓談頃同出至鳳翔春茶亭訪君已留在快談移時

觀前街已泥濘繞道返由范庄前入林家巷新居略坐出與君秀分

路歸時吳子述因屬余寫引之先德墓志篆蓋贈余袍褂料兩端安黃兩匣金腿兩肘紹酒壹罎存其處返之今子樂勉因余未受其柯儀幸也命贈余皮領一條綢紗褂料一件受皮領返綢料為前後錫信君秀來寄既與商量撰四重寫又寫改梅壽藏

廿八日丙戌晨踏凍出百花巷拜王泉四姊遇忌少坐出清嘉坊託寄上無錫信天氣稍和地且開凍遂歸晌午嫩晴雪大釋辛芝來談余獨自料理年底事是晨仰殿自滬歸以廿三日動身因逆風稽程行了五日

廿九日丁亥大雨雪達旦旦復達夜溜溜汩汩雪為衝去矣衢路泥濘異常竟不可出錄碧岩鳳頡氏家譜中藝文志

三十日戊子除夕雨仍竟夜至曉滚滚不休者又竟日料理歲事之暇看南濠陸氏家譜首族孝錄一卷是明代朱顯事陸氏上祖本姓朱也初更設祭於　歷代祖先神像前　徽俗名曰暖容祭畢享餕吃年夜飯至二鼓後就睡是時雨稍息一覽之後雨聲又與爆竹聲相應至天明

瘦羊主人青及

王祖斌

德安森到

功不可殊述 且深
更其意 王道其
之所也 即以

廿六

新安白术十大只秋良培財者別存共有五斤
三角特製茶 蒸過未一本草所記 味香全雜
者過至派者以來甘浸一夕取起 曬乾切片 上炒其

錫

李潔　汪鴻蔭　楊慶臣　林志熙　孫鴻圻

華佐治　王蘊亨　秦銘直　孫觀埠　胡鳳藻

顧蔭藻　王撰　薛聰彝　程丙南　丁福蓀

張道　孫鎬已片　撥府趙洞　顧祖詰　陶楨

金

過秉彝　浦銑清　孫捻均　王鑾　周文溶

王衡　王宗祥　俞復　楊壽楠　張繪辰

陶樹錦　殷玉田　華彥鈺　宣增秀　章文達

過桐　張曾疇　王湘　嚴毓麟已故

撥府顧燦　秦先石砧

王埰金　陳繪百　吳錫麟　楊尊源　鄒履鼇

楊壽樸　陶樹錦　曹汝琳　俞復　殷玉田

過秉彝　王彥運　楊印源　秦寅杓　鄒登瀛

陳曾疇　丁錫綬　趙寅蓀　王衡　錢鳴標